小醫女的逆襲 1

風文創 410

墨櫻 著

目錄

序

墨櫻

春日遲遲，卉木萋萋。倉庚喈喈，采蘩祁祁。

能在這樣美好的日子裡讓《小醫女的逆襲》與大家見面，實在是榮幸之至。

初創作這本書時，墨櫻是沒有想過能出版的，只是一直盡全力描寫書中的人物，希望自己能把腦海中想像的那個堅韌、聰慧而又成竹在胸的女孩寫出來，把她展示給我的讀者。從一個腦洞突然的誕生，到人物的擬造，再到故事脈絡的梳理，最後到完善，真是一個奇妙的過程。

在這個過程裡，墨櫻得到了創作的滿足感，隨著書中人物一步步完整，彷彿在我的面前被賦予了生命，活了過來，他們人生發生的事情，就好像真的是一段段真實的記憶。

現在我把這一段段精采的「記憶」展現給你們，希望你們也能夠隨著文中的阿悠一起感受嬉笑怒罵，感受到生活的溫馨和幸福。

第一章

陳悠兩輩子也沒見過這麼渣的父母，想到這副原身的苦主，只能苦哈哈地搖搖頭。她手下的動作不停，一株株鮮嫩肥美的薺菜被扔到破舊得只能辨認出個形狀的竹籃子裡。

這薺菜涼血止血、補虛健脾、清熱利水，是春季農家最易得的補品。一場春雨過後，漫山遍野都是，也沒人稀罕。不然也輪不到她陳悠來採摘，是不是？想著事兒，陳悠手下的動作不但沒有慢下來，反而更索利了。

「大姊、大姊，妳瞧這個是不是？」

這片山頭的不遠處，兩個穿著灰撲撲的葛布短褂、梳著最簡單抓髻的六、七歲女孩子朝她跑過來。

陳悠看到這兩個小的手裡拿著的野菜就笑了。「阿梅、阿杏，這可不是薺菜，這叫毛妮菜，不過也能吃，一會兒大姊用這個給妳們做好吃的。」

陳悠從阿梅手裡接過一把毛妮菜，溫柔地揉了揉阿梅軟軟黃黃的頭髮。阿梅和阿杏才不管這是不是薺菜，只聽到大姊說能吃，就笑得合不攏嘴了。

「那大姊等著，我和阿杏再過去找，剛剛那裡好多哩！」阿梅燦爛地道。

陳悠抬頭看著阿梅牽著阿杏一起跑開的身影，微微蹙起了眉頭。

她們也太瘦了！剛開春不久，寒氣正襲人，兩個小傢伙只穿了兩件破舊的單衣，皮膚青黃青黃的，纖細得沒二兩肉的身子連衣裳都撐不起來，本就做大的衣服更顯得空蕩蕩的。要不是她們在迎著太陽的山頭，恐怕兩個小傢伙都要冷得打哆嗦。

陳悠眨了眨眼，伸手摸向隱藏在胸口衣裳下硬硬的凸起物，咬了咬唇。要不是在絕望憤怒之下親手將那些都毀了，現在何愁不能讓兩個面黃肌瘦的妹子吃頓飽飯？

「哎……」陳悠長長地嘆了口氣，不過，連她自己也沒想到，恢復意識後，迎接她的不是死亡，而是新的開端，更讓她奇怪的是，那個東西也跟著她一起來了。

陳悠又摸了摸胸口，長吁短嘆了一番後，恨不得大罵兩句：賊老天。早知道，她就不毀得那麼徹底了，留下一塊地兒，不，只要一株草藥，她現在也能硬氣起來啊！

阿梅和阿杏在不遠處瞧見自家大姊一會兒搖頭一會兒嘆息，面面相覷後擔心地跑過來。

阿梅伸出一隻沾了泥土的小手按在陳悠腦門上，擰著眉毛問道：「大姊，妳是不是又頭疼？」

就連不喜歡說話的阿杏都蹭到了她的身邊，滿臉擔憂地睜著雙水汪汪的大眼睛盯著她。

陳悠怔了下，這才笑開了，心裡堵著的那股鬱悶和懊悔也因為兩個小傢伙的關心煙消雲散。她一手一個將兩個雙胞妹子攬在懷裡，一人腦門上吧唧了一口。「阿梅、阿杏，別擔心，大姊的頭痛病早就好了！大姊現在可壯實了呢！」

陳悠邊安慰這兩個小的，邊瞥了眼自個兒「壯碩」的身形，不好意思地乾笑了兩聲。真是太「壯實」了，「壯實」得跟個麻稈一樣！

不過，對於兩個小傢伙來說，大姊就是她們的天，大姊無論在什麼時候都不會丟下她們，雖然大姊也才十歲，可是在她們眼裡，此時，擁抱著她們的少女就是晦暗生命中唯一的溫暖！

摟著陳悠脖子的阿梅捏了捏她削瘦的肩膀，依賴地看著她。

陳悠抬頭瞧了眼藍汪汪的天空，站起身，一手將身邊的破籃子挎起來，彎腰笑咪咪地對著眼前兩個妹妹說道：「阿梅、阿杏，大姊帶妳們去尋小兔子。」

兩個丫頭的眼睛立馬就亮了起來。一馬當先朝著前幾日她們在這個山頭做的簡易陷阱跑過去。

陳悠小心地將簡陋陷阱上的枯草葉撩開，連著翻了兩、三個，裡頭除了掉落的枯枝樹葉就沒有其他東西。她暗暗在心裡嘆口氣，沒有任何工具，這陷阱做得太簡單了，要是大點的兔子掉進去，都能竄上來。

兩個小傢伙的臉上也是一股失望。陳悠不抱什麼希望地掀開一叢灌木後、最後一個小陷阱，陷阱底部枯黃的樹葉下突然有什麼東西動了動。她心裡一驚，立即讓兩個妹妹後退幾步到她身後，她從旁邊地上撿了一小截樹枝往陷阱裡戳了戳。

臥槽，別告訴她，她隨便挖了幾個陷阱，裡面就掉了蛇這類的毒物吧！

陳悠艱難地嚥了一口口水，小心地往陷阱裡戳了下。外面覆蓋的一層枯枝抖落下來，在陳悠的盯視下，一個渾身是刺的圓球露了出來。

陳悠雙眼大亮，全身緊繃也霎時鬆落下來，原來是隻肥刺蝟呀！這下有肉吃啦！

兩個小包子還沒見過這種長滿刺的圓球，可是看到大姊一臉高興，也跟著咧開嘴笑起來。阿梅好奇地指著刺蝟問道：「大姊，這個球能吃嗎？」

陳悠摸了摸阿梅的小臉蛋，笑著告訴她。「這是刺蝟，當然能吃，而且刺蝟皮還能做藥醫病呢！」

前世野生的刺蝟可是保育動物，她可捨不得下手，可是現在為了兩個小傢伙的溫飽問題，只能委屈這隻刺蝟了。

阿梅一驚，本來小臉就沒什麼肉，這麼瞪眼，一雙眼睛大得有些嚇人，小傢伙一聽到這是刺蝟就不淡定了。「大姊，阿婆說過刺蝟不能吃的，吃刺蝟會破財運，還會中毒！」陳悠微張著嘴巴，不敢相信還有關於刺蝟的這種言論，怪不得李陳莊沒見過人吃刺蝟。

「阿梅、阿杏，我們連飯都吃不飽了，身上一個大錢都沒有，哪裡有什麼財運可以破。這樣好不好，一會兒大姊把這刺蝟煮了，大姊先吃，如果大姊沒事，妳們再吃，行不行？跟妳們說，這刺蝟熬的湯可鮮了！」

陳悠覺得自己額頭上的冷汗都要滲出來了，要不是實在沒辦法，她哪裡會真的打這個刺蝟的主意。

阿梅和阿杏糾結地看了看陷阱裡緊縮成一團的刺蝟，又看了看神情溫和的陳悠，終於抵擋不住食物的誘惑，點了點頭，兩個小女孩清亮的眼睛裡帶著一絲堅決。

「大姊，阿梅不怕中毒，阿梅陪著大姊一起吃，就算是中毒了，阿梅也能和大姊一起。」

聽到這像是宣誓一般的童語，陳悠一怔，隨即眼角就有點濕潤，這小傢伙，以為是吃毒藥呢！她拉了拉兩人的小手，溫柔地對她們笑笑。「好，大姊不管做什麼，都有阿梅和阿杏陪著，阿梅和阿杏永遠是大姊的好妹妹！」

兩個小包子重重地點頭。

陳悠用兩根樹枝把刺蝟挾進了破籃子裡，拉著阿梅、阿杏去山頭另一邊的小溪。她也是第一回處理刺蝟，費了九牛二虎之力才把刺蝟剝皮洗乾淨，看著淺淺叮咚流淌的溪水，陳悠有些出神。

要是這溪水再深些，能網兩尾小魚就好了，那也不用每天去指望山頭上那幾個不靠譜的陷阱。收回了思緒，陳悠從一處灌木後取出一個小巧的陶甕和一把塑膠把柄的小匕首。

咳咳……這是她從空間裡拿出來的東西，胸前藏在衣襟裡用紅繩掛著的空間戒指，現在也就剩這點用處了。陳悠用鋒利的小匕首將刺蝟肉切成小塊，放入陶甕中，然後又往陶甕裡加了乾淨的溪水。她領著兩個小包子，找到山頭一處庇蔭處，用幾塊石頭壘了一個簡單的鍋灶，阿梅和阿杏懂事地去周圍撿了些枯枝抱過來。

用打火石生了火，不一會兒，陶甕裡就「咕嘟咕嘟」地燉開了，陳悠笑咪咪地從貼身的葛布短褂裡取出一個黑色布片包裹之物，小心地打開，將裡面半個小指甲蓋大小的一塊鹽丁子放入陶甕中。

阿杏驚訝地看著她，顯然沒想到大姊還藏著這樣的「寶貝」。

陳悠又在菜籃子裡挑了把鮮嫩的薺菜和毛妮菜擇洗乾淨，放入陶甕中，兩刻鐘過去，對著陶甕口冒出的白氣，一股鮮香的肉味兒也飄出來。這對兩個久到自己都記不清什麼時候吃過肉的小包子來說，眼前的美味無疑就是最大的誘惑。

阿梅和阿杏眼巴巴地看著「咕嘟咕嘟」燉著肉湯的陶甕，嘴巴裡不自覺地開始分泌口水。活潑些的阿梅已經忍不住看著大姊心急地問起來。「大姊，可以吃了嗎？阿梅肚子餓。」

陳悠好笑地揉了揉阿梅的頭髮。「阿梅別急，再等一會兒就能吃了，妳和阿杏先去小溪邊洗手。」

阿梅歡快地「噢」了一聲，立馬拉著阿杏奔去小溪邊。兩個小包子的動作出奇地快，回來的時候原本營養不良的青白臉蛋竟然有了一絲紅暈。

到底還是小孩子，聞到湯汁的香味已經把先前說過刺蝟肉有毒的言論拋到腦後去了。陳悠用一片寬大的樹葉墊在陶甕上，隔熱揭開了陶甕的蓋子，頓時，一股濃濃的鮮香味兒撲面而來。

阿梅笑著用力呼吸了幾口，傻樂道：「大姊，原來這就是肉的味道啊！」

很普通的一句話，差點讓陳悠落下淚來。她愛憐地看了這兩個小包子一眼，眼神變得更加溫柔。她終於明白，為什麼這個身體的前主寧願自己餓死，也要省下糧食給雙胞妹妹吃的原因了。實在是童心太可愛，她們的姊姊寧死也要護住她們美好的夢想和對未來人生無限的期盼。

用之前早就洗淨的勻稱樹枝在陶甕裡挾了塊刺蝟肉，陳悠自己先嚐了。資深吃貨表示刺蝟肉煨得軟爛又鮮美，裡面還混著野菜的清香，除了口味淡了些，真的可以稱得上是難得的美味。

阿梅和阿杏緊緊盯著陳悠的動作，垂涎三尺。

「大姊，好吃嗎？」阿梅急急地問道。

陳悠笑嘻嘻地一邊給兩個小包子每人挾了塊肉遞到她們嘴邊，一邊大言不慚地誇讚自己的手藝。「那可不，大姊做的能不好吃嘛！」

阿梅心急，一口把肉吞到口中，燙得直吸氣，可這樣也擋不了小丫頭對吃了肉的喜悅。她享受地瞇著眼睛，含糊道：「大姊，真好吃，阿梅從來沒有吃過這麼好吃的肉！」

阿杏也接在阿梅之後不停地點頭。吃完了口中的肉，兩人又渴望地盯著冒著鮮氣的陶甕。

陳悠笑著又挾了兩塊肉要送入兩個小傢伙的嘴中，突然，身後傳來一聲惱怒的暴喝。

「好啊！我就知道妳們待在這裡沒幹好事，竟然躲著偷吃肉！我看妳們是翻了天，看我不告訴三嬸！」

陳悠的眉頭立即皺了起來。這是二伯家裡的老二陳順，半大的小子，家裡窮得叮噹響，半分不知為父母分憂，還整日遊手好閒，最關鍵的是老喜歡和她作對。

陳悠真是鬱悶，一接手這身體就遇到這樣的熊孩子。

臭小子陳順沒少欺負阿梅、阿杏。他抽了抽鼻子，盯著冒著熱鮮氣的陶甕咂了咂嘴，大步就邁到陳悠面前，要將架在幾塊石頭上的陶甕端走。

陳悠冷冷瞥了他一眼，也不阻攔，陳順雙手剛接觸到陶甕，「哎喲」叫喚一聲，就被燙得一蹦三尺高。

阿梅靠在陳悠身邊，看到這個壞小子吃癟，得意地哈哈大笑。「活該！」

陳順被燙得直跺腳，不停地往手指上吹氣，他怨恨地看了看陳悠，又看了看滿臉嘲笑的阿梅和阿杏，想馬上一溜煙跑開回去告狀，可又捨不得陶甕裡醉人的香味。

「好！妳們幾個賠錢貨，看我今天替三嬸教訓妳們！」

說著陳順就跳起來要去抓陳悠身邊的阿梅，陳悠臉色一沈，索利地將阿梅和阿杏護在身後。

「你敢！」陳悠怒沈沈的一聲喝，竟然真把陳順給駭住了。

單薄的女孩，臉色卻嚴肅認真，氣勢逼人，彷彿天生就應該如此。陳順到底也不過是八、九歲的鄉下小子，哪裡見過這種架勢，瞬間被唬住。

等到他反應過來眼前不過是大他一歲的懦弱纖瘦少女時，心裡頓時懊惱起來。竟然被一個小女孩嚇住，還是三叔家裡的賠錢貨，要傳出去，村裡還有誰和他玩？

反應過來的陳順下手更重，惡狠狠地一把將陳悠推倒在地，陷在草地裡的石子磕得陳悠的屁股和手心生疼。

「大姊！」阿梅忙撲過去想要扶她起來。

陳順接著就一把將阿杏也推倒在地，然後得意又高傲地俯視著她。「滾，這肉是我的了！」

「這是刺蝟肉，吃了會中毒！」阿梅瞪著他恨恨地喊道。

「臭丫頭，拿我當猴耍呢，這要是刺蝟肉妳們會吃？快滾，不然我就告訴三嬸，讓妳們三天沒有東西吃！」

陳悠盯著眼前的熊孩子，眼睛慢慢瞇了起來。哇嘞！她本來是不想欺負毛孩子的，既然這孩子熊得太過，她也不介意管教管教他。

陳悠猛地從地上爬起來，二話不說在地上抓起一塊小半個手掌大的鵝卵石就朝著陳順砸過去，角度掌握得不錯，正好從這個熊孩子的身邊擦過。砸完了一個，陳悠立馬從地上又撿起來一塊石頭。

陳順被陳悠突然的這股狠勁嚇到了，他睜大眼大叫道：「妳個瘋子，竟然拿石頭砸我！要是我有什麼三長兩短，妳們三個賠錢貨加在一起都賠不了，妳等著，看我不告訴三嬸！」

陳順邊罵邊後退，到底是不敢再接近幾人，陳悠一手舉著石頭，一手將阿杏拉起來護到身後，只是盯著陳順，沒有反駁也沒有恐嚇，但是臉上陰森的笑卻更加瘮人。

「你還不快走，不然大姊饒不了你！」阿梅抱著陳悠的手臂對著陳順吼道。

陳順捨不得陶甕裡的肉，怎麼肯走，他一邊小心注意著陳悠三人一邊罵罵咧咧地嘀咕。「三個賠錢貨，肉沒吃到想讓我走，沒門兒！我不吃，妳們也別想吃！」

陳悠瞥了眼陳順，咬了咬牙，一把將石頭扔向陶甕。「嘩啦」一聲，陶甕四裂，濃郁鮮香的肉湯全部倒灑在草地上，滲進泥土，陳悠盯著陳順還故意將滾落在草地上爛熟軟膩的刺蝟肉碾了碾。

陳順不敢相信地死死盯著陳悠的動作，怎麼也沒想到陳悠會毀了陶甕裡的肉湯。

「妳……妳……」陳順氣得抖著手指著陳悠。「好……妳們幾個賠錢貨給我等著！」

陳順肺都要氣炸了，那鮮美濃郁的肉和湯他還沒吃一口喝一口，就這麼沒了！他怎麼能受得了？

陳悠也很心疼，給兩個小包子做頓肉可不容易，剛剛只吃了一口，就被她毀了。但是不毀了，依照這熊孩子的脾氣，阿梅和阿杏也吃不到了。哼！就算不吃也比便宜了這個熊孩子的好！

陳順見一頓佳餚化為泡影，恨恨地放了兩句狠話就朝著村子的方向跑回去。

直到陳順的身影消失，陳悠才嘆口氣。而阿梅和阿杏可惜地望著地上滾了許多泥土的肉，想要伸手撿，卻被陳悠拉開。

「阿梅、阿杏，這些肉都髒了，不能吃了！」

阿梅抬頭看了陳悠一眼，又低頭看了眼地上髒兮兮的肉，難過地嚥了口口水。「可是，大姊，這是肉啊！」是她們很久很久都沒吃過的肉。

陳悠眼眶紅了紅，摸了摸兩個小包子的頭。「阿梅、阿杏，大姊答應以後再給妳們做肉吃，好不好？這些掉在地上了，吃了會拉肚子的。」

阿梅和阿杏終於乖巧地點了點頭。

陳悠不敢帶著兩個小包子在這座山頭多待，陳順說不定真的會叫大人過來看，那她可不好解釋。快速地處理了陶甕的碎片和灑落在地上的肉塊，陳悠也鬱悶起來，她倒是不心疼那鍋刺蝟肉，就是心疼這只陶甕，以後想要偷著做點吃食給兩個小包子，連個器皿都沒有了。

陳悠抬頭看了眼頭頂的太陽，午時已經過了。原主的渣爹渣娘為了給家裡省點糧食，一大早就把她們三人攆出來。其實若不是農忙，農家一日也就兩餐，大約早晨九點多和下午四點多各吃一頓，稀粥粗餅，阿梅和阿杏又小，根本就吃不了多少。

陳悠帶著兩個小包子又翻了兩座小山頭，才停下來歇息，從懷裡掏出一塊乾巴巴的玉米餅子掰開遞給兩個小包子。這是她昨晚做晚飯的時候偷偷藏的，不過渣娘給的糧食有限，她即便是巧手也只省下這一塊小餅子。

陳悠看了看兩個小傢伙依靠著她慢慢啃著還沒有小金橘大的玉米餅，撐著下巴看著遠處的野花，在心裡嘆息。這麼過著也不是個辦法啊！而且她自己這身體也明顯營養不良，得趕緊補補。腦子裡一大堆補氣益血的藥膳方子，可就是沒材料……

這些天，陳悠將李陳莊周圍的地勢瞭解了一番，這個李陳莊真是個普通得不能再普通的村落，周圍的地形屬於丘陵地帶。要說想找幾種珍貴藥材什麼的，那是別想！這種環境能長靈芝、山參？說出去就是笑話。

阿梅把手心剩下的最後一小塊玉米餅遞到陳悠嘴邊，殷切地看著她道：「大姊吃，阿梅不想看到大姊又頭痛。」

陳悠沒有推辭，一口含了玉米餅，笑咪咪地摸了摸阿梅的頭。阿杏也學著阿梅的樣子將剩下的玉米餅送到陳悠眼前。三個小姑娘就這麼應付了午飯，陳悠讓阿梅和阿杏靠在一塊光滑的石頭邊休息，自己挎著破竹籃，四處尋找著。

車前草、防風、甘草、桔梗、馬齒莧、白芷……陳悠小心地將這些再普通不過的草藥收集到破竹籃中。等到竹籃裝滿了後，陳悠才直起腰，摸了摸胸前衣襟下的凸起。戒指空間裡什麼都沒了，她得重新開始，這一世，她不會讓任何人再覬覦這個藥田空間！

陳悠牽著兩個小傢伙剛到村口，坐在不遠處一棵老槐樹下做針線的李阿婆就朝著她們快步走過來。

阿梅老遠就甜甜地喊道：「阿婆！」

「阿婆，又做針線啊！」陳悠笑著招呼。

李阿婆摸了摸阿梅的頭，然後滿臉擔憂地看了眼面前的三個小姑娘。「阿悠，妳娘在家裡罵了小半天了，帶著妹妹回去小心些，聽阿婆的話，別惹妳爹娘生氣，啊？」

看來陳順真的向她爹娘告狀了，陳悠苦笑了下。「多謝阿婆！天也不早了，阿婆，我們先回去啦！」

「和阿婆哪還那麼多謝的，快回家去！」李阿婆幫姊妹三人理了理有些歪斜的衣襟。

「嗯，這就回。阿婆，天色晚了，妳也別做針線了，對眼睛不好。」

「好，阿婆這就回家去做飯。」

李阿婆將姊妹三人送到路口，望著一大兩小的單薄背影，嘆了口氣。你說，這麼懂事，長得又這麼周正的三個姑娘，怎麼就攤上那對不知好歹的夫妻！真是造孽唷！

李阿婆家住在李陳莊的村口，家裡只有老伴一個人，有一個兒子在外面做生意，好些年都未歸家了。平日家裡就靠著幾分薄田生活。聽說李阿婆年輕的時候在大戶人家家裡做過繡娘，所以針線活比一般人精細，逢著縣裡趕集，拿去賣，能多掙幾個大錢花花，日子也還過得去。

李阿婆喜歡孩子，陳悠三姊妹又是格外乖巧懂事的人，沒有孫子的李阿婆很是疼愛她們，有什麼好吃的也總記得給她們姊妹留著。李阿婆喜歡坐在家門口院子外的老槐樹下做針線，陳悠姊妹衣裳哪裡破了也都是李阿婆幫她們縫補。

陳悠腳步頓了頓，回頭看了一眼李阿婆佝僂的背影，有些擔心。李阿婆整日最惦記的就是她在外面做生意的兒子，為了多掙幾個大錢給兒子存著，李阿婆經常在老槐樹下一坐就是一下午。李阿婆畢竟老了，這麼熬下去，眼睛肯定會受不了，嚴重時還會引起白內障。

陳悠暗暗決定，等到她在藥田空間裡種了枸杞和決明子，一定第一時間送來給李阿婆。這東西不管是泡茶還是熬粥，都對老年人的視覺衰弱有好處。

三姊妹剛剛走到院門口，就聽到院內的謾罵聲傳出來。

「三個臭丫頭，還知道回來！這會兒在外面肯定是吃了什麼好東西，飽得都打嗝了吧！行，晚上妳們也不用吃了，給老娘省了糧食！」這就是原身的親娘吳氏。

陳悠嘴裡一片苦澀。有句老話怎麼說來著，虎毒還不食子呢，這樣苛刻的親娘，她還是第一次見。陳悠木著臉，任由吳氏唾罵，只是將兩個小包子往自己削瘦的身後藏了藏。阿梅和阿杏也很怕吳氏，緊攥著陳悠上衣的雙手微微顫抖著。

吳氏罵了片刻，看著眼前面無表情、三棍子打不出個悶屁的大女兒，訕訕地也覺得沒意思，青灰著臉冷哼了一聲。「野菜和豬草呢？」

陳悠將裝了滿滿一籃子的野菜和豬草放到吳氏面前。

吳氏低頭瞟了一眼，提起籃子才朝著前頭院子去了，走到一半，還不忘回頭狠狠地朝陳悠警告道：「帶著妹妹把院子裡的活計幹了，別去弟弟房裡，要是被我發現妳們去看了弟弟，打斷妳們的腿！」

阿梅被吳氏的話嚇得一個哆嗦，緊緊靠著陳悠。陳悠摸了摸阿梅、阿杏的頭，低聲溫柔地安慰了兩句，她看著林間小道上吳氏乾瘦的背影，眉頭擰了起來。

老陳頭一共有三個兒子、三個閨女，陳悠的爹排行老三，下頭還有兩個妹妹；最小的妹子陳秋月，今年十五，剛剛到了議親的年紀。

老陳頭喜歡人丁興旺，所以一大家子二十來口人，竟然還在一起生活。只是因為人口太多，飯食都是分開吃的，逢年過節或是農忙的時候才湊一起吃。

他們家住的這個破爛小院子離前頭的主院只隔了一片竹林，家禽什麼的也在前院養著，老陳家一共養了十幾隻雞、兩頭豬、一隻羊和一頭半大的青頭騾子。

光是每日的草料、麥糠、麩子都要消耗不少，家裡可沒有這麼多的麥糠、麩子給牲口吃，農閒的時候都是家裡孩子在山上田埂上扯了豬草來餵。陳悠就被她娘指派了這個活計。兩個妹妹還小，不然也是要幹活的，就這樣每天跟在陳悠身後，吳氏都不願意了。

陳悠尋了掃帚將小院裡打掃了一遍，規整了物什，讓阿梅和阿杏將堂屋和廚房稍微收拾收拾，她將一家換下的髒衣裳拎到井邊，端了半舊的碩大木盆來笨拙地開始清洗。

吳氏身體並不好，陳悠看她的臉色都能看出來了。身體消瘦乾癟，臉色青黃，經常性的膝蓋、手腕、手指節疼痛，這是典型的產後關節痛。在生下三房唯一的男丁陳懷敏時沒注意保養，過早從事家務勞動，接觸冷水。這種病症不容易痊癒，要慢慢調理才行，不然等到年紀大了，很容易轉化成風濕性關節炎，到時候想要治癒就不簡單了。

陳悠嘆了口氣，可惜吳氏恨不得當她們姊妹是掃把星，給她們一口飯吃已經很不錯了，哪裡還會聽她的話來乖乖調養。她也只能幫助吳氏做這些力所能及的事來讓她少受些罪，畢竟她是這個身體的親娘，是阿梅和阿杏的親生母親。幸好他們家住的這個小院還有一口井，不用提著笨重的衣物去村外頭的河邊浣洗，井水這節氣裡打上來不是太涼，陳悠笨拙地搓著衣服，總算感覺好受些。

阿梅和阿杏打掃完了屋子，就一起跑過來幫著她擰乾衣服。兩人托著笨重的棉衣，猶豫了下，阿梅還是說道：「大姊，我和阿杏在打掃堂屋的時候，聽到弟弟在東屋哭呢！我們要不要去看看他？」

陳悠停下了手中的動作，看了阿梅和阿杏一眼，平日裡臉上的溫和全部消弭，只餘下冷冷的淡漠。這個破敗的小院子只有三間茅草屋子，那對渣爹渣娘帶著弟弟陳懷敏住在東屋，中間一間是堂屋，而她帶著兩個妹妹住在西屋。西屋既當她們的臥房又當廚房，還堆著一堆雜物，除了那張泥土壘成的床，看起來更像是個雜物間。

東屋是她們姊妹三人的禁地，吳氏從來不讓她們進去。說來也是可悲又可笑，這件事使陳悠極其地唾棄老陳頭一家的愚昧和無知。這一切的因由，陳悠還是在原主的記憶中半猜半湊起來的。

吳氏是秋天從隔壁村顏莊嫁到李陳莊來的，與陳家老三陳永新婚後，來年春就有了身孕，誕下了大女兒陳悠。吳氏有些病懨懨的，興頭不好，認為頭胎生的不是個兒子，兆頭不好。但是在娘家人的安慰下，也慢慢放下了心結，只要能生，就能生到老，還怕生不出兒子，沒了後？

可是上天就好似與吳氏作對，隔年，吳氏又懷上了，這次滿心期盼想要生個兒子，可沒想到生出來的又是女兒，這次就連陳永新都有些洩氣和失望。

這個丫頭生下來身子就不好，吳氏又沒好好照顧，還沒一年就夭折了，農家的丫頭不值錢，沒了也就沒了，小身子就隨便埋了土，連個墳堆都沒有。後來吳氏才懷上了阿梅和阿杏。這次，吳氏的肚子異常大，陳永新滿懷期望鄭重請了郎中來看，郎中一號脈說是雙生子！可讓陳永新激動得不得了，認為這一懷就是兩個娃兒，難道會連一個男娃都沒有嗎？可是上天就是喜歡與人開玩笑，吳氏生產後竟是雙胞女娃……

孩子添了頭，出來後，就連來接生的莊嬤嬤都不好要喜錢。明明是家中添口的大喜，三房裡頭卻是沈悶悶的。剛生完孩子，吳氏就靠在床頭落眼淚，兩個孩子的滿月禮也沒辦，後來，二嫂蕭氏在吳氏、婆母王氏耳邊出餿主意，說是請隔壁村的黃大仙來看看。

這三房一連生了四個丫頭，別是撞到了什麼狐仙鬼仙了吧！

當初，吳氏的娘還勸說別聽這些婆子神神叨叨的，吳氏不信，偏要將黃大仙請到家中。這位招搖撞騙的神婆子來老陳頭家裡一看，立即斷言說是三房的陰氣過甚，一呼嚕生了四個丫頭，把子嗣的陽氣壓過去了。讓三房單獨搬出去住，陳永新夫妻也不要太過接近三個丫頭，免得擋了男娃的陽氣，這樣男娃都不敢來投胎了。

陳永新夫婦實在是被這麼多丫頭嚇怕了，死馬當活馬醫，聽信黃大仙的話，搬出了前院，到這破舊竹林後的小院子居住。他們剛搬出來，屋子就被二房的大兒子占了。這麼擠擠巴巴地過了一年，吳氏再次有了身孕，這次生下的竟然真是個男娃。儘管吳氏這次的生產幾乎傷了根基，這對愚昧的夫婦卻對黃大仙的話深信不疑。

陳悠無奈地搖了搖頭，老陳頭一家聽信黃大仙的話，認為是她們姊妹三人影響了三房的男嗣，縱使她巧舌如簧也抵不過眾口鑠金。不管從阿梅的口中還是她這些日子自己瞭解來的，她都知道這個家裡唯一的男孩陳懷敏身體不好。四歲的小毛頭，正是調皮的時候，卻整日窩在房中，嘶啞的哭啼聲，陳悠甚至都沒有聽那孩子說過一句話。她只知道吳氏整日在照顧他。

她有心想要瞧瞧這小弟的毛病，給一些科學的建議和治療方法，怎奈吳氏看得緊，更不許她們接近，她是一點法子也沒有。要不是可憐那孩子，整日時不時聽到撕心裂肺的哭聲，她都懶得管這事。

陳悠前世出生在中醫世家，而且還是中醫藥學博士，可她不是聖母，犯不著別人不願意來給她治病，她還要趕著倒貼上去，自討沒趣。何況陳永新夫婦這樣愚昧，要不是捨不得阿梅和阿杏，她都有遠走高飛的念頭。難道憑著她這一手的好醫術還有藥田空間會活不下去？

阿梅有些呆呆地盯著陳悠冷冰冰的眼神，大姊從來都是溫暖的，從來都是站在她們面前為她們遮風擋雨，看著她們的眼神也是如初春的朝陽一般溫煦，可是大姊剛剛的眼神冷得讓人發顫，好可怕！

阿梅膽怯地低低喚了聲「大姊」，陳悠這才回過神，掩去眼底還沒完全收回去的涼薄和冷清，輕柔地摸了摸阿梅和阿杏軟軟的頭髮，將木盆中的髒水倒到一邊，笑著說：「走，阿梅和阿杏陪大姊晾衣裳去。」

看到陳悠又恢復成她們平時熟悉的模樣，阿梅鬆了口氣，與阿杏攥著陳悠的衣襬亦步亦趨跟在她身後，三姊妹一起將衣裳晾好。做完這一切，陳悠來到井邊，打了水，仔仔細細地幫阿梅和阿杏洗了小手和臉。

病從口入，不管在哪裡，不管生活條件多麼艱苦，個人衛生總是很重要，況且，陳悠還不知道四弟陳懷敏得的是什麼病。如果是先天性遺傳病或者是產後未照顧好得的肺炎，這些都還好處理，可若是傳染病，那她們每個人必須都得小心。

吳氏還沒從前院回來，陳悠朝著竹林那邊望了望，拉著兩個小包子的手先回了西屋。將兩個小包子抱到床上，自己也坐到床邊休息。

家裡的口糧都是吳氏在管著，堆在東屋裡，每日吳氏都是摳著分量來給陳悠，讓她做飯。這時候吳氏沒回來，她根本連個米粒都見不著，也只能帶著餓肚子的妹妹們在這兒等了。

阿梅和阿杏今天跟著她在村後的山頭跑了一天，早就累了。現在一躺到床上就睏得睜不開眼，陳悠讓她們躺下先睡，從旁邊拉過一床破舊的棉被替她們蓋好，摸了摸兩個小包子的額頭和臉蛋，才坐在床沿發愣。

吳氏這幾天晚上給她做飯的糧食越來越少了，之前，還能偶爾給一些小米和細麵，現在基本上都是粗糧。粗糧雖好，可以幫助消化，可也不能每日都吃，這樣下去，這一家子的身體都要拖垮。

老陳頭家雖然日子過得磕磕巴巴，但是還不到餓肚子的地步。雖然三房人不在一起吃飯，可各家都依著人口派了口糧，王氏還經常分些雞蛋給孫子們添補，二伯家裡陳順那小子不就吃得膘肥體壯的？

陳悠倒是不指望那雞蛋還能落到她手裡，給兩個妹妹補一補，可起碼飯要給吃個半飽吧！何況兩個孩子還在長身子呢！既然糧食不缺，為什麼吳氏還這麼摳門？陳悠實在是想不通這個問題。

得！她還是自己想法子賺幾個大錢給妹妹們買點東西吃比較實在，指望那對渣爹渣娘，下輩子吧！

這麼想著，院裡傳來細微的人聲，陳悠一骨碌從床上跳下來，輕手輕腳走到窗戶邊，對著破了洞的窗紙朝外看著。太陽落山了，只在天邊留下一點微白，小院裡這時候半明半暗的，屋子裡沒點油燈，就更加黑不溜丟了。

第二章

陳悠貼在窗邊，陳永新和吳氏從外面一起回來了。估摸著是陳永新和老陳頭他們從田間剛剛到家，與吳氏碰到了，這才一同回來。

陳永新個頭高瘦，三十歲不到的人，卻顯得很蒼老，背微微弓著，好像是被困苦的生活壓彎了一般。吳氏跟在他身後，兩人從院門口走到院正中都無言。

吳氏挎著破籃子，好像在想什麼事。夜色剛起，院內太暗，陳悠看不清楚吳氏臉上的表情。走著走著，吳氏突然慢下腳步，揪著自家男人的衣袖。

陳永新停下腳步，疲憊地回過頭問她。「懷敏他娘，怎麼了？」

吳氏好似躊躇了一下，抬起頭。「當家的，糧食賣出去了嗎？」

陳永新藉著黑暗看著滿臉擔憂的吳氏，長長嘆了口氣。「妳放心吧，我和老張說好了，只是他嫌棄我們這兩月的穀子生了些蟲子，怕是要抹幾個大錢。」

吳氏聽到陳永新的話張了張口，沒說什麼，低下了頭，沈默了一會兒，才接著道：「這時候，誰家的穀子沒幾個蟲子，老張就是欺負人！」

「那妳能怎樣？」陳永新悶悶地吼了一句。

吳氏被他吼得一愣，旋即聲音也沈悶下來。「我能怎地，我還不是為了賣幾個錢給懷敏看病，這幾日懷敏咳得更厲害了。懷敏是我的命根子，就算我們一家不吃不喝，也要餘錢給懷敏吃藥！」

陳永新好像被吳氏逼得沒話說，大掌苦惱地摸了摸頭，在院裡蹲下了身子。黑暗還沒完全裹住天光，陳悠能看到他瘦骨嶙峋的身影。

「孩子他娘，我知道妳擔心懷敏，可是也不能把家裡的糧食都賣了，我們吃什麼？妳難道要我們一家都餓死！哎……」

吳氏僵立著，結結巴巴道：「爹娘那邊……」

「這麼多年了，妳還看不出來哥嫂他們什麼秉性？懷敏娘，叫我說妳什麼好！秋月也要說人家了，爹娘哪還有餘錢補貼咱們……」

吳氏抿了抿嘴，盯著破院子的一處角落，良久，她好像決定了什麼一樣，重重道：「當家的，反正無論如何我都不能看著懷敏病下去，先熬過這個月，若是下月懷敏再不好，我就……我就把阿梅、阿杏送到縣裡去，宋婆子那兒正在收丫頭……」

陳悠連忙摀住了口，瞪大眼睛，簡直不敢相信吳氏所說的話。李陳莊三、四歲毛孩子都知道宋婆子的大名。

大人經常會拿這話嚇唬不聽話的小孩。「要是再不聽話，就把你送到縣裡的宋婆子家賣掉！」

沒錯，吳氏口中的宋婆子確有其人，而且是做人口生意的，林遠縣牙行裡的人牙子。陳悠雖然沒親眼見過她，卻聽說這個婆子心腸冷硬，為了錢什麼事都做得出來。她甚至將自己的親姪女送入縣中數一數二的富戶劉家，給年近六十的劉茂才做小妾，結果這個可憐的女子，沒兩天屍體就從劉府的後門抬了出去。

陳悠渾身冰寒，她下意識朝著黑暗中的床榻看了一眼，屋中伸手不見五指，但她彷彿就覺得阿梅和阿杏淺淺的呼吸和安靜沈睡的容顏就在身邊，一聲聲充滿依賴呼喊的「大姊」迴蕩在耳邊。

手心處被指甲戳得生疼，陳悠緊緊抿著唇，她先前雖也知道她們姊妹不討喜，可陳永新和吳氏畢竟是血親，是給她這個身體還有阿梅、阿杏生命的人。血濃於水，無論他們怎麼厭惡她們姊妹，她都覺得是生活所迫，是無奈之舉，是這個社會人性的無知決定的。可吳氏竟然存了賣女的心思，陳悠那保存的一點點不忍被吳氏這番話徹底打碎。

立在黑暗中的少女，有如浴血的小獸，渾身散發著悲傷和絕望。幽暗中，少女黑曜石般的眼眸冰寒異常，前世的經歷一瞬在腦海中閃過，與現實重疊，就像是快進的電影。

陳悠突然狠狠吸了口氣，用力壓抑住胸腔的那股憤懣。

「哇——哇——咳咳——咳——」東屋傳來幼小孩子痛苦嘶啞的哭咳聲。這聲音像一把鋒利的鋸子在人心上來回拉扯，讓人聽了心痛又渾身不舒服。

站在院中的吳氏驚呼了一句「懷敏」，放下手中的竹籃，跌跌撞撞奔進屋中。

陳悠怕被父母發現，也快步回到床邊。不一會兒，東屋就傳來吳氏心疼地哄孩子的聲音。那帶著方言的溫柔低哼和逗弄，是陳悠和兩個妹妹在面對冷硬冰寒的吳氏時，從未見過的慈愛。

沈默的黑夜，陳悠的手突然被阿梅軟軟的小手握住，陳悠回頭，看到小包子睜著水汪汪的眼睛盯著她。就算夜色再暗，她也清清楚楚地讀懂了小包子眼底的水光和羨慕。

「大姊，娘親又在哄小弟弟了，娘親原來也會唱歌，阿梅從來沒聽過呢，真好聽。」

聽到這句話，陳悠整個身體一僵，彷彿被雷電劈中一般，心底一陣苦澀溢出。儘管從小受到冷待，兩個小包子柔軟稚嫩的內心深處，仍然還是渴望那如暖陽一樣的母愛啊！

此時，陳悠不知道該怎麼安慰包子妹妹，看著阿梅嚮往的眼神，她只能扯扯嘴角。「阿梅，大姊也會唱歌，等明天大姊唱給妳聽好不好？」

阿梅乖巧地點點頭。陳悠總算是鬆了一口氣，但是仍然難掩心中的失落和對陳永新夫婦的失望。

大門「吱嘎」一響，陳悠知道是陳永新進來了。

朦朧的黑夜中，陳悠坐在床邊隱約能見到一個高瘦的憔悴背影。他身形頓了頓，好似朝著她們這邊看了一眼，一聲極輕的嘆息逸出口。

阿梅沒了睡意，尋求保護一樣緊緊捏著陳悠的手怯怯叫了聲。「爹。」

陳永新沈沈地「嗯」了一聲，然後從土灶上拿出一盞破舊的油燈，打火石擦了幾下才點燃。瞬間，淹沒在黑暗中的房屋燃起了一絲燈光。

陳悠只是沈默地看著陳永新機械一樣的動作，什麼也沒有說。她作為現代的靈魂，實際上，心中是很鄙夷陳永新夫婦的，尤其是偷聽了吳氏在院中說的話。可是，為了兩個包子妹妹，她不得不忍耐這一切。

陳永新抬頭看了一眼坐在床邊的大女兒，覺得她最近都有些奇怪，今晚尤甚。以往，大女兒雖然懦弱話少，可明顯是對他這個父親有欽佩和敬重。而現在，這個大女兒，卻讓他有些膽怯，對，就是這個詞，陳永新不明白，明明只是個十歲的孩子為什麼會給他這樣的感覺。

勞累了一天的陳永新晃了晃頭，覺得是他想多了。他朝著陳悠招招手。「阿悠，來幫爹做飯。」

陳悠抿了抿唇，跳下床，阿梅也連忙要下床幫她，陳悠朝著阿梅笑了笑。「阿梅好好休息，大姊能忙得過來。」

阿梅瞧著陳悠堅持的眼神，只好又躺回床上。

陳悠熟練地往大鐵鍋裡倒了井水，然後生了火。陳永新端著個粗陶碗從東屋裡出來，走到陳悠面前。「妳娘給的糧食，這些另做，給妳弟弟吃。」

交代完這些，陳永新就出了西屋，獨自一人坐在堂屋的黑暗裡發呆，抽幾口旱煙。

陳悠看著他的背影，只是冷冷笑了笑。剛開始，陳悠還以為陳永新是個不錯的父親，即便沈悶死板，可並不苛待子女。但是有一次，阿梅聽到幼弟陳懷敏在東屋哭，吳氏又不在，就站在東屋的房門口猶豫著要不要進去哄哄弟弟，恰好被陳永新回來看到。當場一個巴掌就甩了過去，險些要了阿梅的半條命，他還警告阿梅不要靠近弟弟。

阿梅因為這足以讓一個孩子記憶猶新的一巴掌，從此對陳永新都帶著恐懼。後來，陳悠才明白過來，陳永新和吳氏一樣，他們眼裡，只有陳懷敏才是他們的命根子，她們三姊妹，都是可有可無的。

陳悠低頭看著粗陶碗中貼著碗底的兩把小米和一個圓圓的雞蛋，什麼話也不想說，動作迅速地洗了小米倒進煮滾的開水中，又洗了大把的野菜切碎，放了丁點兒鹽，煮一鍋稀稀的小米野菜粥應付晚飯，然後另外蒸出一碗香香的雞蛋羹，這是給小弟弟的。

陳悠手藝好，一碗蛋羹蒸出來，水嫩剔透，鍋蓋一揭開，整個西屋都是蛋羹香味。阿梅用力吸了吸好聞的味道，盯著大姊手上的粗陶碗，卻懂事地從不開口向大姊要這難得的美味。

一回頭，陳悠就看到阿梅渴望的眼神，心裡慭得發酸，她現在連給妹妹吃一碗蛋羹的能力都沒有！陳悠咬咬牙，止住心裡酸疼的感覺，將蛋羹端到堂屋陳永新的面前。

「爹，小弟的晚飯。」陳永新看著滑嫩的蛋羹，站起來瞅了陳悠一眼，端著碗慢悠悠朝著東屋去了。

陳悠回到西屋將鍋蓋揭開，讓稀粥涼一涼，然後才來到床邊，與妹妹們一起等著陳永新夫婦從東屋出來，然後才能吃晚飯。

阿杏這個時候也醒了，她與阿梅各坐在陳悠一邊，抱著陳悠的手臂。

阿梅歪頭看著陳悠。「大姊，小弟弟吃了蛋羹身體會好嗎？」

阿杏也殷切地看著她，兩個小包子天真地以為，弟弟吃了家裡最好的糧食，病就能好起來。

陳悠看著兩個妹妹真摯的眼神，突然就不想將事實告訴她們。她勉強笑了笑，將兩個小包子摟在懷裡，在她們的耳邊輕聲說：「阿梅、阿杏，弟弟吃了大姊做的蛋羹，身體會慢慢好起來的。」

「真的嗎？」阿梅眼含期待地盯著她，臉上都是喜悅。

「等弟弟病好了，爹娘就不討厭阿梅和阿杏了，娘親也會給阿梅和阿杏唱歌。大姊，阿梅以後賺錢，都買雞蛋給弟弟吃，讓弟弟的病快點好起來。」

「嗯！好，不但阿梅和阿杏賺錢給弟弟買雞蛋，大姊也賺錢給弟弟買雞蛋。」陳悠說出這句話後，只覺得心口都是酸的，脹得難受。即便陳永新夫婦那樣對待阿梅和阿杏，兩個小傢伙還是那麼天真可愛地渴望著父母的疼惜。

陳悠陪著兩個妹妹說了一會兒話，東屋那邊就傳來腳步聲。然後吳氏端著碗進了西屋，昏暗的燈火下，陳悠看到吳氏臉色愈加不好，應該是因為陳懷敏的身體更差了。

陳悠將兩個妹妹帶下床，然後小心翼翼地幫著吳氏盛粥擺碗筷。

吳氏瞥眼看到陳悠拿了五個粗陶碗，用清水過了一遍，正要盛簡陋的稀粥，心中一股無名火就冒上來，點著陳悠的腦袋就罵。「吃、吃、吃，整天就知道吃！妳不是帶著妹妹今天在山頭吃肉了嗎？晚飯還能吃得下去？吃肉的時候怎麼就只顧著自己不想著弟弟！真是個賠錢貨！」

吳氏手重，陳悠被她一點險些沒站住，手上拿著的粗陶碗差點磕到灶臺上。陳悠氣得不行，她現在真想不管不顧地回頭對著吳氏狠罵一通。有她這麼做娘的嗎？寧願相信別人在外面亂說的話，也不問問自己的女兒真相到底是怎樣的！

深深地吸了口氣，陳悠才勉強壓下心中的怒火，沒有真的和吳氏頂撞起來。妹妹們還要吃飯，她不想在這個時候和吳氏鬧翻。站在灶臺前低著頭，陳悠捏緊了手中的粗陶碗，她隱忍的樣子更招來吳氏的不快。

吳氏一把奪走陳悠手中的碗，將她往旁邊一推，冷著臉道：「今天妳和阿梅、阿杏不許吃飯，妳帶著阿梅、阿杏去反省，下次要是再被我聽到這種事，三天沒妳們的飯吃！」

「娘，不要打大姊，是陳順胡說，我們吃的是刺蝟肉……」阿梅連忙勇敢護在陳悠的身前，仰著清秀倔強的小臉道。

吳氏抱著手臂看著姊妹二人冷笑了一聲。「娘說話什麼時候輪到妳插嘴了？刺蝟肉有毒，妳們吃的是刺蝟肉還能在這裡等著糟蹋家裡的糧食？我這是造的什麼孽，生了妳們幾個賠錢貨！」

陳悠死死盯著吳氏在昏暗燈光下蒼白消瘦卻帶著譏諷的刻薄臉龐，差點被氣得倒仰。對她們姊妹三人，一個母親竟拿不出半點溫煦和藹。而陳永新還坐在堂屋，根本對吳氏這樣的謾罵充耳不聞。

阿梅被吳氏這麼一吼，驚嚇地向著陳悠靠了靠。

陳悠移開放在吳氏身上清冷的眼神，閉了閉眼，才讓自己冷靜下來。她什麼也沒說，只是一手拉著阿梅、一手拉著阿杏回到了床邊。

這個時候她能說什麼？吳氏怕是在聽到陳順的話後，就一點也不相信她們姊妹了。沒有信任，她說什麼都是白瞎，反而會引起吳氏的反感。陳懷敏病情惡化了，吳氏這時心情鬱結，也不是她解釋的時候，吳氏只會把火氣撒在她們身上。

吳氏看到姊妹三人終於識相，低聲罵了兩句，盛了稀粥端到堂屋去吃了。等到西屋的燈火被滅，吳氏的腳步聲消失在門口，陳悠一骨碌從床上坐起來。阿梅和阿杏急忙抓住她的手。

阿梅嚥了嚥口水，小肚子「咕嚕咕嚕」不受控制地叫起來，小姑娘彷彿有些赧然。「大姊，阿梅餓了。」

黑暗中，阿杏也點點頭。「阿杏也餓。」

兩個小包子的話音剛落，陳悠的肚皮也響了起來。

「大姊也餓了。」阿杏伸手摸了摸陳悠癟癟的肚子。

陳悠哭笑不得，她們就只在白日裡吃了一塊小玉米餅子，這都大半天了，不餓就怪了。

虧得兩個孩子還能忍這麼久，想到這裡，陳悠眼眶就微濕，阿梅和阿杏哪裡是不餓，兩個小包子是不想她為難，才一直忍到現在，這時候估計實在是餓得狠了，才不得已說出口。

「阿梅、阿杏，妳們在床上等著，大姊去看看灶臺。」

阿梅和阿杏乖順地點頭，滿臉期待地看著大姊，大眼睛晶亮。

陳悠小心地下了床，輕手輕腳移到灶臺，揭開了大鐵鍋，裡面乾乾淨淨只留有一些水漬，陳悠有點失望，又摸到土灶邊的一個木檯子。木檯子上除了幾只豁口的粗陶碗和幾雙木筷什麼食物都沒有。

陳悠暗地咬咬牙。她做飯的時候，粥裡加了許多野菜，熬了滿滿大半鍋小米野菜粥，就算陳永新和吳氏飯量再大，一頓也吃不完，何況這粥稀和喝水沒什麼兩樣，飽得快，定有剩餘，吳氏竟然將剩粥都藏起來！這是在拿她們姊妹當賊防呢！

陳悠失望地回到床邊，阿梅和阿杏摸到陳悠兩手空空，懂事地什麼也沒說，只是依賴地靠著她。她將兩個小包子眼底的失落看在眼裡，但這個時候她竟然什麼辦法也沒有。她鼻子酸酸的，狠狠在心中唾棄自己，一個身揣著藥田空間的醫藥學雙博士竟然讓兩個包子妹妹吃不飽飯。

陳悠，妳真慫！

「阿梅、阿杏，我們睡覺吧，明天大姊給妳們弄吃的。」陳悠只能這麼對兩個包子說，所幸阿梅、阿杏懂事，並不為難她。

「嗯，大姊，我們睡覺，我和阿杏一點也不餓。」阿梅軟糯的話音剛落，小肚子又抗議地叫了一聲，阿梅似乎感到窘迫，快速拉著阿杏就先躺下來。

陳悠淺淺地笑了笑，笑完了又內疚，她躺在兩個小包子的身邊，替她們掖好被角。這才一個人盯著烏黑低矮的茅草屋頂發呆，夜色濃重，白日跑了一天，她竟然沒有絲毫的睡意。

這樣的生活她們不能再過下去了，陳悠在心中警告自己。不是從上一世她就明白了嗎？相信任何人都不如相信自己！

緩緩閉上眼睛假寐，良久過後，耳邊傳來兩個小包子綿長平緩的呼吸聲。陳悠右手移到胸口，緊緊捏住藏在衣襟下的古樸戒指，她深深吸了一口氣，心跳得飛快，她竟然覺得緊張，這是她來到這個世界後，第一次真正決定重新進入藥田空間，而之前給阿梅、阿杏做刺蝟肉的時候用的陶甕是她用意識調出來的。從藥田空間被她親手毀去後，她就再也沒有勇氣重新踏入過，即使她一直知道這個空間隨她穿越了，也只是裝作不知道而已。

想起前世祖父交到她手中的藥田空間，想到她第一次按著傳承之法進入到藥田空間時看到的繁盛景象，陳悠很難再面對如今藥田空間的荒蕪。她忘不掉，這祖傳幾百年的藥田空間是毀在她的手中，還是她親自動手的！如果祖父知道了，會怪她吧！可是那個時候，她沒有其他的辦法……

陳悠盯著空間中的虛無，緊攥了下，古樸的戒指幾乎在她的手心刻下印記。

閉眼，默默唸了一遍早已爛熟於心的靈語。耳邊風聲微動，陳悠便知道她已經處於藥田空間中。

清新的藥香，還有微微浮動的暖風，這一切熟悉的情景再次感受到，陳悠卻不敢睜開眼睛。垂在身側的拳頭攥了攥，指甲戳進了手心，微微的痛感襲來，她才鼓起勇氣慢慢地睜眼。

還是那一面明麗的大湖，高懸的瀑布猶如玉龍飛灑，濺起的水珠顆顆晶瑩剔透。只是那圍繞著大湖井然分布的一眼望不到邊的藥田，早已面目全非。

陳悠呆呆地看著枯萎的藥草，橫亙在道路兩邊的枯枝，怔然出神。

祖父爽朗的話語彷彿還迴蕩在耳邊。「阿悠啊，中藥採集必須要講究時令，有的藥材適合春夏採，有的適合秋冬採，不然這藥效就要打折扣了。比如，茴香是在剛成熟時採摘，而女貞必須是略熟時，還要在清晨或是傍晚時分採，另外還有地域限制，不是隨便什麼地方的藥都能用的。寧夏的枸杞，黃耆用內蒙的，人參的東北為佳，地黃只能是河南地界產的，四川的川芎、山東的阿膠、廣東的陳皮……哈哈，不過，這一切在我們祖傳的藥田空間中都不是問題。」

藥田空間所產的藥草全然不講究時令、不講究地域，可以說是世界上頂尖的藥材。祖祖輩輩都花心思整頓這座藥田空間，陳悠從祖父手中拿到藥田空間的傳承。第一次進入這座藥田空間時，仙霧繚繞下，入眼望不到邊的塊塊藥田，都是按照五行相生相剋嚴謹種植的，在這片瀑布的滋潤下，隨意一逛，陳悠都能看到百年人參靈芝、冬蟲夏草、藏紅花、天麻、三七……

她永遠也不會忘掉第一次見到藥田的景象。那是她接觸中醫藥學以來的第一次震撼！可這樣的繁榮，卻在她的手中一夕葬送，幾百年的傳承要從零開始。

陳悠甩了甩頭，將腦中消極的情緒都驅趕走，現在可不是傷心的時候。

她緩步來到湖邊，捧著清澈的湖水喝了一口，甘甜爽口的水從喉管一路滑到胃中，她長吁了口氣，用沾了湖水的手用力拍拍臉頰。

「既然這樣，一切重新開始好了！」她會讓這座藥田空間恢復昔日的繁榮。

抬起頭朝著遠處那幢小院看去，陳悠起身就要走過去，她白天用意念放了許多她挖的藥草在那裡，既然要整頓藥田空間，就一步步慢慢來好了，先把白日挖的藥草種下。

瀑布下湖水波光粼粼，清澈透亮，湖水能夠促進藥草生長，曾經她在藥田中實驗過，在外界要五個月生長週期的白朮，在藥田空間中，用湖水澆灌，能縮短三分之二的時間。

陳悠的動作熟練迅速，前世做過千百遍，她幾乎閉著眼睛都知道這些普通草藥的藥性和醫理。小院中有種植工具，半個時辰後，荒蕪的藥田空間一角就有了一絲新綠，拎了湖水將剛栽下的藥草澆灌了一遍。

陳悠這才來得及喘口氣，望著這小小一塊被休整的藥田，一絲笑容掛在嘴角，但是觸眼遠處大片的荒涼，陳悠又忍不住嘆息。

這些廣譜藥材還好說，藥田空間不忌諱地域時間的限制，只要能採集到同類藥草，就能在空間中種植。但是那些稀有昂貴的藥材，比如冬蟲夏草、野參之類，叫她到哪裡弄去？看來，想要振興藥田空間將是一項長久又漫長的事情。

陳悠收拾好工具，放在藥田空間的小院中，她突然發現自己勞作了這麼半個時辰竟然沒感覺到飢餓。腦中靈光一閃，自進入空間她只喝過瀑布下的湖水，難道說這湖水可以抗餓？陳悠不管這是真是假，在湖中取了半瓢水帶出來。

吳氏恐怕明早天一亮就要攆她們姊妹出門，到時候肯定不會給她們糧食吃。家中的存糧被陳永新賣給村東頭的張書張大爺了，能不能撐到月底都難說，吳氏寧願她們姊妹不吃不喝才好。真要是這樣，陳悠就給兩個妹妹喝口這湖水，先止住餓，等她帶著她們到山上再想辦法。

這麼決定後，陳悠收好湖水，才輕手輕腳躺到兩個妹妹身邊。或許是在藥田空間中幹了一會兒體力活，這回陳悠眼睛一閉，就進入了黑甜的夢鄉。果然如陳悠所料，東邊才泛起微微的魚肚白，竹林前頭院子裡的雞還在叫呢，吳氏就將她們三姊妹從床上拉起來，沈著臉扔給陳悠一只破竹籃，就攆著她們姊妹出門了。

陳悠拉著阿梅和阿杏剛走到小院門口，忽然聽到東屋傳來微低的聲音，聲音中明顯帶了哽咽，是吳氏的聲音。

「當家的，懷敏這幾天咳得更厲害了，吃了藥也沒用，我這心都碎了，要是懷敏有什麼三長兩短，我也不活了。」

一陣沈默後，想起了「篤篤」聲，是陳永新在桌角磕旱煙灰。每一次陳永新有什麼心事，就會抽旱煙，陳悠剛來時就發現了她渣爹的這個習慣。

「明天逢集，帶去縣裡再給趙大夫瞧瞧吧！正好咱手頭上賣糧食還有幾個大錢。」

「給他看！懷敏都在他那裡看了半年了也不見好，反而越來越嚴重了，咱錢像流水一樣花出去抓藥，那苦瓜一樣的藥汁，我看著懷敏喝都心疼，你看孩子好了嗎！啊？」

「那妳說怎辦？」

屋中又是一陣沈默，一會兒才響起吳氏低低的聲音。

「前些日子，孫大叔家那三小子起了一身的紅疹子，孫大娘請了黃大仙來瞧了一眼，喝了一碗符水，第二天就好了。要不咱……」

「咱們哪有錢請黃大仙。」陳永新悶聲道。

「我陪嫁還有一支銀釵，懷敏他爹，明兒你拿去當了吧。」

……

聽到這兒，陳悠臉色灰白，連忙拉著妹妹快步出了院門。

吳氏竟然要請黃大仙！這神婆子有多不靠譜，李阿婆可是與她說得清清楚楚、明明白白。她們三姊妹到今兒還受著這神婆子波及呢！且先不說陳懷敏，黃大仙要是真被請來，八成又要把原因歸結在她們姊妹身上，吳氏本來就存著賣女的心思，到時候，黃大仙一句話，說不定就定了阿梅和阿杏的終生。一入了賤籍，終生就與牛馬一般，哪能比得上良民？何況兩個包子妹妹還小，原主沒了命都要保護她們，她怎能眼睜睜看著她們掉進火坑。吳氏愚昧，她可不能由著她胡來！

孫大叔家的三小子患的根本不是什麼怪病，估摸也就是敏感性的過敏，過敏這皮膚病來得快，去得也快，只要不反覆接觸過敏原，一夜之間好了那很正常。偏吳氏相信她，想到他們三房從前院搬到這破敗小院後，屋子就被二伯娘家占了，陳悠就覺得不對勁，反正，這次一定不能讓黃大仙上門！

看來，她得找個機會偷偷去看看陳懷敏的病情。

路過村口的時候李阿婆正好出來倒水，陳悠拉著兩個小包子笑著打招呼。「阿婆起來啦！」

李阿婆瞧著三個小姑娘這麼早就往山頭跑，就知道是被吳氏一早攆了出來。

「阿悠，妳們過來。」李阿婆朝著她們招手，等到陳悠帶著阿梅、阿杏來到李阿婆家門前。李阿婆給她們理了理衣裳，才笑著道：「阿婆早上烙了餅子，在這兒等等，阿婆給妳們拿幾個嚐嚐。」

陳悠聽到烙餅，不自覺口中就開始分泌唾液，可是想到李阿婆家的家境，她咬咬牙還是拒絕道：「阿婆，不用了，我們從家裡吃了早飯出來的。」

她很明白，李阿婆要給她們的烙餅其實是李阿婆自己的早飯。

李阿婆故意唬她，密密的皺紋堆積在她的眼角。「跟阿婆還客氣，要是妳們覺得白吃了阿婆的，以後來幫阿婆穿穿線，阿婆年紀大了，針孔老看不清呢！」

說著李阿婆就進屋用乾淨的荷葉包了兩塊巴掌大的烙餅子塞到陳悠懷裡。

陳悠注意到兩個小包子渴望的眼神，想到她們三人從昨兒下午就沒吃東西，便狠心收下了。她拉了拉阿梅和阿杏的小手。「快謝謝阿婆。」

「謝謝阿婆，阿梅以後經常來給您穿線。」

被兩個小包子濕漉漉的大眼睛望著，李阿婆眼眶溫熱，彎腰摸了摸阿梅和阿杏的頭，叮囑道：「到了山頭要聽妳們大姊的話，不要亂跑，知道不？」

阿梅、阿杏點頭。

「去吧，天光還未大亮，妳們小心些，露水重，到了山頭，先找塊石頭歇歇。」

「知道啦，阿婆，您去忙吧！」陳悠告別了李阿婆，踏著晨霧，帶著兩個小包子慢悠悠地在村口綿延出去的小道上走著。

李阿婆盯著她們的背影搖搖頭，她們那娘，要是給她們吃了朝食，會這麼早攆她們出來？

等陳悠帶著兩個小包子到了村後的連綿山頭，朝陽已經從東方昇起。照在人身上，暖暖的，讓穿著單薄的三個小姑娘好受不少。

三月了，農田春和土潤，靠著良田生活的農家，馬上就要忙起來。

陳悠領著兩個小包子在一塊光滑的大石頭上坐了，從懷中拿出李阿婆給的兩塊烙餅，一起分吃了一塊，留著一塊下午再吃。烙餅只有手掌心那麼大，又薄，分開了吃根本不抵餓。

陳悠吃了小小一塊，一嘴就沒了，餓疲乏了還好，這粗粗吃了一小塊，反而感覺肚子更餓了。低頭看了一眼，兩個小包子舔了舔手指，知道她們比自己也好不到哪裡去。

從破竹籃裡取出個細長頸的小口瓷瓶，這是她昨夜在藥田空間裡裝的湖水。給兩個小傢伙一人喝了些，陳悠自己又喝了幾口，才覺得空空的胃終止了「喧囂」。

一會兒後，阿梅睜著清透的大眼驚喜地對陳悠說：「大姊，阿梅不餓了！」

陳悠摸了摸她的頭，笑了笑，並不敢告訴阿梅這是因為剛剛喝了湖水的關係。

藥田空間裡的湖水，她根本就不知道是什麼成分，這種環境，她也不能將湖水拿去相關部門鑑定。她雖然偶爾發現湖水能止餓的用處，可陳悠並不敢給兩個包子妹妹經常喝，如果有什麼副作用怎麼辦？

再等等，等她賺到了錢，一定不會再讓阿梅和阿杏餓肚皮了。

一上午，陳悠都帶著阿梅和阿杏在這片山頭轉悠，她一邊挖藥草一邊給阿梅和阿杏講解，這樣既能給她們普及基本的草藥知識，也讓兩個包子不會太無聊。

兩個小包子時不時驚奇地看著大姊，顯然不明白什麼時候大姊認識這麼多大夫才知道的藥材。可是在她們眼裡，一直站在她們身前的大姊就是無所不能的，大姊多麼聰明都不奇怪。

春日季節，陳悠只能採些蒲公英、紫蘇葉、青蒿、薄荷、益母草這類的廣譜藥材，方才一路上她還發現了幾簇金銀花，只是這個時節還沒開花，並不能採摘。她目前也只能採些簡單處理的藥草，手頭上沒有炮製工具，況且也不知道這個世界藥材的行情，明天是縣集，她一定要找機會去林遠縣城裡看看。整天在這山頭刨土可刨不出錢來。

陳悠小心地把草藥收好，然後帶著兩個小包子去把陷阱翻了一遍，今天的運氣不好，簡陋的陷阱裡什麼也沒有。

等到中午日頭高了，三姊妹找了一棵歪脖樹歇下。趁這個時候陳悠給阿梅和阿杏各做了一個簡易的藥包塞在她們衣衫的口袋中。她整天帶著阿梅、阿杏在村後的山頭跑，雖然只是幾座低矮的小山頭，可免不得會碰到一些毒蟲毒蛇，這藥包帶在身上，能起到防身的作用。

陳悠給兩個小包子貼身放好藥包，一低頭就看到阿杏的布鞋破了個洞，白嫩的大腳趾露了出來，腳趾上被什麼劃了一下，還有一道淺淺的口子和淡淡的血跡。小傢伙跟著她跑了一個上午，硬是撐著沒說。

陳悠心口酸酸的，將阿杏抱到身邊坐好，摘了些大薊草來消炎。「阿杏疼不疼？」阿杏雙手摟著大姊纖瘦的肩膀，乖巧地搖搖頭。陳悠瞧著阿梅那雙也「瀕臨崩潰」的布鞋，愁得眉毛都皺起來了。

下午，陳悠和兩個小傢伙把剩下的那塊烙餅分了，又喝了些湖水，勉勉強強對付了肚皮。這會兒，陳悠沒讓阿梅和阿杏跟著她身後跑，而是讓她們在一棵榆樹下休息，自己在附近割豬草、挖野菜。

陳悠一邊幹活一邊想著該怎麼去林遠縣。這個身體的原主從來沒去過縣裡，對那兒只停留在很熱鬧、很好玩這個認知上。而從吳氏和陳永新的話中，陳悠知道明天渣爹也會去縣裡。不過，陳永新是絕對不會同意她跟去的，她不但不能告訴陳永新夫婦她要去縣城這件事，還要瞞著他們，不被他們發現。

可是她不認識去林遠縣的路……而且，她還不能帶著阿梅、阿杏，因為不知道林遠縣有多遠，兩個小包子身體本來就虛弱，如果路途遙遠會讓兩個小傢伙吃不消，她也沒有多餘的力氣揹著抱著她們。可要是丟下她們，誰又來幫著她照顧？

陳悠的眉頭緊緊蹙起來，一個一個難題擺在面前。她真想吐槽自己了，活了這麼多年，什麼時候這麼憋屈過。深吸一口氣，陳悠回頭看了一眼兩個乖乖在樹下看著她的小傢伙，朝著她們彎了彎嘴角。

腦中一閃，陳悠想到了一個人，李阿婆。

李阿婆做針線，每次逢集都要拿到縣城裡的成衣鋪子去賣。明天就是縣集，李阿婆肯定不會錯過這個機會。

這麼想著，陳悠腦中很快就有了完整的計劃。有了想頭，陳悠幹起活來也賣力不少。不能讓吳氏知道她去縣集的事，她今天必須把明天的豬草和野菜都挖好。太陽偏西，時間已經不多了。

今天，姊妹三人回家比平日晚了些。就連阿梅和阿杏都揹了一小捆豬草，陳悠拉著兩個小包子走在路上，嚴肅地告訴她們不能將她挖藥草的事情說出去。

兩個小包子是無限信任她的，當即發誓又保證一定不會和任何人說。

天已經黑了，溫度也降下來，三姊妹深一腳、淺一腳地走在鄉村小路上。到村口的時候，她們模糊看到了個佝僂的背影。

陳悠拉著兩個小的立即加快步子。「阿婆！」

李阿婆見她們姊妹三人終於回來了，鬆了口氣，她每日坐在老槐樹下做針線，都是做到三姊妹回來時才回家做飯，今天太陽都落山了，也沒看到三個小人的身影。要是天色完全黑下來，陳悠她們還沒回來，她都準備去老陳頭家裡叫人了。

把她們拉到自家門前，藉著些微的天光，看到連阿梅、阿杏身上都揹著小捆的豬草，李阿婆驚道：「阿悠，妳弄這麼些豬草做甚，妳看，天都黑了，要是妳為了多採些豬草，讓妹妹們受驚，那可怎生是好？」

李阿婆的話裡鮮少有了一絲責怪。陳悠明白李阿婆是擔心她們，她也知道今天是自己太過急躁了些，連累兩個小包子跟在她後面受驚受苦。她認真和李阿婆道了歉，保證下次絕對不會這樣後，陳悠才與李阿婆提到她想去林遠縣的事。

李阿婆吃了一驚。「妳這麼個小人兒去縣裡能幹什麼？」

陳悠低頭看了看阿杏破了的布鞋，又伸手摸了摸兩個包子軟軟的頭髮，才抬起頭堅定地對李阿婆道：「阿悠不能讓兩個妹妹跟著阿悠餓肚子，阿悠要賺錢給妹妹們買吃的用的。」

李阿婆知道她的困難，還有陳悠爹娘的狠心愚昧，可是她一個十歲的孩子，就算去了縣城又能做什麼賺錢呢？

李阿婆雖然同情疼愛她們姊妹，卻不贊同她去縣裡。「阿悠，妳聽阿婆說，阿婆知道妳愛護妹妹們，可是妳也只是個孩子，縣城裡的店面不會要一個孩子來做工的，妳就算去了，又要怎麼賺錢？」

李阿婆只是以為陳悠病急亂投醫，畢竟小姑娘才十歲，再早熟，怎麼會通曉人情世故，世事艱難。

陳悠抿了抿嘴唇，一張因為營養不良泛黃的小臉上滿是堅決，現在只有李阿婆能幫助她了，要是不能說服李阿婆，那明日就去不了縣城，阿梅、阿杏就有可能被吳氏送走！

「阿婆，我可以賣草藥！」話畢，陳悠將手中的破竹籃放下來，從裡面翻出一小捆整齊的薄荷遞到李阿婆面前。「阿婆，妳看，這是薄荷，可以緩解腹痛、膽囊問題，還能健胃和幫助消化，控量使用能有益睡眠。」

李阿婆微微吃驚地盯著眼前的女孩，陳悠在說到草藥時的自信和認真似乎讓這個瘦弱的小姑娘鍍上一層柔光，讓她忍不住開始相信她說的話。可是李阿婆沒有忘記，陳悠自小從沒有接觸草藥，她怎麼會知道這些。藥材關係到人的性命，可不能胡來。她忙把陳悠拉到一旁。「阿悠，這些可不能胡說，妳是怎麼知道的？」

陳悠早就想到李阿婆會這麼問，她想破腦袋才想到一個合理的說詞，故意低著頭小聲道：「唐仲叔教的。」

「唐仲叔說，他教給阿悠的這些藥材都能採了換錢。」

李阿婆沈默了，唐仲住在李陳莊東頭，前幾年搬來的，孤身一人，三十好幾的人了，還光棍一個。靠著一點兒醫術賺錢，在周圍幾個村莊當赤腳大夫，後來又在林遠縣內行醫，很少瞧見他回村裡來。

阿悠說她識得的這些草藥都是他教的，倒是有這個可能。唐仲雖然脾氣怪了點，但確實是個好心人。

李阿婆低頭瞧著面黃肌瘦的姊妹三人，到底也心軟了，她拉了陳悠有些粗糙的小手，嫩白的手背下是長著薄繭的手心。「既然這樣，妳明日就跟著阿婆去趟縣城。」說著，李阿婆又看了一眼陳悠身後的阿梅和阿杏。「不過阿梅和阿杏還小，不能走這麼遠的路，明兒一早妳把她們帶來，讓妳阿公在家裡照料著。還有，等到了縣城裡，妳要跟在阿婆身後，千萬不能亂跑，可做得到？」

乍然得到李阿婆的允許，陳悠連連點頭，只要李阿婆能幫她，怎麼著都行。

「阿婆，到了縣城裡，阿悠一定聽話！」陳悠連忙保證。

李阿婆摸了摸她的小臉，與她約好了時辰，道：「好了，把那些豬草放在這裡，快回家去吧，都這麼晚了。」

陳悠朝著李阿婆開心地一笑，看來李阿婆早就看穿了她的小計劃。將一半的豬草寄放在李阿婆家裡，陳悠才帶著兩個妹妹回家。

李阿婆拎了兩捆豬草到院中，不由得搖頭，但願明天阿悠的草藥真能賣幾個大錢。這孩子固執又堅韌，要是自己不答應她，她肯定會另想法子，到時候指不定要吃多少苦。

李阿婆長長地嘆口氣，回房裡去和老伴商量了。

陳悠帶著兩個包子妹妹回到家中破敗小院的時候，院內竟然黑燈瞎火的，什麼人也沒有。陳悠皺眉，不知道發生什麼了，正在這時，竹林那邊的前院突然傳來女子淒厲的哭聲。

陳悠一雙眸子裡霎時冰涼，阿梅晃了晃大姊的手。「大姊，娘親在哭。」

陳悠當然知道這哭聲是吳氏的，可是關她什麼事，吳氏眼中只有幼弟陳懷敏，她們只不過是她眼中的賠錢貨。

陳悠將豬草放在井邊，又打了水給兩個包子妹妹洗手洗臉，才淡淡道：「阿梅和阿杏乖，那是大人的事，我們還是不要插手的好。」

阿梅和阿杏點頭，大姊說得對，每次娘親他們說話，都不喜歡別人插嘴。洗完後，陳悠就帶著阿梅和阿杏回屋中休息，沒有吃的，她們必須要等吳氏回來。

一盞茶工夫後，陳悠就聽到院外竹林中的腳步聲和低泣聲。

吳氏邁步沈重，可能懷中還抱著陳懷敏。

「懷敏娘，以後別去前院要錢了……」陳永新的話裡透著無奈。

「不要錢、不要錢，你要懷敏怎麼活？他是我們家的獨苗，難道你想要讓懷敏去死？陳永新，你可只有這一個兒子！怎能這麼狠心！」吳氏說著說著嗓音就變了，嘶啞中摻雜著絕望，她好不容易鼓起勇氣抱了孩子去前院要錢，卻被妯娌排擠諷刺，又被婆婆王氏教訓了一頓，壓抑的怒火和不甘被丈夫一句話給逼了出來，頓時再也忍不住，就朝著丈夫大聲發洩。

昨日，她說要將自己陪嫁的簪子拿去當了給懷敏看病，但是今兒中午一尋，竟然尋不到了！空空舊舊的梳妝盒中什麼也沒有，她把家裡翻了個遍，都沒找到那支唯一的銀釵。

吳氏想到藏銀釵的地方只有自己和丈夫知道。傍晚，陳永新剛從田間回來，她就歇斯底里地質問了，到最後，她才知道，那支她精心保存的銀釵竟然早被丈夫拿走，交給了婆婆王氏，給待嫁的小姑子陳秋月當嫁妝！

吳氏簡直氣瘋了，婆婆王氏本來就掌握著家中中饋，他們三房困難，平日裡不貼補著點也就算了，丈夫竟然還偷拿自己的嫁妝貼補給小姑！

夫妻倆之間的氣氛似乎是沈寂了，好一會兒沒人說話。

良久才聽到陳永新疲憊又愧疚的聲音。「孩兒他娘，這件事是我做得不對，妳要怨就怨我吧！秋月是我一手帶大的，眼看著她就要說婆家了，我這個做哥哥的怎麼也不能不出一分力……」

吳氏被陳永新這個窩囊勁氣笑了，她抱著陳懷敏冷笑一聲。「那你就用我的陪嫁貼補她？真是個好哥哥、好夫君，你要給你親妹子添妝，你怎麼沒本事自己去賺！」

一句話戳到了陳永新脊梁骨。他活到即將而立之年，自小跟著父親哥哥只會種地，人又固執老實，哪裡有那靈活的腦子和本事賺錢，要真有賺錢的法子，他們會連每月陳懷敏的藥錢都要問爹娘要？

土裡刨食，除了管一家溫飽，繳了稅，餘糧根本就沒多少，指望這些賣錢，還不如農閒時去里正家裡做工實在些。豐年糧食賤賣，荒年糧食自家吃都不夠，就更指望不上了。

陳永新的聲音聽起來有些僵硬。「妳放心，懷敏的藥錢我一定會想法子！」

「好！陳永新，我就等著你拿錢來給懷敏看病！」吳氏譏誚道。

夫妻兩人鬧了一番不愉快，吳氏邁著重步就進了堂屋，拐進了東屋裡。因吳氏無心做飯，只給了陳悠一把小米做野菜粥，陳悠做了飯，一家吃過歇下。

陳悠望了一眼從破窗戶外透進來的銀白月光，撇撇嘴又咬咬牙，賊老天，有什麼了不起，她偏要活得好好的給所有人看。

次日，縣集的日子，李陳莊要去趕集的人都起得很早，天不亮就能聽到路邊牛車的聲音。

陳永新這日也起得特別早，陳悠本就淺眠，加上東屋陳懷敏又在咳嗽乾嚎，她乾脆也叫醒兩個小包子。

陳悠和陳永新幾乎是前後腳出門。吳氏每日一早就將她們姊妹攆出去，倒也沒覺得陳悠的動作有什麼奇怪，加上吳氏因為銀釵一事，心情鬱悶，就更沒將注意力放在陳悠身上了。

陳悠一邊拉著一個小包子的手，殷殷叮囑。「阿梅和阿杏，大姊今日與李阿婆去縣裡，妳們留在李阿婆家裡一定要聽話，有什麼能做的事情也儘量幫阿婆做了，知不知道？」她有些挫敗，竟然連一句「大姊給妳們帶好吃的」都沒法保證。

陳悠來到李阿婆家門口，輕輕地叩了叩門，開門的是老李頭。

老李頭彎駝著背，一張曬得黝黑的臉上滿是皺紋，一笑起來，細細密密地堆積在眼角和嘴角。

「阿悠啊，快進來，妳阿婆在裡面收拾呢！」老李頭的聲音低啞卻和藹。

「阿公早！」陳悠帶著兩個小包子打招呼，李阿婆和老李頭都是好人，李阿婆經常給她們姊妹留的糖餃子就是老李頭從縣城裡帶來的。

老李頭和李阿婆在李陳莊的田地很少，但是老李頭會編些竹筐竹籃，雖然手藝不是頂好，可是勝在這些竹筐竹籃耐用結實，農家可不就稀罕實用的東西嘛！

陳悠拉著兩個小包子進了小院，李阿婆已經迎出來了。

「都收拾好了嗎？」李阿婆笑咪咪地問道。

「嗯，都收拾好了！」陳悠將竹籃中整齊的草藥遞給李阿婆看。

李阿婆讚許地點點頭。「天不早了，趕早市的半夜就出發了，我們快些走吧！」

陳悠彎腰又嘮叨地對兩個妹妹說了幾句，才跟著李阿婆出門。

第三章

這個時候，李陳莊的鄉間小道上已經沒什麼人了，藉著矇矇亮的天光，陳悠跟在李阿婆身後深一腳、淺一腳地走著。

李阿婆平日裡是個急性子，難得逢縣集會這麼遲才出發，陳悠雖然早上什麼也沒吃，還餓著肚子，卻感到心口暖暖的。她明白，李阿婆為了她不讓老陳頭家的人瞧見，才故意這麼遲出發的。

陳悠緊走兩步趕上李阿婆。「阿婆，林遠縣是什麼樣的，離咱村多遠，縣集是不是特別熱鬧？」

李阿婆笑著看了她一眼，陳悠難得露出來的天真，讓她瞧起來就像個觀音座下的小玉女，格外可愛。

李阿婆在心裡嘆氣，往常陳悠要帶著兩個比她還小的妹妹，不管做事還是說話都顯老成，真是難為這孩子了。李阿婆也是能說會道的人，當即給陳悠普及了林遠縣的知識。

林遠縣只是華州的一個偏遠縣，而華州隸屬於慶陽府，慶陽府離首都建康城僅僅嵩州一州之隔。大魏朝建國一百多年，正值鼎盛時期，當今天子勵精圖治，又開明晟睿，就連林遠縣這樣的偏遠小縣城都能感受到皇恩浩蕩。

陳悠聽完李阿婆說的話，才無奈地嘆息，這個世界果然不是她生活的那個世界了，也不是歷史長河中的任意一點。也罷，不管是在哪裡，既然有了重新來過的機會，陳悠都會認真地活下去。

一邊走，一邊說，去縣城枯燥的路途也顯得鮮活起來。一個時辰後，陳悠和李阿婆才到林遠縣的城門前。

小小的城池帶著明顯剛剛修葺過的痕跡，今日縣集，連城門口都是擺攤的小販。雖然賣的東西種類不多，可是到處都是採買的百姓，各種吆喝聲鑽進耳朵，陳悠第一次見到如此原汁原味的古市井，也驚奇地瞪大了雙眼。

李阿婆瞧她好奇地到處亂看，笑著拉起她的手。「阿悠，這還只是城門口，裡面更熱鬧哩！」

饒是陳悠是個不折不扣的現代人，也體驗了「土包子進城」的感覺。身邊沒有兩個小傢伙，也沒有那對渣娘渣爹，她心下放鬆，又是十歲孩子的身軀，也顯露一、兩分的真性情來。

一路上凡是能看的，她都要看一遍，好些東西她都問了價錢就走，惹得小販罵罵咧咧，可陳悠根本不管。

李阿婆也隨她，只當她在家中壓抑久了，這般反常是發洩。正當陳悠沈浸在瞭解大魏朝物價的喜悅中，人聲鼎沸的狹窄街道卻突然傳來一陣急喝聲。

這聲音帶著明顯的怒急，卻清朗乾脆，像是清透的水珠滴落在頑石上一般，清越又特別。要是用聲控們的話說，妥妥的男神音啊！

陳悠也因為這個突然冒出的男神音回過頭，觸眼就見到街道東頭打頭的一個騎馬少年用力揮舞著手中馬鞭，那棕色的高頭駿馬受了驚一樣在人群中狂奔，掀翻了無數小攤，踐踏了無數貨品。

少年俊朗的眉目猙獰，臉上有不正常的蒼白，未束冠，一看就是個未成年。清蓮絨的披風飛舞著，盤扣上鑲嵌了寶石，裡面是同色的錦緞長袍，看到這般鋪張的打扮，陳悠腦中只浮現了四個字「紈袴子弟」。

為了避免被波及，李阿婆連忙拉著陳悠朝街道邊避去。這群人來得突然，一時間熱鬧的街市瞬間雜亂無章，小販們紛紛護住自己的貨物朝著兩邊避開。

陳悠手中挎著破竹籃，被這推搡一擠，竹籃就被撞開落到了人群外。眼看昨日一天的勞動成果就要「喪命」馬蹄下，陳悠哪裡肯！用力推開貼著自己的人群，快步出去就要將竹籃拉到身邊來。

馬蹄聲越來越近，幾乎就在耳邊，陳悠的心也怦怦直跳。

李阿婆親眼看著這一幕，嚇壞了，大聲在人群後喊著。「阿悠！」

終於，手搆到了竹籃，陳悠幾乎使盡力氣將竹籃拉到身邊，一抬頭，陳悠就傻眼了。

世界好似剎那間靜止，棕色駿馬幾乎是到了眼前，從自己身側擦過，然後一條暗紅的馬鞭朝著陳悠抽來。陳悠下意識背過身，將竹籃護在身前，結結實實的一鞭子就落在陳悠單薄的背脊上，直將她抽了一個趔趄。即便這是春日，身上穿的不是單衣，陳悠也覺得後背一陣火辣辣的麻痛，一股積壓在心底的憤怒瞬間湧上來。

陳悠忍著後背的疼痛立即回過頭，咬牙切齒地盯著遠去的騎馬少年，一雙眸子裡要噴出火來！

臥槽，真當她是好欺負的！

似乎是被少女怨念又憤恨的目光看得發毛，騎馬的富貴少年突然回頭。原本還帶著萬分愧意的少年看到那個小女孩要吃人一樣的眼神，心中本就不多的內疚完全散去，甚至還朝著少女皺了皺眉，給了冷淡一瞥。

陳悠現在恨不得將這個無恥的騎馬少年狠狠罵一頓，可是他早已經跑遠了，出了林遠縣城，暗地攥了攥拳頭，陳悠陰暗地在心中詛咒：最好是一輩子也不見，不然，哪日犯到她手上，她絕對不會善罷甘休！

這場驚險隨著肇事者的離開很快就平息下來，街道上又恢復之前的熱鬧。

李阿婆好似才從驚恐中回過神，快步過來，一把抱住陳悠，焦急道：「阿悠，後背可疼？」

陳悠嘶嘶吸了兩口氣，才勉強朝李阿婆笑了笑。「阿婆，我沒事，不疼，小傷，過兩日就好了。」

剛剛那幕太驚險，李阿婆幾乎要嚇暈過去，要是那少年郎的馬蹄再偏些，陳悠就命喪蹄下了。

「阿悠，妳怎麼這般胡來！藥草沒了可以再採，但是命沒了，以後誰來照顧阿梅和阿杏，阿婆又如何與妳家人交代？」李阿婆的聲音嚴厲，可說著說著她就掉起眼淚來。

陳悠回頭想想也明白剛才那種情況實在是危險，一個不小心，就要一命嗚呼，不知道她剛剛哪裡來的膽氣，現在心裡也是一陣空落，感到後怕。

抬手給李阿婆擦眼淚，陳悠立即道歉。「阿婆，您別難過，是阿悠的不對，阿悠下次再也不這樣了。您看，阿悠現在不是好好站在您面前？」

大街上的，人來人往，李阿婆也沒再說什麼，而且陳悠剛剛受了驚嚇，也不是教訓她的時候。

「好了，如果妳再不聽話，阿婆下次再也不帶妳來了。」

陳悠討好地朝著李阿婆笑。李阿婆嘆了口氣，接過她手中的竹籃拎著，另一手牽了她。

剛剛站起來，旁邊就有路人打扮的大叔警告道：「小姑娘，今天算妳命大，剛剛走過的這人聽說是建康城的貴公子，和我們這種老百姓是雲泥之別，要是惹了他，搭上一家子都不夠賠的。相信大叔，下次要是見到這種人，還是繞道走吧！」說著大叔就看向李阿婆手中的破竹籃，嘆息一聲。「能留得命，破些財又算得了什麼！」

陳悠咬咬唇，朝這多話的路人大叔微笑著點點頭，她看得出來，這人說這些話也是為了她好。

接下來陳悠老實了許多，亦步亦趨地跟在李阿婆身後，將看到的、聽到的記在心中。陪著李阿婆來到孫記布莊，陳悠抬頭看到櫃檯邊站著的是個穿著淺藍印著碎花褙子的姑娘。這姑娘圓臉杏眼，長髮烏黑靚麗，瞧起來倒是分外可人。

「孫大姑娘啊！」李阿婆笑著打招呼，顯然與這家布莊的人早已熟了。

孫大姑娘從帳本前抬起頭。「李阿婆，您來了，我爹早上就說今日逢集，您肯定會來送貨的，我還奇怪都這會兒了，您怎麼還沒來呢！」

「今天路上有事耽擱了一會兒，還望孫大姑娘見諒！」

「李阿婆您說哪裡的話，我們手頭的繡品又不趕，就算您再晚些也沒關係。」孫大姑娘說話落落大方，一個大姑娘開門做生意一點也不羞懼。

孫大姑娘從李阿婆手中接過一個小包袱打開，裡面是整整齊齊的繡活。她一邊索利地點著，一邊與李阿婆話家常，瞥眼看到站在李阿婆身後的陳悠正一臉好奇地打量她，咯咯笑起來。「李阿婆，這是您親戚家的孩子？除了瘦了些，倒是個好模子。」

李阿婆抿著唇笑，默認下來。這其間，孫記布莊來了幾個客人，孫大姑娘只好抱歉地對李阿婆告罪一聲，讓她們在後堂坐一會兒，她先去招呼客人了。

孫記布莊不大，裡裡外外都是孫大姑娘一個人照應。

不一會兒，孫大姑娘送走了客人，端了兩盞茶來後堂，又拿出兩塊油紙包的綠豆糕往陳悠懷裡塞。「李阿婆，勞妳們費時等著了，喝口茶歇歇，我這就點完了。」

陳悠推拒著不肯收孫大姑娘給的點心，孫大姑娘嘴角一彎。「不是什麼值錢的，拿著吃吧！」

陳悠望了李阿婆一眼，李阿婆笑著朝她點頭，陳悠才收了孫大姑娘的點心。

李阿婆喝了一口茶水問道：「孫老闆呢？」

這孫記布莊也算是孫家祖傳下來的產業，只是到了孫大有這輩人丁凋零，在林遠縣長住的人都知道，孫大有年輕的時候髮妻就患病離世，只留下一個獨女孫穎。奈何這孫大有專情，到了而立之年也未娶填房，後來女兒也大了，孫大有怕娶了繼室回來，女兒受委屈，更打消了再娶的念頭，與女兒靠著這家布莊相依為命。

等再過個兩年，孫大有想招個入贅的女婿，女兒不受苦，也能繼承這份家業，綿延老孫家的香火。

「阿爹一早就去華州進貨了，走水路，估摸著來回要兩天呢！」孫大姑娘爽利地答道。

陳悠拿著兩塊綠豆糕卻沒吃，只是喝了茶水。茶水入口有些澀嘴，是茶葉沫泡的水，可儘管這樣，陳悠也明白這是良好的待遇了。在李陳莊，除了富餘的人家，是沒人喝茶葉的，一般都趁著春季柳樹發芽的時候，採摘最嫩的小芽頭，烘乾留著泡水。

陳悠一雙靈動的眼時不時打量著孫大姑娘，突然，她的目光一閃，孫大姑娘一雙白嫩的小手在她眼前掠過。陳悠有些吃驚，如果她沒看錯，孫大姑娘右手圓潤的指甲上那些暗褐色的斑斑點點正是甲癬。

抱著茶杯，陳悠陷入了沈思。甲癬這種皮膚病簡單說就是灰指甲，大多都是由真菌引起的。這種病並不難治，只是格外的影響美觀，特別還是在孫大姑娘一個荳蔻年華的少女身上。

李阿婆撇頭看到陳悠捧著茶杯，大眼睛盯著一個地方發呆，也沒吃孫大姑娘給她的綠豆糕，以為她是方才被驚到了。

李阿婆安慰道：「阿悠，事情都過去了，晚上回去阿婆給妳喊喊魂就沒事了，啊，別多想。」

陳悠被李阿婆一句話說得回神，反應過來李阿婆說的話後，哭笑不得。

鄉下的老辦法，小孩子受驚了，魂魄不穩，晚上得拿著孩子的貼身物件，在黑夜裡叫一叫孩子的乳名，固固魂兒。李阿婆以為她是嚇到了呢！

「阿婆，我好著呢！」

孫大姑娘很快點好了數，李阿婆拉著陳悠到了櫃檯前。

孫大姑娘伸手過來，遞給李阿婆三十個大錢。「李阿婆，這是這回的錢。」

陳悠方才沒瞧清楚，於是趁著孫大姑娘給錢的時候，刻意朝著她的手瞧。這次看得楚，她確定這孫大姑娘患的就是甲癬。

孫大姑娘好似注意到陳悠不同的目光，立時窘迫地收回了手，掩藏在略長的袖口中。陳悠還注意到孫大姑娘做事的時候，總是刻意去避開看她的右手手背，一般無必要的時候都是手心朝上，與人交談時，也習慣將手藏在袖中。

這是不自信的表現，說明孫大姑娘對手上的甲癬很在意。有人說過「手是人的第二張臉」，好好的一個美麗姑娘，一雙白膩的小手上長了灰指甲，該是多讓她自卑的事。陳悠忍了忍，還是覺得開口提醒一句的好，孫大姑娘是個好姑娘，她不忍看她為了身上的這點瑕疵自卑。

李阿婆接過了銅錢，小心放好，又將絲線和布料放入包裹中，正準備帶著陳悠走出孫記布莊。

陳悠卻朝孫大姑娘甜甜地一笑，用毫不避諱的目光看向孫大姑娘的右手。「孫姊姊，苦參十錢、車前子十錢、白醋一瓶，合一起泡了，妳不妨搽搽看。」

陳悠突然冒出的這句話，讓李阿婆和孫大姑娘都愣住了。

李阿婆順著陳悠的視線瞧過去，明白過來這丫頭是在說孫大姑娘的指甲。即使孫大姑娘再怎麼遮掩，李阿婆與她接觸了這麼多次，自然也發現了孫大姑娘的指甲不同。只是她慣不是多嘴的，也看出來孫大姑娘對這醜指甲很在意，沒想到陳悠卻直言不諱地說出來，說的還是個藥方子。

李阿婆看著陳悠長大，對「原主」陳悠自是再清楚不過。昨日陳悠說跟著唐仲學了認些草藥，她都不是全然相信，現在又脫口說了方子，她不由得就皺起了眉。

李阿婆連忙上去拉了陳悠的手。「阿悠，不可胡說！妳能知道什麼方子！」

陳悠能聽出來李阿婆的聲音裡帶著嚴厲，李阿婆是怕她惹得孫大姑娘不快。被李阿婆訓斥後，陳悠閉了嘴不再說話，只是一雙烏黑的大眼裡不經意帶了些委屈。

「孫大姑娘，孩子還小，不知道為人處事，她說的話，妳別放在心上，我回去一定好好教訓她，定叫她不能這樣出來胡扯嘴皮子。」李阿婆不動聲色地將陳悠擋在身後，向孫大姑娘賠禮道。

孫大姑娘被李阿婆一席話說得回過神，注意到站在李阿婆身後的陳悠小臉上的隱忍和失望，原本心裡那點不快也消散了，反而朝李阿婆笑道：「李阿婆，別為難孩子，我這手也不是一天兩天的了，您和我是老熟人，我也不怕丟臉，倒是這孩子說的方子我沒聽過，還真想著去試試。」

李阿婆見氣氛緩和下來也鬆了口氣，既然孫大姑娘給了臺階下，她也不是不識抬舉的人。「這孩子跟著我們村的赤腳大夫學認過一些草藥，如果真的知道一、兩個方子也不足為奇，還是孫大姑娘您寬宏大量。」

孫大姑娘聽了之後有些驚訝，又仔細看了眼李阿婆身後的陳悠。十歲左右的小女孩，一點也不膽怯，剛剛說方子的那小樣兒，很是自信討喜。孫大姑娘又將目光落到放在一邊的破竹籃上。

李阿婆見孫大姑娘在看陳悠的竹籃，樂呵地解釋。「這些草藥就是這孩子採的，今兒我順道帶著她去藥鋪問問，看能不能賣幾個大錢，給這孩子貼補貼補。」

李阿婆這麼說後，孫大姑娘就更驚訝了，這麼個小姑娘真的認識草藥！孫大姑娘已經對陳悠的方子信了三分，她暗暗將方子記在心裡，準備晚間去藥鋪問問。

她也有些病急亂投醫，這指甲上的灰斑越來越嚴重，原本圓潤好看的指甲也變厚變粗糙，她試了多少偏方都沒用，去醫館時大夫卻說未見過這樣的病症，不敢亂下方子。

大魏朝再繁榮，林遠縣也不過是華州的一個邊遠小縣城。一般人家患了這甲癬，並不會在意，不痛不癢的，只是難看了些，粗心些的人還以為是幹農活磨出來的呢！鄉下小地方的大夫，沒見過這種病例就更不足為奇了。

陳悠歉意地對著孫大姑娘笑了笑。

「真是個了不起的小姑娘，李阿婆，放心吧，我這麼個大人還能和小孩子計較？」

「那就好，那老婆子先帶這孩子走了。孫大姑娘，祝您生意興隆。」李阿婆說了幾句吉利話就拉著陳悠快步離開孫記布莊。

陳悠被李阿婆牽著，內心挫敗非常。用著這具小身子，她現在是什麼也做不了，今日就只是一個小小的灰指甲，也連累李阿婆給別人賠禮道歉。看來，她還是將這一切想得太簡單了。經過這件事後，陳悠暗下決心，以後就算是遇到病患，她也不能輕易出手，還是先好好想法子護住兩個小包子才是正經，旁的她再沒那個閒心去管了。

她抬頭，愧疚地看了看一路上一句話也沒說的李阿婆，良久，才道：「阿婆，阿悠又給您添麻煩了。」

陳悠以為李阿婆生氣了，她討好地晃了晃李阿婆的手臂，殷切看著她。

須臾，聽到李阿婆一聲嘆息，她將陳悠拉到街道邊，彎下身認真地對陳悠說道：「阿悠，妳雖然還小，但妳有兩個妹妹，有些事也應該懂了。在這個世上，不是什麼話都能說的。比如孫大姑娘，阿婆知道妳是為了她好，也相信妳說的方子有用。可是妳與她才接觸多久，就這麼大剌剌地戳了別人心窩子？幸好孫大姑娘脾性不錯，要是遇到一個心口不一的人，說不定人家就已經記恨上妳了。」

陳悠認真聽著李阿婆的話，只覺得渾身冰寒。心中一團模糊的地方好像瞬間明朗了。自她重新開始以來，把一切都想得太簡單、太理所當然，一心將兩個小包子的責任挑在肩上，卻還沒看透這世間規律、人情世故。

陳悠前世雖然也活了將近三十年，學歷高、工作好，可卻是在蜜罐中長大的，在家人的保護下一生順遂，做喜歡做的事，從未被生活逼迫過，也正是因為這樣才遭了那樣的算計而不自知，在最後的時候拚著命與人同歸於盡。到了如今，也是在李阿婆的點明下，她才恍然大悟。她在心中對自己比了一個中指。

「阿婆教訓得是。」陳悠深吸了一口氣，掃去眼底的陰霾，看向李阿婆滿是皺紋的臉，俗話說家有一老如有一寶，陳悠真的很感謝李阿婆對自己的照顧。

「阿悠，這些話可不是妳嘴上說明白就真的能明白，以後不管在哪裡都要少說多做，可記得了？」

李阿婆是真的拿陳悠當作親孫女來教導。陳悠眼眶有些濕潤，在這裡，李阿婆是她見到的第一個真心待她的人，她不想讓她失望。點了點頭，陳悠朝李阿婆笑起來，心口卻是酸酸脹脹的。

「走吧，阿婆帶妳去藥鋪問問。」李阿婆也捨不得真的狠下心來教訓陳悠。

很快，來到了目的地，陳悠抬頭看到藥鋪旁邊掛著的幌子——百藥堂。來之前她就聽李阿婆說了，百藥堂是林遠縣唯一一家藥鋪，一位姓趙的大夫在裡頭坐診。前幾日，陳悠聽到她渣爹渣娘提到這位趙大夫，因著陳懷敏的病，好似找這位趙大夫瞧過數次。

藥鋪裡頭人很少，與其他鋪子裡的熱鬧相比，清冷了許多。就算是進進出出也沒有人會熱情招呼，這就是藥鋪的規矩，雖然以看病賣藥為生，卻不能期盼世人生病。裡頭兩個半大的小子一個正在抓藥，一個正從後屋搬來藥袋給量少的藥格子添藥。

鼻腔裡充斥著熟悉的味道，那是藥香，與久違的香味重逢，陳悠不禁深深吸了口氣。

那添藥的半大小子回過頭看到站在藥鋪門口的一對祖孫，微笑道：「阿婆是抓藥還是看病？」

李阿婆似乎也有些恍神，聽到問話，才拉著陳悠上前一步進了百藥堂。百藥堂不大，靠牆邊放著兩個大藥櫃，中間擺著一個几榻，是大夫坐診的地方。

陳悠朝裡面看去，几榻後一個乾瘦的半白鬍子老者正在給一個青年號脈。想必這就是那位趙大夫了，她不由得多看了幾眼。

「這位小哥，我們是從李陳莊來的，想問問你們這裡收不收草藥？」李阿婆笑咪咪地對夥計道。

李阿婆話一出口，連抓藥的夥計也回過頭來看著祖孫倆。

百藥堂在林遠縣開了十幾年，看過的病人不知凡幾，倒還是第一次有人進了藥鋪是來賣藥的，小夥計也有些愣了，一時不知該怎麼回答才好。

還是添藥的小子靈活。「實不相瞞，老阿婆，這來我們百藥堂賣草藥的妳們還是第一個呢！這事我也作不了主，妳們且等等，我去問問師傅。」

李阿婆再三道謝。陳悠一直被李阿婆攥著小手，她能感受到李阿婆微微潮濕的手心。她很聽話地沒說話，因為這個時候，李阿婆開口比她開口會更加讓人信服。

不一會兒，小夥計就帶著趙大夫過來了。「師傅，您看，就是這位老阿婆要賣草藥。」

趙大夫一身青藍棉布長袍，額頭和眼角的皺紋都很明顯，他看了一眼蒼老的李阿婆和她身旁纖弱的小女孩，撫了撫鬍鬚。

「既是來賣草藥的，拿來給我看看吧！」趙大夫的話音平平，卻透著一股威嚴。

小夥計聽了笑咪咪地從李阿婆手中接過破竹籃，打開布包。

「師傅，青蒿、益母草。還有一些薄荷和車前子。」小夥計一眼就認出來。

趙大夫彎腰撥弄了一下布包中整齊、處理過的草藥，還從中撚了一個對著光看了看。

小夥計顯然很高興，他彎著眼睛對著臉露緊張的李阿婆說：「老阿婆，這是您採的啊！」

李阿婆笑了笑，權當默認。

「阿婆手藝真好咧，這草藥……」熱情的小夥計後面的話，被趙大夫一個瞪眼給噎了回去。他似乎害怕地縮了縮頭，另一個夥計立馬把他朝後拉了一把，聲音極輕地在那小夥計耳邊嘀咕了兩句，然後那小夥計臉上的笑就消失了，規規矩矩站在趙大夫身後。

陳悠眨著大眼睛將這一切都看在眼裡，她抿了抿唇，沒被李阿婆牽住的那隻小手攥了攥。

趙大夫放下手中的草藥，有些為難道：「老阿婆，想必您也是知道的，我們開門看病抓藥，那是天經地義，這藥鋪中的藥都有固定的來路，那章程也是早定好的，本不該違背。可您既然送來了草藥，雖然處理得不怎麼樣，可鄉里鄉親的我不收也不太好。您看這樣，這些給您十文可好？」

趙大夫這番話說得在情在理，李阿婆也頗為理解，她帶著陳悠來，也只是為了試試，其實並不抱希望這草藥真能賣錢，她有時候甚至懷疑，陳悠採的這些不是草藥。

聽到趙大夫願意花十文錢將這些草藥全收了，李阿婆臉上都是喜氣。「趙大夫，您願意收就是幫了老婆子大忙。」

趙大夫朝身後的小夥計使了個眼色，小夥計立即從櫃檯取了十文錢來遞給李阿婆。李阿婆千恩萬謝接了十個大錢，小心包好。

「老阿婆，若是下次還有草藥，一併送來吧，我也幫人幫到底！」趙大夫大度道。

陳悠一直忍著，直到隨著李阿婆走出百藥堂。

趙大夫站在門口瞧著這對祖孫走遠，臉上才露出了一絲得意的笑。今天他可是賺了，老人孩子就是好糊弄。

站在旁邊正在清點陳悠草藥的小夥計雖然一聲不吭，可是滿心眼裡為了這對祖孫不平。還虧得趙大夫行醫濟世，竟然厚著臉皮占這對祖孫的便宜，這些青蒿、益母草明顯是經過精細加工的，是上等藥材，看那對祖孫穿著，就知道一老一小日子不太好過。這樣的錢，趙大夫也能昧著良心抿下。真是個黑心肝的！

這些，小夥計也只敢在心裡吐槽吐槽罷了，他畢竟還要靠這份工養活自己，可不會真的去得罪趙大夫。

陳悠隨著李阿婆出了百藥堂，她忍了許久的臉終於垮下來，滿臉喪氣。方才李阿婆在與趙大夫說話時，她偷偷瞄了眼藥櫃，那藥櫃上標明的青蒿、益母草可不是這個價，何況她還白搭上了那一把整齊的薄荷。若是按照正常草藥價，她採的這些起碼得值五十文左右。

陳悠浸淫草藥多年，一手製藥技術自也不差，不敢說頂好，起碼比百藥堂的那些藥材高上一個檔次，可趙大夫輕飄飄的一句話就將她完全否定了。更氣人的是，明明知道他在占她們的便宜，她還不能開口，連一句公道話都不能說，只能由著李阿婆對他千恩萬謝，陳悠只覺得自己真是太憋屈了。

打一個巴掌還給個甜棗呢，她這是賠了夫人又折兵？雖是這樣，陳悠偏偏卻只能忍著，這小旮旯林遠縣就只有這一家藥鋪，她採的草藥不賣給百藥堂，又能賣到哪裡去？

陳悠頗苦惱地嘆口氣，出了百藥堂不遠，李阿婆就將她拉到街邊，因為臉上帶笑，眼角的魚尾紋更加明顯。她拉起陳悠的小手，小心地將趙大夫給的十文錢放到她手中，而後，摸了摸陳悠的頭，欣喜道：「阿悠，阿婆沒想到這草藥真能掙錢哩！阿悠真能幹！阿婆小半個月的繡活也只能賺上三十文呢！」

陳悠低頭看著躺在她手心的十個錦泰通寶，那份剛剛被打壓的失落忽而全部消散了。她不能一口吃個胖子，第一次賣草藥就賺了錢，已經算是運氣極好了，至少她有了十個大錢，能讓阿梅、阿杏吃頓飽飯了！

這麼一想，陳悠也高興了起來。她抬頭看著李阿婆臉上的笑容，也跟著笑起來。「還是多虧了阿婆幫忙，不然阿悠的草藥也賣不出去。」

李阿婆拍了拍她的小臉。「傻孩子！想著這幾個大錢怎麼花吧！」

李阿婆說到這裡，陳悠也咧嘴樂道：「阿婆，別擔心，我會每一個大錢都花在刀刃上的！」

長吁了口氣，李阿婆頗為感嘆地說：「沒想到，咱們的阿悠也能賺錢了。」說完，李阿婆忽然又嚴肅起來，她蹲下身扶著陳悠削瘦的雙肩。「阿悠，妳來百藥堂賣草藥這件事，萬不能讓妳爹娘知道，懂嗎？」

陳悠鄭重地點了點頭。「阿婆，您放心吧，我會很小心的。」

「哎。」李阿婆站起身，恢復了臉上的愉悅。「阿悠，以後採來的草藥若是沒地方放，都放到阿婆家裡來攢著，等到逢集了，阿婆再帶妳來縣城賣給趙大夫。」

李阿婆這麼為她考慮，陳悠當然欣喜答應。這次，她只是選了些能簡單處理的草藥，如果李阿婆肯幫忙，她下次可選一些能簡單炮製的，比如厚朴皮。這藥材要比青蒿、益母草值錢許多，十年、二十年的厚朴皮更是值錢。前兩天陳悠帶著兩個小包子在山頭轉的時候恰好看到過幾棵厚朴樹，她已經做了記號。

到時，即便是被趙大夫剝削了一大半，她還是能賺不少，那時，得了錢多些了，也能分給李阿婆些許。

「阿悠先在這裡謝謝阿婆了！」

「妳這孩子，和阿婆還說什麼謝！」李阿婆粗糙的手掌摸了摸她枯黃的頭髮。

陳悠將十個大錢貼身收好，朝李阿婆嘻嘻笑了一聲。大魏朝，十個大錢，也就兩升白麵，實在是算不上多，大戶人家打賞下人都顯得寒酸了。可在陳悠這裡，卻是她好不容易得到的第一筆財富。

李阿婆拉著她的手，樂呵呵地問她。「阿悠的錢，準備怎麼花？」

這麼簡單的一個問題，卻把陳悠給難住了。十個大錢……還真買不到什麼東西。

陳悠腦中一閃，就回想起那日阿梅、阿杏吃刺蝟肉時的情景，兩個小包子臉上滿是滿足，即便只吃到一口，阿梅和阿杏眯著眼睛大嚼的陶醉神情，還是深深映入了她的腦海。

「欸！剛出籠的肉包子，又大又香的肉包子嘞，只要一文錢一個嘍！」街道旁一家包子鋪的老闆在用力吆喝著。

這聲洪亮的吆喝讓陳悠瞬間回過神來，看到肩上搭著條白棉布的包子鋪老闆，將一籠還冒著熱氣的肉包子搬下來放到旁邊桌上，陳悠的大眼睛一亮，她抬頭看著李阿婆欣喜道：「阿婆，我想買幾個肉包子帶回去給阿梅和阿杏吃。」

李阿婆抿嘴一笑，想到姊妹三人平日裡連飯都吃不飽，現在陳悠得了十文錢，買幾個包子解解饞不為過。「阿婆也覺得可行，阿梅和阿杏看到大姊帶包子回去給她們吃，定會高興。」

得到李阿婆的認可，陳悠拉著李阿婆來到包子鋪。肉包子香噴噴的氣味就鑽進陳悠的鼻腔裡，早上出門沒用朝食，她與妹妹們各自喝了點藥田空間的湖水，這時候也抵不過肉包子的香味，肚子咕嚕咕嚕叫起來。

忍著口腔中不自覺分泌的唾液，陳悠仰著小臉，笑著對包子鋪老闆道：「大叔，給我拿五個大肉包子！」

「好嘞，小姑娘，大叔這就給妳拿！我們家肉包子又大餡又多，吃好了下次再來啊！」

包子鋪老闆索利地用荷葉包了五個白白胖胖，還冒著熱鮮氣的大包子遞給陳悠，瞧她說話甜，還白送給她半個皮兒壞了的韭菜包子。

陳悠將五文錢遞給老闆，接過包子就放進竹籃裡。李阿婆在一邊看著她買包子，喜氣的臉上皺紋愈加深了。

陳悠腳步輕快地回到李阿婆的身邊，拿出一個鬆軟的大肉包子遞給李阿婆。「阿婆，給您的。」

李阿婆顯然蒼老的臉上驚喜了一下，卻沒接陳悠手上的包子，她推了推陳悠的手，將包子往她嘴邊送了送。「阿悠自己吃，阿婆不餓。」

她們一大清早從李陳莊出發，現在日正當中了，就算李阿婆吃了早飯，半日過去，哪能不餓。

陳悠把包子塞到李阿婆手中，又飛快從荷葉包裡拿出一個，自己咬了一口。「阿婆吃，我買得多，裡面有阿梅、阿杏還有阿公的。阿悠平日吃了阿婆那麼多好東西，請阿婆吃個包子算什麼。」

李阿婆被她說得既想笑又感動，她知道陳悠是個知恩圖報的好孩子，遂也不推拒，痛快地咬了一口肉包子。包子鋪的老闆沒騙人，真是又大又香。

「那阿婆今天就沾了阿悠的光，也吃回肉包子！」

一老一小，有來有往，這天倫情景任誰看了也要欣慰地嘴角彎上一彎。

不遠處，兩個靛藍布裙挎著竹籃的婦人剛剛賣完雞蛋，說笑間，眼角掃到了一抹熟悉的身影。

一個婦人用手肘拐了拐旁邊個子高些的婦人，瞇著小眼道：「連嫂子、連嫂子，妳看那丫頭像不像你們三叔家的？」

「剛剛買了五個大肉包子呢！都夠抵上小半籃子雞蛋了，真不會過日子。」矮胖的婦人牙酸地道。

被矮胖婦人稱作連嫂子的是老陳頭的二兒媳，陳悠的二伯娘蕭氏，閨名一個連字，所有村裡大姑娘、小媳婦都叫一聲連嫂子。

蕭氏瞇了瞇眼，朝不遠處那個被李阿婆牽在手中的小女孩看過去。陳順那小子整日與三房的幾個丫頭不對付，蕭氏本就嫌棄排斥三房，與兒子一通氣，常常暗地裡唆使陳順找陳悠三姊妹的麻煩。現下一看，可不就是三房那個小賠錢貨，但是在李家四弟妹面前，她可不能承認。

這臭丫頭這麼大手大腳地花錢，要是被別人知道了，還當她婆婆偏疼三房呢！

蕭氏扯了扯臉皮。「我瞧著不像，四弟妹妳看錯了吧！趁著還有些工夫，陪我去那邊貨攤瞧瞧，家裡的棉線用完了。」

李家四弟妹被她扯著朝對街的貨攤走過去，眨眼間，陳悠已經消失在她們視線裡。很快李家四弟妹就被貨郎攤上的各色貨物吸引住了，蕭氏卻暗暗哼了聲。

這邊陳悠還不知道她第一次進縣城就被家中長輩看到。她用剩下的五文錢買了一斤白麵，然後陪李阿婆添置了家中的一些柴米油鹽，終於趕在日頭偏西的時候回到李陳莊。門是阿梅開的。

「阿婆、大姊，妳們回來啦！」

老李頭拉著阿杏彎著嘴角站在阿梅身後，忙著讓李阿婆和陳悠進了院子，老李頭接過李阿婆手中的竹籃。他給兩人倒了兩碗白開水，然後又坐到院中的小馬扎（注）上編竹籃竹筐。

阿梅和阿杏圍著陳悠興奮地問林遠縣城是什麼樣的，集市熱不熱鬧。陳悠笑著說了兩句，從破竹籃裡拿出她買的包子，遞給阿梅、阿杏一人一個。

阿梅瞪圓了眼睛，盯著陳悠遞給她們的包子，不敢相信道：「大姊，這是包子？」

「是啊，還是肉餡的呢！」陳悠摸了摸兩個小包子的頭。

「阿梅可以吃嗎？」

「大姊就是買給妳們吃的，快吃吧！」陳悠瞧著阿梅、阿杏瞬間綻開的笑顏，心裡也一片暖洋洋的滿足。

阿杏聽了大姊的話，捧著包子迫不及待地大大咬了一口，那肉香隨著咀嚼就滯留在嘴裡，蔓延到整個味蕾。實在是太好吃啦！

「大姊，這個包子真好吃！」阿梅小嘴裡滿是包子嘟嘟囔囔道。

「阿梅和阿杏喜歡就好，下次大姊還給妳們買。」

「真的？」

「當然是真的，大姊可從來沒有騙過妳們。」

瞧兩個小包子吃得急切的樣子，陳悠心口脹脹的。其實，這肉包子在竹籃裡放了一個多時辰，早就變得冷硬，遠沒有剛出鍋的時候好吃，阿梅和阿杏還能吃得這麼香，猶如手中拿著的是人間美味一樣，陳悠就覺得，這兩個天真的小包子值得得到更好的。

李阿婆喝了半碗水，在一旁欣慰地瞧著兩個小傢伙吃包子，也是感懷得很。她看了一眼陳悠瞧著妹妹們愛憐的眼神，覺得阿梅和阿杏的命也不是很苦。

陳悠這邊將剩下的一個肉包子送到老李頭面前。「阿公，您也吃！」

老李頭沒放下手中的竹條。「阿悠，阿公不吃，中午才吃了玉米餅子嘞！留著給妹妹們。」

陳悠睜著一雙亮亮的大眼睛，嘴一嘟，從老李頭手裡抽了竹條，把包子連荷葉塞到老李頭粗黑的手上。「阿悠和妹妹們吃了阿公不少糖呢，阿公怎能連阿悠的一個包子都不吃！」

老李頭嘿嘿一笑，瞧著眼前的小姑娘，又看了老伴滿是皺紋的笑臉一眼，拿了包子咬了一口。「阿公下次給妳們帶糖吃。」

陳悠才帶著笑容走開，不打擾老李頭幹活。李阿婆帶著阿梅和阿杏坐在屋簷下吃包子，陳悠回到她們身邊時，兩個小傢伙手上的包子已經吃了三分之二。

這時候，阿杏好像突然想起了什麼，舉起手中的包子就朝陳悠嘴邊送。「大姊，也

注：馬扎，一種可摺疊、攜帶方便的小型凳子，腿交叉作為支架，上面繃皮條、麻繩等。

吃！」

阿梅見到阿杏的動作，也毫不猶豫將手中剩下的包子遞向陳悠。

陳悠哭笑不得，恐怕這兩個小傢伙以為她把包子都省給她們吃了呢！

「阿梅、阿杏自己吃，大姊在縣城裡吃過了。」

阿梅水亮的雙眸清亮，盯著陳悠的臉。「真的？」

「是真的，妳們不信，問阿婆！」

李阿婆將碗中的水餵給她們喝。「妳們大姊說得都是真的，阿婆和妳們大姊在縣裡都吃過了。」

阿梅和阿杏聽到李阿婆的話，才安心將剩下的包子吃完。兩個小傢伙終於吃了一頓飽飯，都滿足地拍了拍肚皮，惹得陳悠和李阿婆一陣大笑。

天色已經不早了，陳悠在李阿婆家歇了一會兒，就拎起昨日放在李阿婆家裡的豬草和野菜，帶著兩個小包子回家。

臨走時，老李頭要將新編的竹籃子給她，陳悠沒要。她要是帶著新竹籃回去，肯定會招惹吳氏的盤問，那她就不好交代了，今天隨著李阿婆去縣集賣草藥的事絕對不能讓人知道。

陳悠拉著兩個小包子邊走邊叮囑她們。

第四章

陳悠帶著妹妹們到家的時候已經天色漆黑。像平常一樣陳悠將豬草和野菜放好，帶著兩個妹妹將家中收拾了一番，幫她們洗了手臉，讓她們先去床上休息。

夜色快速降臨，今夜沒有月色，院旁的那片竹林在夜風中沙沙作響。

戌時中了，陳永新夫婦還沒有回來。往日經常聽到嚎哭的小弟也不在家中，不由得讓陳悠深思，難道說渣爹渣娘帶著幼弟去看診了？

黑暗中，阿梅拉了拉大姊有些冰涼的手。「大姊，爹娘怎麼還沒回來？」

陳悠感到阿梅和阿杏的害怕，連忙將她們擁在懷裡。「許是爹娘在外有事耽擱了，阿梅和阿杏乖，妳們先睡，等爹娘回來了，大姊叫妳們起來，可好？」

小孩子本就瞌睡重，聽到大姊這麼說，阿梅拉著阿杏的手在陳悠身邊躺下，不多一會兒，陳悠就聽到她們綿長清淺的呼吸聲。還好今日她在縣集中帶了肉包子，不然今晚兩個小傢伙又要餓肚子了。

又等了半個時辰，陳永新夫婦也沒回來。

陳悠白天走了那許多路，也有些體力不支，便準備不再等了，拿了棉布摸黑洗了一遍手臉。可等陳悠剛剛躺下，院中就傳來急匆匆的腳步聲，瞌睡一下子都嚇跑了，她穿了鞋小心地趴到西屋的門口，朝外面張望。

見有個微胖的身影提著一盞微弱的燈光進了院子，陳悠用力睜了睜眼睛，才認出這是大伯娘曾氏。

這麼晚了，大伯娘怎麼會來他們家？

陳悠這麼想著的時候，家門就被曾氏拍響了。「阿悠、阿悠，可在家？快些開門，妳爹出事了！」

那破舊的木門在曾氏的拍擊下「哐哐」作響，將床上的阿梅和阿杏也吵醒了。她們迷茫地睜著惺忪的睡眼看向黑暗。「大姊，誰在拍門？爹娘回來了嗎？」

這時候陳悠哪裡敢耽擱，回頭對著妹妹們道：「大伯娘來了，屋子黑，阿梅帶著阿杏在床上別動，大姊去開門。」

說完陳悠快步跑到堂屋開了門。

曾氏一看這小妮子還穿著一身灰粗布單衣，顯然是剛剛從床上爬起來，她眼神有些不快。「阿悠，妳爹出事了，險些命都沒了，妳還有心情在家裡睡大覺！」說完，她不再理陳悠，提著燈籠進了西屋，微弱的燈光給黑漆漆的西屋帶來一片光亮。阿梅和阿杏也聽到曾氏在門口說的話，都匆忙下了床。

「大伯娘，爹怎麼了？」阿梅大眼睛水汪汪地盯著曾氏，還跑過來抱著她的腿。

原本嘔著氣的曾氏心裡一軟。「妳爹被牛頂了。」

陳悠心裡咯噔一下，老陳頭一大家子也沒一頭牛，陳永新怎麼會被牛頂了？他不是一早就出門了嗎？

「大伯娘，到底怎麼回事？」

曾氏瞧見她一臉茫然無措的樣子，也是嘆一口氣。三弟妹不喜這三姊妹，聽信黃大仙的話，儘量不讓她們在家中多待，以免家裡陰氣過重。每日一早就將她們攆出家門，下雨下雪也如此，她雖然可憐她們，但是各家的孩子各家教，她也不好手長伸到弟妹院子裡來管事。況且，她自己還有一堆孩子要拉扯呢！

這麼一想，曾氏對陳悠不知道陳永新受傷的事也看開了些。她手上索利地將燈籠放在灶臺上，沒有先回答陳悠的問題，而是問她家中糧食在哪裡，她要做些溫粥給三弟和三弟妹送去。

陳悠朝著東屋指了指。「糧食都在東屋藏著，娘不許我們姊妹進東屋。大伯娘自己去尋吧！」

她說這話的時候，聲音平靜，彷彿根本就不在意吳氏對她們姊妹的虧待。

曾氏哎了一聲，提著燈籠去東屋翻找了，良久，曾氏才端著半碗小米出來，驚訝地瞪著眼睛問陳悠。「妳們家的糧食呢？爹娘的糧食可是月頭才派的，都是按照家裡的人頭分的，怎麼就只有這一小碗米了？」

陳悠從沒去過的那間東屋也簡陋得緊。陳永新與吳氏成婚時，吳氏娘家陪嫁的一張木床、一個木櫃，還有王氏給三子添置的箱子和兩把舊椅子，其餘的什麼也沒有，吳氏就連一個梳妝檯都沒。

這麼個空蕩蕩的屋子，哪裡能藏什麼東西，原本角落壘著幾塊土磚頭，上面放了一個空的米缸，米缸裡一個裝了幾把黃豆的纛布袋子，其他的什麼也沒有！就算是三弟妹家幾人再能吃，這月頭才從公爹那兒領的糧食也不可能這麼快見底。

曾氏眉頭越皺越緊，她把陳悠拉到一旁，低聲問道：「阿悠，妳家的米缸子怎地這麼快就空了？」

陳悠心中冷笑了一聲，吳氏讓陳永新將糧食都賣了，能不空嗎？但是在曾氏面前，她卻不能說實話。

「大伯娘，我不知，我每日做飯都是娘給的糧食。」陳悠低著頭說。

也是，她這個三弟妹連房間都不讓這孩子進，她又怎麼會知道？曾氏也不再問，手下俐落地洗米、煮開水、熬稀粥。陳悠帶著兩個妹妹幫曾氏燒火。

等手上的忙活鬆落了，曾氏才歇一口氣，嘆氣道：「今日縣集，妳們爹為了掙幾個錢，租了里正家裡的老黃牛送村人去縣裡。可沒想到，里正家的老黃牛年數多了，有了靈氣，會認人，妳們爹趕著一車的村人走到半路，那老黃牛發起威來賴著不走了。村裡人說妳爹耽誤他們行程，紛紛要下牛車。妳爹一急，就用力抽了老黃牛幾鞭子，老黃牛被抽得野性出來了，回頭就頂了妳爹一腦袋，妳爹當場就被掀翻在地上。」

這兩日，唐仲恰好回村，還好有村人早上見他在院中曬藥草，若不然，傷到了骨頭，等抬到縣裡，就耽誤了醫治的時期。

陳永新被老黃牛頂到肩胛骨，又摔到了腿，這傷勢可是嚴重得很！

「大伯娘，那爹現在可有大礙？」陳悠抬眼緊張地問曾氏，雙手摟著兩個害怕擔憂的小包子。

陳悠一問，曾氏長吁了一口氣。「幸好唐大夫醫治及時，才讓妳爹撿回一條命來。」

一想到這個曾氏也是憂心，老陳頭家裡看似人多，但大部分都是女人孩子，真正的壯勞力沒幾個。

大伯陳永春、二伯陳永賀、老三陳永新，再加上老陳頭還有幾個孫子，能幹活的男人本就沒多少，農忙的時候，家裡的十來畝地和佃來的十來畝，都要靠這幾個男人來出力。陳永新出了這等事，怕是要養上幾個月，家裡少了個壯勞力，一場春種下來就要更苦更累。

陳悠的心放下一些，低聲安慰了兩個妹妹幾句。

曾氏又在東屋尋了一床舊被子，陳永新斷了腿，剛剛被唐仲接上，已疼暈了過去，唐仲囑咐他們今夜不要挪動。忙亂間，曾氏也不再多想，索利地將熱粥用個大陶碗盛起來放進竹籃裡，又放了陳永新的幾件衣物，交給陳悠提著，曾氏自己則是抱了一床被子。

陳悠本想著將阿梅和阿杏留在家中，可想到吳氏一會兒定要帶著幼弟回來，她怕吳氏將火撒到她們身上，便帶著阿梅和阿杏一起去了唐仲家。

穿過大半個村子，無月的夜，涼寒如水，阿梅拉著阿杏靠在陳悠的身邊，提著燈籠，走動間，燈籠中暗淡的光芒映照在地上，搖搖曳曳。進了小院，因這處院子在李陳莊最東頭，這個時候，就更加幽靜。

陳悠一進院子就聞到一股熟悉的藥香，院中的木架子上放滿了各色藥材。

曾氏帶著陳悠三姊妹進了最右邊的一間房，一進去，就看到吳氏懷裡抱著一個三、四歲大的男娃坐在陳永新的床邊抹眼淚。

曾氏把被子放到床邊，上前一步勸道：「弟妹，別哭了，妳就算喉嚨哭啞了，三弟的傷也不能痊癒。現在家裡就妳還能做些事，妳如果病倒了，這男人孩子誰去照顧？可是要農忙了呢！」

將話在動不動就掉淚的吳氏面前說開，曾氏心中已經憋了一腔悶氣。她一直都不喜這個三弟妹，愚昧無知不說，遇到事就知道哭，要是哭能解決問題，能管飽肚子，誰還面朝黃土背朝天，去土裡刨食。

吳氏被曾氏說得止住淚，坐在床邊愣了愣，好似才回過神來。她擦了一把淚，不鹹不淡地朝曾氏道了句謝。曾氏道：「妳能聽進去就好，嫂子去妳們家給你們做了些粥帶來，三弟受了這許多罪，這個時候不能還餓著肚子。」

曾氏看了看低著頭目不轉睛盯著陳懷敏的吳氏，不知道她現在心中是什麼想法。曾氏張了張口，想問她為什麼家裡的米糧這麼快就見底了，又覺得在這個時候開口不合適，只好先且作罷。

「阿悠，把粥拿來。」曾氏朝著還站在門口的陳悠喚道。

一聽到曾氏這麼說，吳氏像是受驚的兔子，猛地回過頭來，在看到門口的三個小姑娘時，死死將陳懷敏抱緊，就好像陳悠她們是來索陳懷敏之命的惡鬼。

她歇斯底里地朝陳悠大喊著：「出去，快出去，誰叫妳們進來的！妳們害得妳弟弟這樣還不夠，還想害死妳們爹！都是賠錢貨，別讓我見到妳們！老天爺啊，我到底是造了什麼孽，生了這三個掃把星啊！」

曾氏被吳氏這突然爆炸性的發洩，吼得愣住了，一時驚得腦中空空蕩蕩的。

陳悠原本還帶著些同情的眼神，這個時候全是寒涼冷厲。她黑幽幽的眼瞳，這個時候誰要是望一眼，就好似要被吸進去。

陳悠怔了片刻，對於吳氏的吼罵，她眼神漸漸變得平靜，就好像吳氏口中說的與她毫無關係一樣。慢慢彎腰將竹籃放在原地，然後一手一個，拉著失了神，僵硬著身體的阿梅、阿杏出了房間。只是那握著阿梅和阿杏的手青筋微微凸起，暴露了陳悠平靜之下的憤怒和壓抑。

尼瑪，吳氏今天忘記吃藥了吧！天災人禍竟然要怪到她們姊妹頭上！

幾乎是在陳悠三姊妹出房門的一瞬間，吳氏懷中的陳懷敏就大哭起來。吳氏剛剛將他勒疼了，又瘋婦一樣地大喊，瘦弱的孩子被她嚇到，嘶啞的哭聲裡還夾雜著不間斷的咳嗽聲。

昏迷中的陳永新也醒了。

曾氏足足呆了半分鐘才回神，她用不敢置信的眼神瞧著吳氏，然後氣得跺了跺腳。「我們家還有一大家子要照顧，也沒時間管你們家的事了，弟妹自己掂量著辦吧，嫂子先回去了。」

這瞬間的慌亂讓唐仲的小院紛雜起來，曾氏出去的時候，摸了摸三個小姑娘的髮，頭也不回地回家去了。

阿梅和阿杏的小身體在陳悠的臂彎中不斷地發抖，吳氏的話就像是尖刀一樣劃進她們還稚嫩的心中。方才吳氏毫不顧忌地唾罵，在兩個小包子的腦中留下了永遠也不可抹滅的印記。

陳悠感受到阿梅和阿杏的害怕，急忙蹲下身子，難過地安撫道：「阿梅和阿杏別怕，大姊在呢！妳們有大姊，大姊會護妳們一輩子的。」

壓抑了許久的兩個小包子「哇——」的一聲大哭起來，她們趴在陳悠削瘦的雙肩上，口中說出的話因為傷心的哽咽不成調子。

「大——大姊，娘是不是討厭我們，是不是？」阿梅抬起被淚水洗得烏亮的雙眸渴盼地望著她。

陳悠抬袖給她擦了淚珠，臉上卻不得不扯了笑容，輕聲在阿梅耳邊安慰。「阿梅別傷心，娘只是被爹的傷急壞了，怎麼會真的討厭阿梅呢！」

彷彿得了陳悠的肯定，小包子才鬆了口氣，阿梅鼻頭哭得紅紅的，她看著大姊，見到大姊毫不避諱的目光，才哽咽了一聲。「阿梅不哭了。」

「這才對，阿梅和阿杏都不要哭了，妳們看小弟弟也在哭，妳們可是姊姊呢！」陳悠這句話說出來果然管用，阿梅和阿杏儘管呼吸還有些打嗝，但都隱忍著止了哭聲。

陳悠拉著阿梅和阿杏站起來，在燈光照不到的地方，她方才安慰兩個小包子的溫和面龐剎那就冰冷下去，眉頭也皺了起來。陳永新受傷、陳懷敏患病，家中無餘糧，很可能還要支付藥錢，她們三姊妹的前途實在是不容樂觀。

而陳悠哄兩個妹妹和站起身後突然變化的表情，皆被從西邊正屋出來的唐仲看在眼裡。他眉頭微微一皺，有些驚訝會在一個十歲的孩子身上見到這樣老成的神色。他在林遠縣行醫這幾年，見過的各色人不知凡幾，唐仲自認為自己不是個喜歡複雜和會隱藏的人，但對於陳悠這樣的表現，他卻一點也討厭不起來，甚至還有些隱隱的欣賞。

唐仲站在屋前靜靜不動地看著陳悠。

陳悠拉著兩個小包子為她們灰暗的前程發了一會兒呆，便覺得自己像是被誰窺視一般，全身都不自在。她視線有些茫然地轉了一圈，才看到立在屋簷下的唐仲。陳悠朝他看去，只見到不遠處一個魁梧的中年男子一身麻布長袍，身前繫著一塊白棉布，棉布上還留有斑斑血跡，方臉厚唇，想必就是唐仲了。

唐仲其人渾身上下沒有一處出色的地方，只除了那雙眼睛。雖小卻精光外洩，好似有一種能窺透人心的能力。

陳悠對上他的眼神時微微一怔，不過並沒有躲開，反而嘴角翹了翹，任由唐仲打量，還帶著兩個小包子甜甜叫了一聲「唐仲叔」。

她這樣落落大方，唐仲原本嚴肅的臉也溫和了一分。他上前兩步，到了陳悠面前，微彎腰道：「妳們可是老陳叔家的孩子？」

唐仲聲音渾厚，且語帶善意。

陳悠點了點頭。「陳永新是我們爹。」

「原來如此，妳們今晚在我這裡歇下，照顧妳們爹一晚，可願意？」

沒想到唐仲會這麼說，陳悠想都不想就點點頭，現在吳氏正在氣頭上，她還是不要帶著兩個小包子回去的好。

「唐仲叔，多謝您救了我們爹。」陳悠話語懇切。

唐仲聽了後微微一笑，抬手摸了摸瞪大雙眼看著他的阿梅和阿杏的頭。

「我今日雖然救了妳們的爹，看在同村的分上也未收你們的診費，可以後妳們爹的藥錢卻是要付的。」

陳悠一怔，卻苦笑起來。

唐仲看到小姑娘臉上露出苦澀，也是一陣不忍，可是天下可憐之人不知凡幾，他一個赤腳大夫就算是賠上身家性命和自己所有的家當也救不過來，他今天已是很發善心了，要知道，好人也是有個限度，爛好人從來沒好下場。

陳悠低頭想了想，隨即抬頭道：「唐仲叔放心吧，我們已經受了您的恩惠，藥錢絕對不會不給的。」

瞧著小姑娘誠懇堅定的眼神，唐仲微挑了挑眉。老陳頭家裡三房的事他也略有耳聞，也知曉他們家的境況，不然也不會免了他們的診費。他說出這番話後，還以為小姑娘會求上一求，沒想到竟是坦然說要付這筆藥錢，倒是讓唐仲對陳悠又滿意了一分。

「我進去瞧瞧妳們父親，妳們可以先去西屋裡歇一會兒，那裡頭暖和些。」

陳悠道了謝，帶著兩個小包子去西屋了。

今天陳永新出事時，老陳頭、王氏和陳永新的兩個大哥也來過，只是老陳頭聽到陳永新受傷的前因後果之後，氣得大罵，然後拉著王氏回家去了。

大伯陳永春招呼著曾氏留下來照看三弟，而二房本就與三方不對頭，陳永賀見爹娘被氣得頭也不回地走了，他更是樂得高興，晃著步子回家和家裡婆娘說這事了。

唐仲去東屋與吳氏說了話後，不久吳氏就抱著陳懷敏回家了，將陳永新留在唐仲的小院中。陳永新這時候也因為身上的重傷再一次睡了過去。

唐仲瞧著吳氏抱著孩子深一腳淺一腳的步子，搖了搖頭，這家人也真是夠可憐的，這個唯一的男孩病魔纏身，家中的頂梁柱也出了這等意外，怕是要有更大的變故發生。

等到唐仲回到西屋，看到陳悠已經將阿梅和阿杏哄睡了。他站在門口朝陳悠招了招手，等到兩人走到稍遠些的屋簷下，才道：「今晚妳辛苦些，去照看妳爹吧，隔一段時間摸一摸他的頭和手心，看看他有沒有高熱，若是有，立即去南邊的屋裡叫我，可知？」

陳悠道了謝後，就問唐仲要了一個小木盆和布巾，打了半盆水進了西屋。

唐仲看到她進屋了，也回了自己的房間，這段日子他在外行醫採了不少藥材，還未處理完，趁著這個時候沒睡意，便把活兒做了吧。

陳悠坐在床邊，盯著陳永新慘白的臉，他即便是陷入睡夢中，眉頭也緊皺著，可以想像這次受的傷有多重。

陳悠給陳永新擦了手臉，坐在床邊看著這個身體原主的爹看了許久，終究伸手探向了陳永新露在被子外面的右手手腕。

邊探脈，陳悠邊在心中鄙視自己。「呵呵，陳悠，妳技癢難耐了吧！」

陳悠閉目調息，讓自己進入最佳狀態，作為一個中醫師，在給病人診脈時，最忌諱心不平氣不靜。

在陳永新的右手腕處微微用力，片刻，陳悠就感受到了陳永新的脈象。

代脈，脈有歇止，止有定數。陳永新被老黃牛撞到了腿部，可是摔倒時又不小心磕到胸口致使臟氣衰微，元氣不足，脈氣不能銜接。《診脈三十二辨》中有云：「脈者，血氣之先也。血氣盛則脈盛，血氣衰則脈衰。」

單從陳永新的脈象看來，他的情況並不樂觀。陳悠收回手，淺淡的眉頭深深地擰了起來。

這臟氣衰微之象可用十全大補酒或是通心絡舒丸來緩解和痊癒，只不過這裡並不是現代，想要這些定性的藥品或藥材還要自己去配去尋。通心絡舒丸就不用說了，其中大量的成分都是要集萃凝鍊的，李陳莊這樣的環境那簡直是作夢。

只有十全大補酒可以一試。十全大補酒由人參、川芎、熟地、茯苓、炙甘草等十餘種草藥通過特殊方法浸泡製成，雖簡單，其他的藥材也好尋，但只是人參一種就要急破人的腦袋。

李陳莊只是丘陵地帶，想要挖到野參，在夢裡還差不多。林遠縣中那就更不要指望了，不說百藥堂有沒有人參，即便有，以趙大夫的人品也不會輕易賣給他們，這還要建立在他們有足夠銀子的情況下。

想到這裡，陳悠看了床上躺著，呼吸沈重的陳永新一眼，她就慢慢打消了要救這個渣爹的念頭。既然她沒這個能力，也不能怪她，給他看診也算是對得起阿梅和阿杏了，就看唐仲怎麼治吧，治好了自是陳永新自己的福分；治不好，她也不會為了這個爹，拚死拚活。

房間內充斥著血腥味和藥渣味，陳悠覺得心中壓抑難受，輕輕推開房門，院中的冷風就撲面而來，院中廊下擺放著一排排處理好的草藥。陳悠不自覺就朝那個方向而去，等到手中捏著一把處理好的白芍時，才覺得心情慢慢平靜下來，慢步逛了一遍唐仲這些白日要搬出去晾曬的藥草，陳悠挑了挑眉。

曝曬、陰乾、隔紙曬，看來這個姓唐的赤腳大夫並不是個徒有虛名的。這裡存放著唐仲在各個地方採摘來的草藥，比陳悠在李陳莊山頭採摘來的那些多了去。

熟悉的藥香總能讓她忘掉煩惱，當陳悠沈浸在這樣平靜的愉快中時，身後卻響起一個略帶著些輕笑的低沈聲音。「小姑娘，妳也認識這些藥草？」

陳悠拿著當歸的手一抖，忙轉過身，低頭小心瞥了唐仲一眼，卻閉著嘴巴，沒有回答他的話。

唐仲看到她膽怯的樣子，以為被他突如其來出聲嚇到了，聲音放得更輕。「我今日從別處回來，在村口恰碰到李大叔，他樂呵呵地謝了我教妳認了草藥。」

唐仲一雙眼睛帶著笑意，彷彿要將低著頭的陳悠看穿。

陳悠暗叫一聲不好，沒想到她為了讓李阿婆放心而撒的謊這麼快就被人拆穿了，當場就懊悔到不行，只好死馬當活馬醫。陳悠的眼神微微失措，害怕地往後退了一步，肩膀縮了縮，好似下意識在保護自己。

她這副姿態，唐仲也不好再問下去。「妳不用害怕，我沒什麼惡意，去好好照顧妳爹吧！以後與草藥有關的都可以來問我。」

陳悠看了他一眼，輕輕點了點頭，隨後就回了屋內。不管唐仲的目的是好是壞，陳悠都不想在這個時候與他接觸，三房事多，她不希望吳氏將怒火都轉嫁到她們三姊妹身上。

下半夜，陳永新就起了高燒，陳悠將唐仲叫來一直照顧到天亮才鬆了口氣，讓高熱退了下去。

第二日一大早，唐仲和大伯陳永春合力將陳永新送回家中小院，而陳悠帶著妹妹們今日沒出去。

回家後，陳悠將小院裡裡外外收拾了一遍，才拉著兩個小包子進了西屋。

東屋這個時候異常安靜，就連陳懷敏的哭聲都沒有。不久，吳氏端著一個粗陶碗進了西屋。

吳氏本就蒼白瘦弱，昨日的打擊，幾乎讓她又老了十歲，鬱沈的目光朝陳悠三姊妹這邊看過來，眼神中都帶著怨毒。她譏笑了一聲，也未像往常一樣把活計交給陳悠做，而是端著粗陶碗，自己親自燒水煮粥。

阿梅和阿杏怯怯叫了聲「娘」，便害怕地緊緊抓著陳悠的手臂。吳氏根本就沒理睬她們，逕自一個人默默做著飯食，等到西屋裡飄起了粥香，她才又往陳悠三姊妹這邊瞧了一眼。那陰沈晦暗的目光就像是夜間獵食的凶惡豺狼，連陳悠都覺得背後冰寒刺骨。

吳氏將鍋中稀得幾乎看不到米粒的菜粥盛起來，腳步沈重地端進東屋去了。

她一離開，阿梅和阿杏不自覺地吁了口氣。

陳悠安撫地摸了摸她們的頭，跳下土臺子床，去瞧鍋裡，清湯寡水的菜粥只剩下了點些微泛白的粥湯，陳悠撇了撇嘴，果然，吳氏根本就沒打算給她們三姊妹留吃的。不過也是，家中連弟弟的口糧都沒了，吳氏又怎麼會浪費糧食在她們身上？

她們從昨晚開始就沒進食了，兩個小包子還小，不能這樣一直餓肚子。不能這樣下去，她得找個地方給兩個小傢伙弄點吃的。

邊想著，陳悠就動作起來，她熟練地找出她平日拿的破竹籃子，然後牽起兩個小包子的手，輕聲對她們說：「阿梅、阿杏，走，跟著大姊去採豬草。」

阿梅和阿杏點了點頭，從床上跳下來。

陳悠帶著她們剛要走出院門，吳氏就在東屋的窗口氣急敗壞地喊。「妳們要去哪裡！」

陳悠一怔，停下腳步，回頭看去，原來吳氏一直站在東屋的窗前注意著她們的動作。昏暗的屋內，陳悠只能透過破舊的窗紙看到一團模糊的身影，她卻能感受到吳氏翻騰的怒意，可這又怎麼樣呢，她並不想要去體諒她的感受。

「帶著妹妹們去採豬草。」陳悠平靜道。

「不許去！」吳氏沙啞著聲音吼出這句，幾乎讓陳悠不敢相信。平常吳氏都是恨不得她們一天到晚不歸家，而今天破天荒竟然不允許她們出門？

見陳悠不動，雙眸裡似乎有不解，吳氏快步從東屋衝出來，「呼」一下奪走陳悠手中的破舊竹籃。「我說話妳們聽見沒有，今天妳們哪兒也不許去！」

陳悠皺眉，默默將兩個小包子往自己身後攬了攬，這時候不適合與吳氏鬧僵，既然她不許她們出去，那她們就不出去吧，看她要鬧出什麼么蛾子，只是又要委屈兩個小包子喝些藥田空間的湖水了。

陳悠抬頭，毫不避諱與吳氏凶狠的目光對視，片刻，才移開視線，道了一句「知道了」，就拉著阿梅和阿杏回了屋。

死死盯著三姊妹瘦弱的背影，吳氏氣得要冒煙。分明陳悠什麼重話也沒說，但是看到她平靜如古潭的深幽眼神，就是覺得心中毛毛的。

這個大女兒表面看來一直都是乖順的，其實內裡從來都沒有將她放在心裡吧，吳氏惡狠狠地想。

吳氏也實在是自私，自己那樣對三個小女孩，還指望孩子們將她當作慈母一樣敬重、愛戴，天下怎麼可能有這樣的好事。

半個時辰後，陳悠就明白吳氏留下她們的目的，難得吳氏對她們說話時少了一分狠厲。她低聲與她們交代。「一會兒到了前院，一定要叫人，叫完人就跟著娘跪下，聽到了沒！」

陳悠譏諷地翹了翹嘴角，才點了頭。

吳氏的臉色瞬間有了些尷尬。她快步穿過小竹林，許是覺得自己走得快了些，走到一半她停下，回頭看陳悠她們。見到陳悠帶著兩個小包子步伐緩慢，悶氣就湧到了胸腔，可是一想到今天要這三個丫頭做的事，她又忍耐下來。

「走快點，想妳們爹躺床上病死嗎？」

在吳氏不滿的眼神「凌遲」一下，陳悠帶著妹妹們終於到了前院。

這還是她第一次來前院，以往吳氏都不許她們姊妹過來，三房搬到小竹林後的小院已經

四、五年了。除了年節的時候，三房過來前院與大房、二房還有老陳頭夫婦吃團圓飯，其他時候陳悠三姊妹與前院的接觸並不多。雖然前院仍然簡陋，但是比起竹林後的小院卻是要好上太多了。

進了院子，坐北朝南的三間用了一半磚頭蓋的正屋是老陳頭夫婦帶著小姑陳秋月住的；大房和二房分別住在東西兩邊的屋內。

大伯家裡人口最多，老大陳奇去年開春娶的媳婦兒，老二也眼看到了娶親的年紀，下面還有十來歲的老三和兩個同陳悠差不多大的小閨女，滿打滿算有八口人之多，等今年陳奇媳婦兒再添個娃，就九口人了。

東邊的屋只有兩間正房和兩間偏房，原本是陳永春夫婦和家中閨女住的，但是因為老大結婚，就讓兩個閨女搬到了靠著他們夫妻的偏房。

剩下的兩個兄弟在東邊屋邊上接了一間草房，將就著住，男孩子也沒這麼多講究。只是老二也到了說親的年紀，怕是將就不了多久了，娶個媳婦，總不能連間新房都沒有，為此，陳永春夫妻還商量著要不要將自己的房間騰出來給二兒做新房。

西邊的二房，房間卻要比東邊的多上一間；那時是陳永新夫妻住的，等到陳永新攜著妻子吳氏搬去竹林後的小院，他們前腳剛走，後腳房子就被二房占了。現在是二房的老大在住。

二房這邊，除了陳永賀夫妻住了一間正房，大女兒陳荷住了一間，剩下的房間一間是老二陳順住，還有一間卻被蕭氏當作了雜物間……

吳氏一把上前拽住了陳悠和阿梅的手，快步將她們往南邊屋裡拉。還沒走到南邊屋前，二伯娘蕭氏出來倒水就瞧見了，她一把將水潑到吳氏腳跟前，泥點子濺了吳氏和陳悠她們一身。

蕭氏端著盆，故作驚訝地瞧著她們。「真是不好意思，水潑得急了些，沒瞧見還有人。」

她藉著手上的水漬抹了抹鬢髮，涼涼地盯著吳氏，譏誚道：「喲，還真是常客，三弟妹這又是來要什麼啊！別忘了，還有我們大房二房呢，三弟妹要是將爹娘的東西都要走了，我們還吃什麼？這眼看著我家老大也要說親了呢！」

吳氏被蕭氏說得臉色一變，她狠狠瞪了蕭氏一眼，便邁著大步硬拉著陳悠和阿梅向前走。阿梅人小腿短，被吳氏大力拉得一個踉蹌，險些栽到地上。陳悠想去扶，又被吳氏一把拉開。

「賠錢貨，走路都走不好，白花了米糧把妳們養這麼大！」吳氏惡狠狠罵道。

二伯娘蕭氏給她受的氣，吳氏全發洩到阿梅身上，陳悠瞧了氣得不輕，可在這個時候，她又不能明著與吳氏對著幹。

一邊的阿杏連忙將阿梅扶了扶，兩個小包子眨著黑眸朝陳悠看了一眼。陳悠才放下心來。

等到了南邊屋門前，陳悠瞥眼就瞧見站在窗後的一個身影閃了一下，估摸著是在屋內做針線活的小姑陳秋月。如今正是春種時節，老陳頭帶著家裡的男人們一大早就出門去田裡忙活了，家裡剩下的都是女人孩子。

吳氏站在門口小半刻鐘，南屋都沒人出來，只有蕭氏抓了把花生吃著，站在房門口等著看戲。

「都跪下，哭！」吳氏推搡了三姊妹一把，怒道。

陳悠苦笑了一下，吳氏恐怕也是真沒有辦法了，才會想要用她們姊妹來做擋箭牌。可她哪裡能哭得出來？為這種人哭，還不如多笑笑來得讓人心情暢快。

阿梅和阿杏即便被推得險些摔到地上，同樣是倔強地抿著小嘴一聲不吭。

吳氏沒想到這幾個臭丫頭還敢和她對著幹，一時被氣著，聲音揚高，譏誚地冷笑了兩聲。她突然彎下腰，一手拽著陳悠細細的手臂，另一隻大掌就高高地揚了起來，清脆的「啪」的一聲。陳悠現在的身體畢竟是個十歲的孩子，身體又瘦弱，被吳氏箝制著根本就躲不開，重重的一巴掌結結實實地打到陳悠的左臉上。要不是吳氏一隻手拉著她的手臂，陳悠這個時候就要被掀趴到地上。

「小賤蹄子，不聽我的話，我打死妳還能為家裡省了糧食！」說著另一巴掌又要落到陳悠的身上。

陳悠被吳氏打得重，一時只覺得頭暈腦脹，左邊臉頰火熱熱，又麻又疼得厲害，根本沒有力氣躲開第二巴掌。

阿梅和阿杏親眼看到大姊被吳氏打，嚇得瞪大眼睛，金豆子就忍不住落了下來，就在吳氏一巴掌又要落在陳悠身上時，阿梅和阿杏幾乎是同時抱住陳悠的身子。

「娘，求求妳，不要打大姊！大姊的頭疼病才好，求求妳，不要打了！」

就連話少的阿杏都哽咽地護著陳悠低低地哀求。「娘，不要打，大姊疼，很疼！」

可是吳氏冷眼看著眼前的情景，根本就不顧阿梅和阿杏的苦苦求情，反而更是下狠手使了勁地甩過去。

陳悠被吳氏一巴掌抽得昏昏沈沈的，她暈暈地睜著眼，沒有焦距，剛緩過來些，就見到吳氏毫不留情又一個巴掌甩過來，那位置恰好是阿杏的後腦勺。

陳悠不知從哪裡來的力氣，沒有被箝住的那隻手，用力將阿杏拉摟在懷裡。

吳氏的手掌就落到了陳悠的肩膀上，指甲從她露在外面的細白脖子劃了過去，在脖頸間留下幾條紅紅的血印。

「小畜生，妳還敢替她擋！老娘連妳一起打！打死算了，正好我們一家誰也別想活！」

此時原本安靜的農家小院瞬間炸開了鍋，吳氏那怒喊聲，恨不得將全村的人都吸引來瞧熱鬧。

東邊的屋門一把從裡面被人打開。

「阿悠娘，妳是幹啥呢！不管怎樣，也不能打孩子！」曾氏與兩個小女兒在房中實在是聽不下去了，開了門出來阻止。她快跑幾步，上前將陳悠和兩個小包子拉離吳氏，護在身後，不滿地瞪了吳氏一眼。

曾氏的大兒媳白氏也跟在曾氏身後幫著勸慰。

「哼！大嫂，妳別攔著，讓我打，我打死她們算了，反正當家的和懷敏都活不了了，這幾個小賤貨還活著做什麼，一起死了乾淨！」吳氏罵紅了眼，說完就要從曾氏和陳白氏手中搶陳悠和兩個小包子。

陳悠緩了口氣，總算身體的感覺好些，她冷冷看向吳氏。吳氏偶然與她的眼神對上，忽覺得渾身生寒，她頗不自在地連忙移開視線。

「三弟妹，妳這鬧的又是哪齣啊？想死回自己院子，可別讓我們院子跟著遭了晦氣，黃大仙可是早就批過命了，你們這一家子都是陰氣過重呢！」蕭氏說完拍了拍前襟沾上的花生屑。

吳氏雖被蕭氏噎了半死，可戲作到一半，她咬牙也要忍下去。

見吳氏根本就不想要放手，如果沒人出來攔著，陳悠、阿梅和阿杏說不定真會被她打傷。曾氏心中也悶得不行，她氣哼哼地朝著南屋正堂裡大喊了一聲。「娘，妳就出來管管吧！三弟也是妳的兒子，阿悠、阿梅、阿杏也是妳的親孫女！」

曾氏這聲喊得甚高，王氏才不情不願地從堂屋裡走出來。

王氏穿著一身靛藍粗棉布小襖，個頭矮小，身體精瘦，一頭摻著白髮的髮髻梳得一絲不苟，她從堂屋中出來時，還在手心吐了口唾沫，將頰邊的一縷落髮給抹到耳後。

王氏身後跟著一個十四、五歲的少女，是她的小女兒，名叫陳秋月。她臉盤有些圓，皮膚偏黑，比王氏高一些，穿著一身藍白碎花小襖，倒把她襯托得更黑了，這時，陳秋月看向吳氏的眼裡滿是不耐。

王氏瞥了一眼狼狽的吳氏，小眼裡盡是不喜。方才吳氏帶著陳悠三姊妹到院中時，陳秋月在裡屋就瞅見，去告訴了她，她以為她裝著不在就能躲過，沒想到吳氏膽子是越來越大了，竟然鬧了起來！這要是讓別人知道了，不是要成為別人的笑話、被人戳脊梁骨？

「老三媳婦，妳不在家中好好照顧老三和孩子，跑來鬧什麼！妳嫌妳爹和我還沒死是吧！」

王氏也是個口厲的，不然，吳氏多次來前院也不會十次有九次是被逼了回來。

王氏一句話一出，誰知吳氏竟跪了下來，她通紅著眼，盯著冷漠的婆婆，哭喊著道：

「娘，求您救救懷敏他爹吧！」

第五章

「老三媳婦妳這話是什麼意思，唐大夫不是給老三瞧過，我一個老婆子可不會給人看病。」王氏冷眼瞥了吳氏道，她對陳永新去租里正家的老黃牛，反被牛頂的這件事意見很大。

吳氏抽泣著看了一眼王氏。「娘，我知道懷敏他爹去租牛不對，可妳也不能不管他啊，這每日的藥錢都沒著落呢！」

陳秋月站在王氏身後，厭惡地看著吳氏，她討厭吳氏每次來都是為了錢，不是因為陳懷敏，便是因為陳永新。

西屋的蕭氏這個時候也走過來，她眼珠子轉了轉，然後瞟了陳悠一眼，遮著嘴巴乾笑了一聲。「三弟妹這是開什麼玩笑呢，妳們家會沒錢看病？我昨日在縣集上，還瞧見妳們家阿悠買了足足五個大肉包子哩！五個大錢啊，我都捨不得花，三弟妹這是貓哭耗子吧！我可是老實人，從來不說謊。」

蕭氏話一說完，吳氏狠厲的目光就掃到陳悠這邊來，似乎要在陳悠身上戳出個洞來。但吳氏心中卻有疑惑，她從未給過陳悠錢，連家中的糧食都是她掌管，陳悠怎麼有錢去買包子？

儘管這樣，吳氏卻是個寧願相信旁人也不願相信陳悠的渣娘，聽到蕭氏的話，她第一個想法不是為了陳悠去辯解，而是想到陳悠怎麼得到的錢……

被曾氏拉到身後的陳悠身子一僵，沒想到她那麼小心，去縣集還是被人瞧見了，吳氏的目光落在她身上焦灼不已，怕是一回去就要審問她了吧！算了，兵來將擋，水來土掩。

在一旁的曾氏卻是不信的，她親眼看見陳悠家中連米糧都見了底，以吳氏的性格絕對不會給陳悠半個大錢花，老二家的這個媳婦口無遮攔慣了。

「二嫂，妳不要亂說，我可是沒給過大丫頭一個大錢！我手上的錢讓懷敏吃藥還不夠呢，我怎會給大丫頭買肉包子？」吳氏雖然不相信陳悠，但是這個時候她卻不能承認。

「我說沒說假話，妳們去問問李家四弟妹不就清楚了，昨日我可是一直與她一趟的，她也瞧見了。」蕭氏說得煞有介事。

王氏也不由得皺起眉頭，她看向陳悠。「阿悠，妳自己說，是不是有這件事？」

兩個小包子也嚇壞了，她們有些驚恐地盯著陳悠，昨日，她們確實是吃了大肉包子。

陳悠低著頭，片刻抬起來，別人已經看不出她臉上表情的變化，她朝阿梅和阿杏這邊看了一眼。這件事她絕對不能承認，先不說這錢是從哪裡來的不好交代，若是承認了，少不得就要扯到她賣草藥這件事，那最後她定會被拆穿。

「嬤嬤，我沒有！」

王氏看向她這個孫女，面黃肌瘦的，一雙眼睛顯得特別大，因為三房搬出去的關係，她甚少關注陳悠，可此時見到她說話倔強的樣子，她卻討厭不起來，如果不是老三媳婦，她還真有可能與陳悠親近幾分。

「娘，這小妮子說謊，我還能拿假話騙妳們？」

陳悠不再辯解，只是用清亮隱忍的目光看著王氏，瞧得王氏一片心軟。

「好了，一個十歲的孩子，還真能花五個大錢？順子他娘，別說了。」王氏有些聽不下去，一個大人跟小孩計較什麼。

曾氏安撫地拍了拍陳悠的後背，示意她不要害怕。

「好了，懷敏他娘，帶著孩子們回去吧，好好照顧老三。」王氏撂下這句話，竟然就想要進屋。

吳氏有些傻眼，她是來前院要錢的，就這麼被蕭氏轉移話題，她哪裡肯。竟然一把上前抱住王氏的大腿，嚎哭起來。「娘，懷敏他爹的藥錢妳還沒給我吶！家裡可是連一個大錢也沒有了！」

陳秋月恨不得將吳氏一腳踢開，她正是議親的時候，家中兄妹多，再多的錢分下來也沒多少了。這些日子王氏正在給她備嫁妝，家中銀錢本就不多，三個哥哥雖然都出了些，可誰不希望自己的嫁妝多些好，以後到了婆家也有底氣。現在吳氏家中兩個生病的人，三天兩頭的過來要錢，她娘哪還有錢來給她添妝。若是吳氏說得王氏心動，她娘一個狠心將給她的嫁妝錢也拿出來怎辦！

王氏雖然對這個兒媳不滿，不過卻疼愛自己的兒孫，聽吳氏這麼一哭訴，停下了腳步。「老三媳婦，不是我不給妳錢去給老三看病，是妳爹早上臨走前交代不讓我給你們錢的，別怪娘心狠啊，你們這事做得，哎……」

王氏無奈地搖搖頭。那里正家的老黃牛是能借的嗎？不說牛貴，丟了他們賠不起，就是里正那人，也不會讓他人得了好，牛車拉人真能賺錢，憑里正那守財奴早就做了，還用等到陳永新來租借他們家的黃牛？她三兒糊塗，這個吳氏也是個不長腦子的，想賺錢想瘋了。

吳氏一怔，這次婆婆確實比她前幾次來要錢的態度好了許多，難道真的是公爹這麼吩咐的。但吳氏也確實走投無路，家中無米糧，陳懷敏和陳永新又要吃藥，她自己身子也不好。如果王氏不接濟，她真不知道怎麼活下去。可恨之人必有可憐之處吧！

見三嫂還抱著王氏的大腿不撒手，嚎天喊地，陳秋月再也忍不住。「三嫂，娘的話，妳沒聽見？」

「娘，我真的走投無路了啊，懷敏爹這個時候要是斷了藥就是死路一條啊，他也是妳十月懷胎生下的！妳不能見死不救啊！」吳氏什麼也不管了，這時候，只要能要到錢，讓鄰里來看些笑話又算得了什麼。

王氏的確也不忍心真看到陳永新喪命，她哀嘆一聲。「秋月，妳把我床裡邊櫃子裡的藍布荷包拿來。」

陳秋月一驚，她知道她娘的那只荷包，那是她娘的私房，原來是打算等到她出嫁給她的，現在竟然要拿來給三嫂。「娘——」
「快去！」
陳秋月咬了咬唇，不情願地去拿荷包了。
王氏從陳秋月手裡接過那個藍布荷包遞給吳氏。「看在老三的面子上，這些錢妳拿去吧，再多娘也沒有了，回去讓老三好好吃藥。」
蕭氏瞪著眼，盯著那藍布荷包，不敢相信王氏真的給了吳氏錢。
吳氏接過荷包，忙向王氏道了謝。
「娘，妳可不能這樣偏心眼，我家老大眼看著也要議親了！」蕭氏見到吳氏得了便宜，心中不平道。
王氏本就心煩，蕭氏這麼說，她眉頭一皺，不滿地看向蕭氏。「順子他娘，這家是妳管還是我管，秋月還沒出嫁呢，妳就為妳家老大打算了？成，妳有錢妳自己給他找媳婦兒去！」說完就帶著陳秋月進了堂屋做活。
蕭氏一張黑紅的臉被王氏說得難看不已，她不甘心地瞪了吳氏一眼，才扭身進了西邊屋，還將門甩得山響。
曾氏摸了摸兩個小包子的頭，又看了眼陳悠，一句話未說，也帶著新媳婦和兩個女兒回去了。
吳氏緊緊捏著藍布荷包，臉上多了些放鬆的神色，她緊走了兩步，才想起來陳悠、阿梅和阿杏還被她丟在前院，吳氏的身子好似僵硬了一下。

她慢慢地回過頭，見到陳悠攬著兩個小包子，那副保護的姿態，好像她是山中的豺狼虎豹一般。吳氏看到陳悠高高腫起的左臉，只覺得很刺眼，又想到蕭氏的話，吳氏臉上剛有的那點喜色頃刻間就淡化下去，她惡狠狠地瞪了陳悠一眼。

「回家再和妳們算帳！」說完，吳氏也不管她們，自己快步回家去了。

陳悠摟著兩個小傢伙放鬆了肩膀，鬆了一口氣。看來，這件事吳氏是不打算和她善了。陳悠暗暗決定，不管怎樣，她都要將她賣草藥的事情瞞住。

「大姊，疼不疼？阿梅給妳吹吹。」阿梅心疼地用小手摸了摸陳悠腫得高高的臉頰，還留在眼眶裡的眼淚一眨眼就順著臉頰落下來。

阿杏也在一邊笨拙地給陳悠擦著脖頸滲出來的血絲。

「大姊沒事，敷些草藥，過兩日就好了，但是阿梅和阿杏，妳們一定要記住，不能把咱們採草藥、賣草藥的事情讓任何人知道，明白嗎？」陳悠給阿梅擦了眼淚，小聲又嚴肅地叮囑。

兩個小包子用力地重重點頭。

陳悠交代好了，才帶著阿梅和阿杏回竹林後的小院。

吳氏回到東屋將藍布荷包打開，數了數，心就慢慢沈下來。

王氏給的錢不多，才四十來文錢，陳永新三、四服藥就沒了，陳懷敏的藥也斷不了，一家六口人都張著嘴，這點錢簡直就是杯水車薪。

陳悠領著兩個小包子回來的時候，吳氏並未從東屋出來。她打了井水敷了臉，又將脖子上的血痕洗了，看了看日頭，已經要偏西了。

也不知道吳氏在屋中做什麼，其間只聽到過陳懷敏一次嘶啞的哭聲，陳悠可等不了吳氏來送食物，這會兒，怕是吳氏房中也沒有糧食了。

吩咐兩個小包子把野菜摘好，陳悠索利地用開水燙了，將鹽丁用少許開水化開，倒進燙野菜裡，拌了拌，弄了兩大碗，隨便吃些，權當晚飯了。開水燙野菜加上沒有俱全的佐料其實很難吃，乾巴巴的，小孩子嚥著都作嘔，但是沒辦法，她和阿梅、阿杏不能一天下來什麼都不吃。

瞧著兩個小包子吞嚥得直伸脖子，陳悠心疼得慌，走過去給她們拍了拍後背。「慢些吃，嚼細些再嚥下去。」

兩個小包子勉強吃了小半碗。她們剛吃完，吳氏就從東屋出來了。

吳氏的眼眶紅腫著，髮鬢散亂，眼神裡也是一片絕望和無神，陳悠看到心就猛跳。

似是感覺到了西屋廚房的煙火氣，吳氏抬了抬頭，看到灶臺上還放著滿滿一大碗開水燙野菜，心情稍微好些，她看了眼陳悠，什麼話也沒說，就直接端了那碗野菜回東屋去了。

陳悠皺眉盯著吳氏的背影，搞不懂都這樣了，吳氏竟然都不想想該怎麼辦，還要一心將事情都怪在她們三姊妹的身上。

其實陳悠還是能猜到吳氏的一些心思。吳氏對那位黃大仙的話深信不疑，在她心裡，不管是陳懷敏的病還是陳永新意外受傷，都是因為三姊妹的「陰氣」太重，給家中招致禍端，她把這一切的源頭歸結在她們身上。

陳悠冷笑了一聲，她要是有這麼大能耐，怎麼著也得找個大BOSS禍害，還會留在這窮門？如今出了事，吳氏一心只想著求別人，卻把她們三姊妹推到門外，實在愚昧又讓人無奈。

「阿梅、阿杏我們睡吧，明日一早還要去山頭割豬草。」陳悠轉身對兩個小包子道。給她們打了水洗了手臉，不再管吳氏。

更深露重，黑暗的夜色中，陳悠在阿梅和阿杏綿長的呼吸中睜開眼。

默唸著靈語，耳邊微風習習，陳悠已經在那片熟悉的空間中。暖風帶著藥香迎面撲來，她不自覺深深吸了口氣，吐出來，將一日的鬱結全部放出。

突然，陳悠微擰了淡眉，她猛地睜開眼，朝著一處角落看去。然後她水亮的大眼越睜越大，隨後抬手揉了揉自己的眼睛，再朝那處瞧過去。

是真的啊！這是被天上掉下的餡餅砸到的節奏？

陳悠激動地朝藥田的一角跑過去，那處陰涼的角落，一株小小的墨綠色植被，長著紅色的小果實，不是人參還能是什麼！

前世，她為了研究野山參的習性，曾經親自去過長白山。野外宿過大半個月，才在山林深處找到過一株，不過，那個時候野山參就是國家保護的瀕危物種，她只是觀察了幾天，留了微型攝影機、做了標記後就離開了。而現在藥田裡的這株雖然小得可憐，可陳悠也能一眼斷定這是長了六年以上的野山參。

就算在現代，人工培植的野山參也要三年開花，五到六年結果，最快成熟能夠入藥都要六年時間，而她當年在藥田空間中栽種野山參，最少也要兩年時間。

陳悠欣喜地撫摸著這株小人參的墨綠色葉片，等她小心將整株都察看了一遍，才想起不對勁來。她清清楚楚記得在藥田空間被毀後，她第一次進來時的模樣。

整片藥田全部毀於一旦，不要說人參這類珍貴藥材，就是車前子、防風這種廣譜草藥也沒有一株。她有了重整藥田的想法後，細細地將片片藥田檢查了一遍，除了她移植進來的一些普通藥草，什麼也沒有。

可今天這處陰暗角落怎麼會多出了一株野山參？

就在陳悠擰眉疑惑的時候，身邊的空氣微微起了些變化。原本虛無的空氣中竟然漸漸有微光閃爍，這些微茫像暗夜中的螢火蟲光芒一樣一閃一閃的，逐漸匯聚在一起，然後慢慢在陳悠面前組成幾行帶著微光的字。

「萬物之本，靈藥之源，恭喜突破先天禁制，藥田空間升級為凡級一品。獎勵普通草藥十數類，野山參一株，還望再接再厲，儘早突破。」

陳悠傻傻地盯著空中這行突然冒出來的字，心跳如擂鼓，嘴角忍不住地抽動兩下，要是眼前有兩塊豆腐她也不介意撞撞看了。

這到底是怎麼回事？這些一看就不是人為的字和這株突然出現的野山參，還有這什麼該死的升級、凡級一品，這都是什麼玩意兒？

眨了眨眼，再眨了眨眼，直到陳悠將眼睛都要眨出淚水來了，才真正承認這一切竟然都是真的。雖然不明白這在上一世就傳承給她的藥田空間為什麼會突然升級，但照目前的狀況看來，卻是對她有利的。冷靜下來後，陳悠嚴肅地開始思考這個問題。

難道說，她穿越來到這個古代大魏朝，藥田空間或許經歷了時空的壓縮，發生了變異？或是藥田空間本就有這種升級的系統，只是她以前一直沒有觸發？

陳悠凝神想著，許久也找不出其中的蹊蹺，她也不是個喜歡鑽牛角尖的人，想不明白，就暫且這麼認為吧！起碼她現在知道，這個藥田空間會升級對她的幫助還是挺大的。要靠她一個人振興廣闊的藥田空間怕是幾十年也成不了事。

藥田空間的主人是她，那麼藥田空間進化升級定是與她或是與她做的事、說的話有關。

這麼一想，陳悠順便盤腿坐在這株野山參面前，托著腮幫子聚精會神地回憶這幾日她都做了什麼。

小半刻鐘過去，陳悠才發現這幾日她除了帶著阿梅和阿杏去山頭採藥草，就是去了縣城一趟將藥草賣了，最後在唐仲家中給陳永新把過一次脈象，再也沒有其他特別的事情。

陳悠默默將這幾件事情記在心中，準備接下來幾日逐一試試瞧瞧，看藥田空間升級與這些事有沒有關係，如果摸到了竅門，儘早達到藥田空間下一次升級的條件，說不定會有更多的獎勵等著她，到時，她也不必再費心整治藥田空間，也算是對得起祖父了。

想通後，陳悠又不捨地摸了摸野山參的墨綠色葉片，站起身，藥田空間中清爽的風將她散落在肩頭一縷不健康、有些發黃的長髮吹起。

陳悠抬眼果然見到瀑布下湖岸邊的幾塊藥田中多了十數種廣譜草藥。一株株根正苗紅，按照五行相生相剋種植。夏枯草的紫色小花和蒲公英的黃色花朵點綴其中，她不由瞧得笑彎了眼。

藥田空間中的藥草若是不採摘便不會枯萎，一般藥草長到最佳製藥時期就會自動停止生長，所以這方藥田空間才會在陳悠家族祖祖輩輩經營中，有那番百千餘種藥材共同繁盛的情況。

陳悠又抬眼看了大湖上方的那條瀑布，宛如玉帶從天而瀉，看不到瀑布上方的源頭，瀑布盡頭被遮蓋在繚繞的雲霧之中，給人一種神秘的氣息。

陳悠不再耽擱，捧了把湖水洗了臉又稍稍喝了一小口，去查看了前兩日她移栽到空間中的藥草，見這些藥草基本已經到了採摘的時候，摘下藥草，帶了一小瓶空間湖水，就出了藥田空間。

混沌黑夜中，身邊是阿梅和阿杏酣睡的呼吸聲，陳悠給她們掖了掖被角，才躺下休息。

第二天，窗外還垂著夜色，陳悠便睜開眼睛，將兩個小包子叫醒，她輕手輕腳下床聽了聽東屋那邊的動靜，只聽到陳永新的幾聲咳嗽。陳悠才放心下來，出去打水給妹妹們洗了臉，她尋了破竹籃，準備帶著阿梅和阿杏去山頭。

剛剛開了門，陳悠一回頭，就瞥到吳氏無聲無息地站在東屋門口，天光有些暗，但陳悠還是看清了吳氏的形容：她穿著邋遢，面上毫無生機，就如將死之人一樣，一雙原本挺好看的杏眼現在整個凹陷下去，吳氏陰森地與陳悠對視，這眼神，就連陳悠這個偽蘿莉猛地看到都要嚇一跳。

吳氏的目光在三姊妹身上一轉，最後落在阿梅身上時，眼瞳中突然迸發出一種詭異的光亮來。

陳悠心頭暗叫一聲不好，急忙用自己的身體遮住阿梅小小的身軀，將阿梅的小手攥在手心無聲安撫。

「一大清早，做什麼去？」吳氏乾啞著嗓子問。

陳悠緊了緊手中抓著的竹籃。「去後邊山頭採豬草和野草。」

「妳一個人去就行了，妹妹們太小，就不要帶著了，讓她們在家裡休息。」

吳氏這樣的大發善心實在是讓人瘆得慌，平日裡恨不得三姊妹晚間都不回來，現在卻要主動留阿梅和阿杏在家裡休息。要是陳悠不瞭解吳氏其人，或許還會真的以為吳氏是為了她們姊妹好，心疼阿梅和阿杏，但是吳氏根本就不是這種人！

阿梅和阿杏聽到吳氏這麼說也是一怔，隨即就慌亂起來，阿梅大著膽子道：「娘，我們不待在家裡，我們跟著大姊去山上採野菜回來吃，我和阿杏都能採很多。」

吳氏一聽眉頭就皺起來，顯然是很不滿阿梅的反抗。

陳悠怎會猜不出吳氏的心思，她恐怕是想要將阿梅和阿杏賣給人牙子換取陳永新和陳懷敏的藥錢，抑或是再請黃大仙來給他們看一回！

「娘，我一個人實在是採不了那麼多，妳就讓阿梅和阿杏幫我吧！」陳悠耐下心來說道。

吳氏一夜基本沒怎麼合眼，方才一句好話已經耗盡她所有的耐心，現在三個賠錢貨還這麼不識抬舉，她臉色一黑。「我說的話妳們也敢不聽？我說阿梅、阿杏不准出去就不准出去！陳悠，妳要是敢帶著她們出去，我就打斷妳的腿！不信妳試試看！」

陳悠深吸了口氣，定定注視著這麼快就忍耐不住的吳氏，腳步微微地移了移。

「不行，我要帶阿梅、阿杏出去，妳在家中還要照顧爹和弟弟，哪有時間管她們。」對於阿梅和阿杏的問題，陳悠一點都不相讓。

阿梅和阿杏也依賴地緊緊貼著陳悠，警惕地看著吳氏氣得發青的臉。

「好妳個臭丫頭，還敢和我頂嘴，看我今天還不打死妳！」說完吳氏就氣鼓鼓地大步朝陳悠這邊邁來。

陳悠背在身後的手突然用力，一把將大門打開，推著兩個妹妹就往門外跑，邊跑邊催促著：「阿梅、阿杏跑快些，千萬別被追到！」

兩個小包子最是聽陳悠的話，她們也隱隱感覺到吳氏要將她們留在家中沒有好事，當即撒開兩條小腿就跑出小院。

陳悠一邊跑一邊回頭看了吳氏一眼，見她扶著小院門邊的籬笆氣得脹紅了臉喘息，並沒有追上來，才鬆口氣。

遠遠的還能聽到吳氏的大罵聲。「臭丫頭，妳今天出了這個門，有本事妳就別回來！回來看我怎麼收拾妳！」

陳悠撇撇嘴，昨天在前院她就意識到了，自己現在的力氣根本不是吳氏的對手，臉上的紅腫到現在還沒有完全消退呢！吳氏是個心狠的人，她說動手那真能下死手，她對她們三姊妹沒有任何顧忌。既然打不過，她還跑不過嘛！

她們逃出來，吳氏身體本也不怎麼樣，還要照顧陳永新和陳懷敏，不會真的追上來，陳悠便賭定她會這樣，才大著膽子拉著妹妹們逃跑。

大清早的，天光朦朦，霧氣也還未散去，陽春三月的天，本還有些料峭，阿梅和阿杏這緊張的一跑，小臉蛋紅撲撲的，卻也不覺得那麼冷了。

陳悠從竹籃裡拿出裝著空間湖水的小瓶給兩個小傢伙喝了少許，才牽起她們的手沿著出村的小路，慢慢往前走。

「阿梅、阿杏，以後爹娘不管說什麼，妳們都不要相信，知道了嗎？」

「大姊，阿梅知道，爹娘不是真心待我和阿杏好的，他們心裡只有弟弟！大姊放心，以後我們只聽大姊的話，旁人的話都不聽。」阿梅抬頭認真地與陳悠說道，另一旁的阿杏還重重地點頭，表示自己贊同阿梅的話。

「好，妳們這樣想，大姊就放心了。肚子餓不餓？到了山頭，大姊給妳們做好吃的。」

說到食物，兩個小傢伙才高興起來，除了前天她們吃的那個肉包子，這兩天連粗玉米餅她們都沒能吃上，著實讓兩個小包子餓得慌。等到了山頭，三姊妹尋到一處光滑的石頭，陳悠吩咐兩個小包子去尋些新鮮的薺菜，她則在石頭邊搭了一個簡易的鍋灶，取了她在林遠縣集上買的少許麵粉，加鹽水調勻了，把兩個小傢伙摘回的薺菜洗淨切碎放進調好的麵糊中，拌均勻，最後將麵糊下到放在火上燒著滾水的陶甕裡。

野外環境簡陋，陳悠也只能做成這樣，麵條什麼的兩個小包子是吃不到了。這野菜麵疙瘩雖然做法簡單，卻香甜有嚼勁，還能清熱潤肺，也算得上是一道藥膳。

所謂「凡膳皆藥，寓醫於食」，通過食物來調節人的健康狀態比萬千藥材都有用，尤其是孩子和老人，這也是陳悠不想輕易給阿梅、阿杏喝空間湖水的原因。

野菜麵疙瘩簡單易做，不一會兒，那陶甕口就冒出香味來，白麵的糯香和薺菜的清香混在一起，刺激著兩個小包子不斷分泌口水。

陳悠笑著與兩個小傢伙將一小陶甕的麵疙瘩吃完，再洗淨陶甕收起來，然後帶著阿梅和阿杏採了豬草和野菜，又去看了她們以前設的陷阱。其間，陳悠也採了不少藥草，還剝了一顆十幾年生的厚朴樹的皮，挖了兩株金銀花。

等到太陽落山，陳悠才帶著兩個小包子回去。路過李阿婆家，將一部分藥草丟在她家裡，與李阿婆寒暄幾句，三個小姑娘才朝著小院的方向走回去。

越接近小院，陳悠心情愈加忐忑，她害怕看到家門口有陌生人。是以，陳悠帶著阿梅和阿杏走得很慢，而且還未到小院，就豎起耳朵聽著小院那邊是不是有動靜，兩個小包子也因為她的動作小心翼翼起來。

到小院的籬笆牆後，陳悠聽到了人聲，她渾身一僵，好似被雷劈中一般，難道吳氏真的這麼快就請人牙子來了？她要帶著阿梅和阿杏逃跑嗎？

陳悠急忙讓兩個小傢伙別發出聲音，貼著籬笆牆，陳悠終於聽清小院裡的說話聲。

「雲英啊，娘也只能拿這麼多。別怪爹娘，妳也知道，咱家也不好過，妳兩個弟媳婦下半年又添了娃兒，都是奶娃娃，張著嘴要吃，娘也不能不顧著他們。昨兒妳託人來送信，不是娘不想來，實在是走不開，不搶著這幾日將家裡十來畝田播種完，這雨一下，節氣就過了。」

陳悠聽著聽著覺得不對，這根本不像是人牙子說的話。

「娘，都是女兒不爭氣，你們照顧一大家子已經夠煩夠累了，臨頭來還要麻煩你們兩老來顧著我！」吳氏聲音裡帶著哭腔。

「哎……閨女妳說的哪裡話，你們都是我身上掉下的肉，娘在一天，還能不管著你們？好了，別哭了，妳身子本就不好，還有永新和懷敏要照顧，趕緊把眼淚擦擦，可不能熬壞了。」

到這時，陳悠才確定說話的人是她們的外婆，隔壁顏莊的趙氏。

對於趙氏，陳悠還是有些印象的，阿梅、阿杏還未出生時，吳氏逢年過節還會帶著她回娘家。趙氏還抱過她，是一個和藹的老太太。

吳氏娘家人口也多，吳氏是趙氏的大女兒，所以也格外的偏疼些。只是兒女多，偏疼也偏疼不到哪兒去，趙氏生了四個兒子，三個女兒，現在都已經嫁娶。家中不寬裕，趙氏再疼愛這個大女兒也無能為力。往常趙氏也貼補了這個大女兒不少。

「娘，妳說我該怎麼辦？這個家都成這樣了，我真怕我哪天扛不住！」吳氏抽泣著對趙氏訴苦。

「雲英哪，妳真打算賣孩子？這不到萬不得已，這樣做，不怕以後別人戳妳脊梁骨？」趙氏勸著。

趙氏這句話一出，陳悠本能地想要摀住阿梅和阿杏的耳朵，可是她只有一雙手，怎麼摀？

她擔憂地看著兩個小包子的神色，想要拉著她們離開，阿梅卻睜著一雙黑亮的大眼睛朝她搖搖頭。陳悠心塞，她千般小心想要保護兩個小包子，到這時候還是出了紕漏，她害怕兩個小傢伙聽到這個消息承受不住，只能默默地將她們摟到懷中，輕輕摸著她們的後背，然後又去看她們的神色。

見到兩個小傢伙只是咬著嘴唇什麼也不說，水眸隱忍，陳悠就覺得心裡難受得慌。

「可我有什麼法子，娘，妳說除了這樣，我還能怎樣，婆婆那邊根本就幫不了，我現在手頭上的銀錢連當家的藥費都支付不起，這一家子還要吃吃喝喝，懷敏也要吃藥！反正這災禍也是那三個賠錢貨帶來的，賣了兩個，也算是她們為這個家贖罪吧！」

吳氏說得理直氣壯，好似這一切的不幸真的都是因為陳悠三姊妹一樣。

吳氏的話讓趙氏一噎，她愣了片刻，才拉住吳氏的手。「雲英，妳怎麼就這麼認死理呢！娘與妳說多少次了，那黃大仙不靠譜，我們村就有人因為這騙人的仙姑子丟了人命吶！妳怎麼就不聽娘的勸，生兒生女都是妳與永新的造化，怎麼能她說一句話就算呢？妳瞧，若不是你們搬到這小破院來，你們會被妳婆婆那般冷落？聽娘的話，別再信那黃大仙的話了，啊？」

陳悠沒想到趙氏還能說出這番勸解的話來。

「娘，我也不想相信，妳說黃大仙治死了人，可妳怎麼不說，她還將一個癡兒瞧好了呢！況且，懷敏確實是我們搬到這院子裡來生的！黃大仙是仙姑，娘，妳可不能說仙姑的不是。」

「妳！叫我說妳什麼好！」趙氏被吳氏氣得心疼，家中也正是吳氏這個毛病，出了這樣的大事，弟弟們才不願意來看這個大姊一眼，將東西都託給她帶來。

趙氏瞧著這個她打小就疼愛的大女兒，著實氣不打一處來，以前在家中做閨女還好，怎麼嫁了人，就鑽這種牛角尖了呢！

「妳若真狠得下心想將孩子賣了，我看妳也別送去縣城了，妳三妹家中只有三個小子，心心念念想要閨女，但是她生老三的時候身子傷了，怕是以後不能再有了，妳可要考慮考慮？」

「娘，那怎麼行，我不能害了三妹，妳也清楚黃大仙給她們三個批的命！」吳氏驚恐道。

趙氏瞪了她一眼。「雲英，妳怎麼還記掛著這個，聽娘的勸，若是真走投無路了，就託人告訴我，我讓妳三妹和她男人來領孩子。」

「這……」吳氏看了母親一眼，又低下頭不知道想什麼。

「好了，娘也沒時間與妳多說，家中事還多著呢！我也走不得半刻，妳在家中好好照顧永新和懷敏，莫要亂想了，人在比什麼都實在。」趙氏拍了拍吳氏的手，轉身就要出院子。

陳悠連忙帶著兩個小包子蹲下身，躲在籬笆牆的冬青樹後，直到趙氏走遠了，瞧不見她們的身影，她才帶著兩個小傢伙出來。

阿梅和阿杏心情明顯不好，兩個小人兒有些心不在焉，之前她們無意聽到這件事，陳悠便擔心兩個小包子亂想，但是兩個小傢伙出奇安靜隱忍，倒是讓陳悠吃了一驚。

不過畢竟還是兩個六歲的小孩，要她們真的像成年人一樣鎮靜又怎麼可能？即使極力隱忍了，小臉上也是一片失落和難過。

阿梅拽了拽陳悠的衣角，抬起一雙水汪汪的大眼，她抿了抿粉紅的嘴唇，才膽怯地問出口。「大姊，我們真的要被送去小姨家裡嗎？」

俗話說「金窩銀窩也不如自家的狗窩」，陳悠怎會捨得阿梅、阿杏離開她的身邊。趙氏提議的方法雖比吳氏要將她們姊妹賣到縣城中的人牙子手上要好上許多，但也不是像表面瞧著那般好。

吳氏的三妹吳柳英家中人口雖不多，吳柳英也的確想要個女孩，可是吳柳英的婆婆和丈夫並不是這個想法，吳柳英的婆婆喜愛三個男孫如命，若是阿梅、阿杏真的到了他們家，想必日子也絕對好過不到哪兒去。這些情報還是原主以前跟著吳氏去外婆家時，聽吳氏的三妹對著趙氏抱怨時聽到的。

「阿梅、阿杏放心，大姊絕對不離開妳們，不會讓妳們送給別人！」陳悠安撫地摸了摸兩個小包子的頭。

阿梅和阿杏聽到陳悠的保證，一把抱住她的身子，眼淚就忍不住滾落下來。「大姊，阿梅和阿杏永遠也不要和妳分開！」

「嗯！」陳悠應了一聲，任由兩個小包子埋在她並不寬闊的肩膀上哭泣。

「快把眼淚擦乾了，我們回去，以後想要哭就在大姊面前哭，旁的人面前，咱們只能堅強給他們看！知道嗎？」陳悠溫柔安撫道。

說完陳悠就提起竹籃，帶著兩個小包子轉過籬笆，進了小院。

阿杏抬起頭，盯著陳悠被夕陽鍍了一層金光的側臉，柔和而又堅定，她的心也跟著平靜下來，讓她覺得，只要有大姊在身邊，一切都會慢慢好起來的。她也會變得像大姊一樣堅強勇敢，不管是誰，都不敢再欺負她們！

無意中，兩個小包子的嘴角都翹起了一抹堅忍的弧度。

第六章

晚間，吳氏讓陳悠做飯，破天荒地竟然給了陳悠三個雞蛋，陳悠有些驚詫，吳氏卻轉身就去給陳永新煎藥了。

陳悠也不願意再問，她給她便做，恰好兩個小包子也需要進補。三個雞蛋，陳悠一點也沒有浪費，給陳懷敏燉了蛋羹，另外兩個用洗淨切碎的香椿芽炒了，看著金黃翠綠相間的香椿芽炒蛋，陳悠的臉上才有了點笑容。

春天，這道菜也能算作藥膳，專適用於營養不良之人，長時間食用還能增強人體抗病、防病能力。給阿梅、阿杏吃再好不過了。

這邊陳悠將香椿芽炒蛋盛了起來，兩個小包子幫她燒火的時候，聞到香椿芽的香味，都忍不住問她做什麼菜，陳悠笑著給她們一人挾了一筷子，兩個小包子好吃地瞇起眼睛。

突然，東屋傳來一陣嘔吐聲，緊接著是粗陶碗摔到地上的破碎聲。

「孩子他爹、孩子他爹，你這是怎麼了？你說話呀！你可不能去啊！你讓我帶著懷敏怎麼活呀！」吳氏的聲音越來越驚恐，越來越淒厲。

陳悠心中也咯噔了一下，陳永新的情況比她預計的更差了。代脈，臟氣衰微這樣的情況可不是這麼好痊癒的，說句不好聽的話，若不下重藥、狠藥，陳永新這條命怕是都危險。之前他能度過危險期已經算是他命大了，何況他腿上還有外傷，寸關尺三部脈皆無力，重按空虛，這是氣血不足的徵兆。因為家中無餘糧，陳永新沒有及時得到溫補，身體愈加虧空，這次要是想救回來，那真是要考量大夫的醫術了。

陳悠自最初的驚愕過後，臉上就平靜下來，她拉著阿梅、阿杏坐到床邊，低頭看著她們。

兩個小傢伙臉上雖然也有不解和擔憂。說實話，經過這麼些日子，陳永新夫婦她已經看透，若不是這個身體還有阿梅、阿杏的血脈傳承自兩人，陳悠真是懶得與這對渣爹渣娘摻和。陳永新的死活又關她什麼事？

「阿梅、阿杏，爹的情況怕是不太好了，妳們擔心嗎？」陳悠問道。

兩個小包子一人抱著她的一條手臂，依賴地看著陳悠。「阿婆說過，人死由天命，阿梅和阿杏管不了。」

陳悠沒想到這個小傢伙說出這句話，還真是人小鬼大。她輕輕吁口氣，想必兩個小包子也對陳永新夫婦徹底失望了，只要她們不在乎，她就沒什麼好心虛的。

陳永新的病情就由吳氏去折騰吧！

「是啊，阿梅說得真對。」

此時，吳氏跌跌撞撞邁著虛浮的步子進了西屋，陳悠抬頭朝她看去。

明明是三十歲不到的婦人，臉色卻已經顯出老態，皮膚乾癟泛黃，眼眶深深地凹陷，髮鬟此時也亂了。她朝陳悠失措地大喊道：「快、快去叫唐大夫來瞧瞧妳爹！」

陳悠那雙平靜如古井的眸子讓吳氏心頭一緊，她竟然有一種慌亂恐懼的錯覺。張了張乾巴巴的嘴巴，吳氏終於將話又重複了一遍。

陳悠沒回答她，只是拉著兩個妹妹快速地出了屋子，去村東頭尋唐仲來。

唐仲看著眼前的小姑娘有些驚訝，十歲的小女孩，說出這番話時，怎能這麼鎮靜，他不由得蹙了蹙眉。「妳等著，我這就收拾藥箱隨妳去。」

看著唐仲走進對於陳悠三姊妹來說的東屋「禁地」，陳悠拉著阿梅、阿杏去了西屋，讓她們吃了晚飯。她洗碗的時候，聽到唐仲輕聲說了幾句什麼，然後就是吳氏壓抑斷續的哭聲。

唐仲揹著藥箱從東屋出來的時候，恰看到陳悠站在西屋門口朝他看來，他停了停腳步，看了陳悠一眼，似乎是在想著什麼，然後他朝陳悠招了招手。

陳悠看了吳氏一眼並沒有動，唐仲隨著她的眼神看過去，朝吳氏道：「三嫂子，讓妳家大丫頭隨我去拿些藥，按照這種情況，前兩日的藥方是不能用了。」

吳氏心如死灰地點頭，就腳步虛浮地進了東屋，竟連送唐仲也沒心思了。

陳悠皺眉看了唐仲一眼，不知道他要對自己說什麼。「唐仲叔，您等一下。」

陳悠進屋交代兩個小傢伙自己打水洗了手臉先睡，她才跟著唐仲出去。

今夜沒有月亮，蒼穹上只有群星閃閃爍爍，陳悠抬頭看了眼星空，不經意地問道：「唐仲叔叫我有什麼事?」

揹著藥箱的唐仲停下腳步看了眼身邊乾瘦的小姑娘,嘴角有了一絲笑意,但是想到陳永新的病情,唐仲也長長嘆口氣。「阿悠,妳也明白妳爹的狀況吧!」

陳悠沒點頭也沒搖頭,只是抬眼看著唐仲,等著他下面的話。

唐仲與小姑娘清亮的眼神對視,突然覺得這雙水亮的大眼深邃難懂,一時竟讓他定在原地難以邁動步伐,唐仲微怔了一下,等再去看陳悠的眼眸時,那樣奇怪的感覺就已經消失了。

唐仲咳嗽了一聲,掩飾自己的尷尬。「我沒想到妳爹的病情惡化得這麼快,如今已經到了虎狼之藥不用不可的地步了,只是重藥一下,身子必定虧空,沒有溫補良藥,只怕性命難保。」

陳悠在心中笑了笑,她怎麼可能不知道?唐仲到底想說什麼,話還在後頭吧!

「唐仲叔,以前我聽老人說過一句話,生死由天定,如果爹真的過不了這關,那也是老天爺的安排。」陳悠淡淡道。

唐仲驚訝地瞪著陳悠,她的回答實在是太出乎他的意料,將他要說的話都堵住了,他還在等著小姑娘問他可有什麼醫治的辦法,沒想到小姑娘卻是……他搖了搖頭,有些事實在是強求不來的。

「妳隨我拿了藥就回家去吧,路上小心些。」

到了唐仲家中，陳悠取了藥包，在轉身時對著唐仲道：「唐仲叔以後有什麼話就直說，我年紀小，拐太多彎我聽不懂。」說完，就快步離開，纖瘦的背景消失在院門口。

唐仲驚詫地捏著手中的藥草，片刻才回過神，無奈地笑起來，活了幾十年的人了，今天卻被一個小姑娘教訓，是不是有點太失敗了？

陳悠不再想唐仲這一路上來奇怪的話語和舉動，回到家中，將藥包放在堂屋，聽到東屋那邊沒什麼聲音，陳悠便自己打水洗漱後，上了床。

她一爬上床，阿梅和阿杏都靠過來。

陳悠僵硬了一路的嘴角彎起。「怎麼，阿梅、阿杏還沒睡？」

「嗯，我們等大姊回來再睡。」

「好，大姊陪妳們一起睡。」陳悠輕手拍著兩個小傢伙的後背，不消一會兒，她們的呼吸就綿長輕柔起來。

陳悠心口暖暖的，阿梅和阿杏是擔心她才熬著沒睡呢！等兩個小傢伙都睡著，她挪到床外，進入藥田空間。

她先去看了眼角落裡的野山參，見它完好，陳悠鬆了口氣，好像為了確定昨晚在藥田空間裡發生之事的真實性。可讓她失望的是，藥田空間沒有變化，並不像昨晚那樣再次顯現出升級的字樣來。

難道說採藥並不是觸發藥田升級的條件？

陳悠坐在山參邊，眉頭幾乎要打結，到底怎麼做藥田空間才會升級？撇撇嘴，這也太坑爹了，連點提示也沒有！

陳悠鬱悶地在藥田空間中採摘些枸杞和決明子便出去了。

第二天陳悠和兩個小包子照樣起得很早，正在床上穿衣時，吳氏卻進了西屋。

陳悠有些吃驚，然後又見到吳氏衣衫乾淨，頭髮也梳得頗為整潔，只是眼眶下的黑眼圈重得很，估摸著她是一夜未睡。

「阿悠妳今日莫要出去了，帶著妹妹們留在家中看家，我出去一趟，午前回來。」吳氏交代後也沒等陳悠答應，就轉身回了東屋，抱著陳懷敏出門去了。

陳悠站在門口望著吳氏消失在矇矇天色中的身影，眼皮一陣猛跳。忽然一個不好的念頭從她腦中一閃而過。

難道說吳氏要回娘家？陳悠轉身看著正蹲在井邊洗臉的阿梅和阿杏一眼，只覺得害怕不已。

阿梅見她站在門口，笑著跑過來，拉了她由於緊張而冰冷的手，皺著小眉頭道：「大姊，妳怎麼了，不舒服嗎？手好涼。」

陳悠回過神，只是臉上神色還有些愣怔。「大姊沒事，阿梅別擔心。」

「那大姊過來洗臉，我和阿杏給妳打了井水，一點也不冷。」

陳悠勉強對阿梅笑了笑，心事重重地洗了臉，給兩個小包子熬了些野菜麵糊。

吃早飯時，陳悠頻頻走神，阿梅、阿杏感覺到她的不對勁，也沒了食慾，兩個小包子雖然不知道她在想什麼，卻體貼懂事地幫陳悠收拾了碗筷、洗了碗。

陳悠見日頭已經出來了，一咬牙，她轉過身對阿梅、阿杏道：「阿梅、阿杏，大姊送妳們去李阿婆家，晚點再接妳們回來好不好？」

這時候，兩個小包子待在李阿婆家裡才是最安全的。

阿梅、阿杏盯著陳悠的臉，什麼也沒問，點了點頭。「我們都聽大姊的。」

陳悠鬆了口氣，要是讓她現在清楚給兩個小傢伙解釋，她還真是不太好說。

於是二話不說，陳悠將兩個小包子送到李阿婆家中，與李阿婆說明了情況。李阿婆一驚，聽陳悠說起，她也覺得吳氏這次怕是真要將阿梅、阿杏送走。

「阿悠，阿梅和阿杏先留在阿婆這裡，有阿婆照顧，妳莫要擔心。回家後，等妳娘回來，若真是這樣，就將這件事告訴妳爺爺奶奶，老陳頭好面子，他不會就這麼由著妳娘胡來的，可記住了？」

陳悠道知曉了，又叮囑阿梅和阿杏幾句，出了李阿婆家就急匆匆回去。

李阿婆站在門口盯著陳悠單薄削瘦的背影，心中也是六神無主。這老陳家三房都這樣了，要是吳氏真的下定決心賣女兒，怕是老陳頭夫妻也攔不住。她再怎麼喜歡這三姊妹，畢竟與她們沒有血緣關係，在這件事上，是一點說話的權力都沒有。

現在唯有靠陳悠自己了。

陳悠快步走著，等臨近自家院子時，又停下腳步，轉身朝著村東頭跑去。

到唐仲家中時，唐仲揹著竹筐正準備出門，一抬頭看到小姑娘站在他面前，讓他愣了一下，隨即溫和地對著陳悠笑起來。「阿悠，可有什麼事？」

陳悠盯著唐仲，少女平日裡的膽怯全部退散，渾身好似多了一層堅毅的光芒，看起來完全不像個才十歲的小女孩。

「您能治好我爹嗎？」陳悠此時為了阿梅和阿杏，再也顧及不了其他。

唐仲沒想到她竟然主動向他問起這個問題，他挑了挑眉尖。「若我說治不好呢？」

陳悠看著唐仲的眼睛，突然一笑，口氣萬分肯定。「您能治好當然最好，就算您不能治好，我也會給您法子讓您治好！」

唐仲眼睛一亮，陳悠在說出這席話時，眼眸中爆發出的自信他不會看錯，他突然就感興趣起來。「哦？我倒是要洗耳恭聽。」

「藥方我可以給您，藥材我也可以提供，但是必須由您出面幫助我將我爹醫治好，只要您答應，事成後，我就欠您一事，怎麼樣？」陳悠嚴肅地與唐仲對視，她表面看來鎮靜，實際上，內心早就翻騰起來。

她在賭，賭唐仲對她身上秘密的好奇、賭唐仲對她藥方的好奇，所以她才露出這個年紀所沒有的老成來。

唐仲盯著眼前的小女孩，終於在她眼底發現了一絲緊張和忐忑，他笑起來。「好，就依妳！」

聽到唐仲的話音，陳悠壓在心口的石頭才落了一半，只要有唐仲幫忙，那這件事就好辦許多。她輕輕地吁了口氣，恭順有禮地給唐仲行了一禮。「這次多謝唐仲叔出手相助，阿悠定然謹記在心！」

「莫多說了，把方子給我吧！」唐仲翹著嘴角道。

對於陳永新的傷勢，其實唐仲心中早就有了治療的對策，只是這行藥手段上頗有幾處風險，又用了幾味虎狼之藥，如果處理不好，很有可能會功虧一簣，並且對陳永新的身體也有損害，所以他才不願輕易嘗試。

說實話，唐仲並不是真的非常相信陳悠能拿出比他更好的治療方子。在醫術上，唐仲還是相當有自信的。他之前答應陳悠，多半是欣賞這個小姑娘年紀小小卻有膽識，且心思縝密，做事未雨綢繆，讓人瞧了實在是很難相信這個小姑娘只是個出身農家的女娃。

唐仲不是言而無信之人，陳悠之所以會與他談條件，也是肯定了他這點。

「人參十六錢、肉桂四錢、川芎八錢、熟地二十四錢、茯苓十六錢、炙甘草八錢、白朮十六錢……製成十全大補酒，大補氣血，強筋健骨，治諸虛不足，五勞七傷，脾腎氣繼，臟氣衰微。」陳悠毫不猶豫將藥方背出來，治療的症狀也一併說出來。

唐仲剛開始還嘴角含笑，可隨著少女略微偏冷的音色，他發現他漸漸笑不出來了，陳悠所說的藥方好似自動在他腦中形成一幅完整的湯藥，湯藥的性狀脾性一一在他腦中呈現。

以他多年的行醫經驗，覺得這方子比他所想的要好上許多倍，雖行大補之道，可卻醫法有度。他的方子雖也是對症，可行的是以毒攻毒之道，太過大起大落，陳悠的這個方子，猛烈卻不傷內氣，這樣看來就已經占了上風。

唐仲嚥了嚥口水，這時候才真的開始正視眼前這個小姑娘。

陳悠看他臉色變化，便知道唐仲不是個庸醫，確實是有些能耐的，估計已經體會到這個方子的好處。

「阿悠，這件事便交給我吧！只是人參這一味，怕是……」唐仲有些為難道。這方子的確是好的，但其中的人參也極為昂貴。

「唐仲叔，這個您不用擔心，我自有辦法。」陳悠心疼地說道，怕是她藥田空間裡那株剛剛養了還沒幾日的野山參就要拿出來了。這個藥方將其中的人參換為黨參也可以，不過藥效卻是大打折扣，陳永新的身體虧空得厲害，現在最適合的就是野山參。後期若是身體狀況穩定下來，倒是可以將其換為黨參。

唐仲眼睛瞪大，盯著陳悠。「阿悠，妳怎會有人參？」

見陳悠抿著唇沈默著，唐仲從震驚中醒悟過來，嘆了口氣。「也罷，妳不願說就算了，只是這件事莫要再讓他人知道了。」

陳悠領了他的好意，打了聲招呼轉身離開。她又不是傻子，上一世的教訓她已經受夠了，如果不是為了救兩個小包子和自己，她才不會這樣豁出去！

回到家中，陳悠去了前院與自家小院隔著的竹林，躲在竹林中，盯著前院裡的動靜。

等了許久，終於瞧見蕭氏偷偷摸摸從前院出來，她左右看了兩眼，雙手放在衣裙的圍布上擦了擦，才輕手輕腳朝陳悠家小院這邊躡手躡腳地走過去。

陳悠在心中冷笑兩聲，跟在蕭氏身後，等見到蕭氏在籬笆牆外朝裡張望的時候，陳悠裝作從旁邊不經意地路過。

「二伯娘，您在我家門口有什麼事？」陳悠聲音清脆地問。

蕭氏被她突如其來的聲音嚇了一跳，見只有陳悠一人，她連忙拍了拍胸口，狠瞪了一眼。「臭丫頭，走路連個聲兒都沒有，想嚇死妳二伯娘啊！」

陳悠上下打量著她，眨著大眼睛，蕭氏只覺得她被眼前的小姑娘看得渾身不自在，難受得緊，她不快地又朝陳悠翻了個白眼。

「我找妳娘呢，她在不在家？」

「娘一大早就出門了，二伯娘您還是回家去吧，等我娘回來，我告訴她一聲。」陳悠平靜地回道。

「啥？妳娘出去了？可知道她去了哪裡？」

陳悠抬頭瞧了她一眼，低下頭，好似非常難過地道：「二伯娘，娘去哪裡怎會和我說，爹這兩日身子不好，許是去給爹請大夫了吧！」

蕭氏一想到吳氏對她這幾個女兒的冷淡，撇撇嘴，就知道在這個臭丫頭的嘴裡問不出什麼來，真是浪費她的唾沫星子。

陳悠旁的也不說，就在她旁邊站著，蕭氏眼珠子轉了幾轉，突然，她臉色一變，似是想到了什麼，回頭看了陳悠一眼。「阿悠快回家去，二伯娘還有事，先回去了。」

話音剛落，蕭氏就快步穿過竹林進了前院的院門。

陳悠嘴角翹了翹，摸清了蕭氏的性子，她不怕對方不上鈎。布置好這一切，陳悠才回到家中，她在東屋門前怔了怔，聽到陳永新沈重的呼吸聲傳來，深呼吸了一口，卻沒有推開房門。沈默地回到西屋，在床邊發了一會兒呆，陳悠默唸了靈語，進了藥田空間中。

藥田空間裡仍然是微風習習，在不遠處的院中取了工具，陳悠來到生長著野山參的陰暗處。在野山參面前蹲下，小心地摸了摸野山參的墨綠葉片。

狠了狠心，陳悠將這株野山參挖出來，簡單處理後，放在特製的藥盒中。做好這一切，她才從藥田空間出來。

半個時辰內，陳悠心情憂急地出去瞧了幾次，吳氏卻還未回來。

陳悠最後一次出來瞧的時候，恰好被路過的大山嬸子瞧見，大山嬸子是老陳頭這輩房頭兄弟家的三兒媳，家靠近村東頭，那邊有一大片棗樹。大山嬸子沒想到陳悠竟然白日在家中，連忙朝她招手。

大山嬸子是個熱心腸的人，雖然陳悠沒接觸過，可從原主這記憶中也能感受得出來。

「阿悠啊，妳怎麼還在家？大山嬸子方才從田間回來，瞧見妳娘帶著黃大仙過來了！」

大山嬸子一身青藍布裙，頭上用一根木釵束著頭髮，清爽乾淨。她焦急擔憂地對陳悠道。

陳悠傻眼，吳氏不是回娘家或是三姨家，她竟然去請了黃大仙！

這突來的消息，將陳悠一時打擊得慌亂起來。「大山嬸子，您可看清楚了，我娘真的請了黃大仙來？」

「大山嬸子怎會騙妳，那黃大仙十里八鄉的誰不知道，大山嬸子還能認錯？妳娘一會子就到了。對了，阿梅和阿杏呢？要不，阿悠妳帶著妹妹們到嬸子家裡去躲躲？」

大山嬸子也明白這個黃大仙很不靠譜，也不知道吳氏是中了什麼邪，偏要相信她。這次要是再讓黃大仙見著這三個小姑娘，她們指不定又要倒楣。

想到阿梅和阿杏，陳悠才稍稍冷靜下來，不管來的是誰，她都兵來將擋，水來土掩，既然是這個黃大仙，那今天她就要當著吳氏的面拆穿這個神婆子的真面目！

「多謝大山嬸子，阿梅、阿杏不在家中，嬸子莫要擔心，阿悠自己也會小心的。」陳悠真心對大山嬸子道謝。

大山嬸子見小姑娘如此懂禮，更是嘆氣，這麼好的女娃，吳氏怎麼就不知道心疼呢！要是自家的閨女，她還不疼到心坎裡去。

「那嬸子也不勉強妳，妳在家中可要留意著些，那個黃大仙很邪門，一感到有什麼不對，就趕緊去妳爺奶家，妳爺奶不會不管妳的，可懂？」大山嬸子殷殷叮囑一番，摸了摸陳悠的頭，唉聲嘆氣地走了。

果然沒多久，吳氏揹著陳懷敏就帶著一個老婆子回來了。

吳氏的臉上頗多恭敬，看到陳悠站在門口，低聲在那老婆子耳邊耳語了一句，老婆子的目光瞬間就落到陳悠的身上。

上上下下將她打量了個遍，看到陳悠清秀漂亮的臉蛋時，一雙渾濁的雙眼亮了亮。在黃大仙打量她的時候，陳悠也同樣在打量黃大仙。

這個老婆子一身土黃色的衣裙，頭上插著銀釵，一雙吊梢眼瞟來瞟去，讓人覺得她賊眉鼠眼。薄薄的嘴唇邊緣都是皺紋，一抿起嘴，像是打了褶子的包子，鼻子很高，還帶著些鷹鈎，整體看來，就是個長相醜陋的老婆子。

這混世的黃大仙原來是這個樣子。

「吳娘子，妳家那兩個小的呢？叫出來讓我用天眼給她們瞧瞧，請神仙看看她們的命數。」黃大仙一進門什麼都不說，竟是要看阿梅和阿杏。

陳悠差點被氣得倒仰。

「臭丫頭，阿梅和阿杏哪裡去了，快叫她們出來給仙姑瞧瞧！仙姑能用天眼給妳們看命數，這是妳們幾輩子修來的福分。」吳氏命令道。

陳悠怯怯地後退一步，好似害怕一樣飛快地抬頭看了一眼吳氏。「我讓阿梅和阿杏去山頭採豬草了。」

「妳說什麼？我早間是怎麼交代妳的！」吳氏真恨不得一巴掌呼死陳悠，她說的話，這個臭丫頭竟然都當作耳旁風。

陳悠在心中撇嘴，若不把阿梅、阿杏送走，難道要等著吳氏回來給她機會將阿梅、阿杏賣給別人？

「吳娘子，這是怎麼回事？」黃大仙皺眉，不悅地問吳氏。

吳氏心虛地賠了不是，趴在吳氏背上的陳懷敏突然就大哭起來，一時間，堂屋中慌亂無比。

「仙姑，妳先坐坐，我把孩子送到裡屋去。」吳氏抱歉地對黃大仙道。

老婆子黃大仙冷哼了一聲，吳氏才快步進了東屋。

黃大仙低頭看著陳悠，忽而笑起來，竟然還從袖口中掏出一個小小的方形油紙包。「妳叫陳悠是不，來，過來，黃阿婆給妳糖酥吃。」

無事獻殷勤，非奸即盜。陳悠完全收起剛剛那副膽怯的模樣，只站在原地，冷眼瞧著黃大仙，並沒有挪動一步。

黃大仙見她變化如此大，也攏起眉頭。「阿婆和妳說話呢，聽到了沒？」

陳悠轉頭看著她，語氣平靜道：「我不是我娘，妳不用糊弄我！」

黃大仙「嘶」了一聲。「妳這丫頭怎麼說話的，也不怕得罪神仙，讓你們全家吃不了兜著走。」

陳悠真是懶得和這樣的人多說。「我們家情況已經夠糟了，想再糟也糟不成了，妳不用嚇唬我，我不相信。」

黃大仙的話就像打在鐵板上，她怎麼也沒想到這個十歲的小姑娘遠不是她娘這麼好糊弄的，陳悠軟硬不吃的樣子，讓她氣惱非常。

「好啊，妳就祈求老天爺別讓自己落在老娘手裡，不然，看我怎麼整治妳！」黃大仙似乎是怕東屋的吳氏聽見，說得非常壓抑又憤怒，一副破鑼嗓子就像是年久失修的木門打開時吱呀作響。

陳悠冷眼瞥了她一眼。「對不起，黃大仙，妳永遠也沒有這個機會！」

看到這個神婆子被氣得一臉青紫，陳悠只覺得從來沒這麼暢快過。只因為她的一句話，阿梅、阿杏被親生父母嫌棄，這麼氣這老婆子實在是太便宜她了。

東屋門開時，黃大仙才倉促收起她那副要吃人一般的嘴臉。

陳悠仍然低頭站在原地，老實得很，若不是黃大仙親自經歷了與這小姑娘的對話，只會覺得這小姑娘是個再普通不過的。

吳氏看到黃大仙直喘氣，忐忑道：「仙姑是不是渴了，我讓丫頭給妳倒些水來。」說著，轉身趕陳悠給黃大仙倒水。

陳悠暗暗瞥了黃大仙一眼，去了西屋，房間不大，又簡陋不堪，陳悠在西屋能將吳氏與黃大仙的話聽得一清二楚。她也不急著給黃大仙倒水，就站在灶臺邊聽黃大仙與吳氏說話。

「仙姑，妳來瞧瞧我家近些日子是不是撞到哪路神仙了，怎麼懷敏病還未好，懷敏爹就遇著了意外，這叫我一個婦道人家怎麼活下去！」吳氏帶著哭腔對黃大仙道。

「吳娘子，妳也是老熟人了，清楚我的規矩，看是可以給妳看，但是這天眼不是想開就開的，且不說隨意開天眼會遭神仙怪罪，我這老傢伙也受不住這身子的反噬。我在這兒給妳開了一回天眼，我回去可是要焚香向神仙請罪休養大半個月的。妳也要體諒我的苦衷。」黃大仙瞥了眼吳氏，好似萬分無奈地道。

吳氏呆了呆，只覺得生命的最後一點希望也被掐斷了。她抬起淚眼盯著黃大仙。「仙姑，妳可不能不救我們啊，懷敏爹要是去了，靠我一個女人家怎麼拉扯大孩子！」

「吳娘子，不是我不想幫妳，我也是無能為力，這開天眼是要供奉的，供奉不夠，對老婆子我反噬很大，到時候我老婆子命都要交代在這兒。」

吳氏這次沈默良久，深吸了口氣，好似終於豁出去決定了一般。她一把跪到黃大仙跟前，扒著她的腿哀求道：「求仙姑救救我的孩兒和孩兒他爹，只要仙姑能救他們，仙姑要什麼都成，就算是我的命也成！」

黃大仙一把將吳氏扶起。「瞧妳說的是什麼話，吳娘子，妳把老婆子想成什麼人了，上天有眼，看妳這麼心誠，我就為妳破回例吧！想必天上的神仙們也不會怪罪於我，只是這事後……」

「仙姑只要肯為我們開天眼，小婦人什麼都答應您！」吳氏破涕為笑，欣喜道。

陳悠聽得一愣一愣的，簡直被吳氏蠢哭！這神婆子明顯是個江湖騙子，吳氏卻這麼相信她，甚至不惜許下這樣的承諾。下面一步，怕是這黃大仙就要對她們姊妹下手了吧！

陳悠小心地從灶臺邊的窗口往外瞧了兩眼，見籬笆牆後的竹林裡，陳順那小子身影一閃，陳悠嘴角翹了翹，她便知道蕭氏不會不上鈎！

陳悠將一碗滾熱的白開水端出西屋，吳氏瞧見了，忙狠瞪了眼。「臭丫頭，還不快些，真沒用，讓妳給仙姑倒碗水都這麼磨磨蹭蹭。」

陳悠連忙快走幾步到黃大仙面前，算好了時間，將那碗白開水遞到黃大仙跟前。

突然，屋外傳來一聲響亮的嗓門。「弟妹，妳要做什麼，竟然將這訛人的神婆子請上門！」

陳悠一個「不小心」，手中的碗沒拿住，一碗滾燙的開水就潑到黃大仙的腿上。即便這是春天，身上的襖裙還沒脫，那一大碗滾熱的開水也讓黃大仙吃不消。

她驚叫一聲，從椅子上彈起，驚惶地拍打身上的衣裳，不斷地吸氣哀呼著，好似這樣就不會被開水燙到。

陳悠瞥到黃大仙這狼狽樣子，嘴角微微地揚了揚，才裝作一副被嚇呆的模樣，害怕地縮到牆角。

吳氏瞧著眼前突然發生的一切，也驚呆了，張著嘴都忘記斥責陳悠。

「吳娘子，妳就是這麼誠心請老婆子我到妳家來的？傷了我，天上的神仙也不會饒了妳，我看妳男人、孩子命都活不長了！」黃大仙粗紅著脖子憤怒道。

吳氏惶恐不已，她嚇得眼淚流了滿臉也沒知覺，抱著黃大仙的腿就哀求。「仙姑別動怒，都是這個丫頭不好，只要仙姑息怒，我……我就將這丫頭送給妳處置！」

陳悠站在角落裡瞪大眼睛，不敢置信吳氏竟然赤裸裸地說出這句話，若不是她這身體千真萬確與吳氏有血緣關係，她都懷疑她是吳氏抱養來的。

黃大仙好似因為她這句話滿意了些，她低頭睥睨著吳氏，忍著腿上被滾水燙到的疼痛，然後抬起頭，眼神陰冷地逼視著角落裡陳悠嬌小的身影。

她只要略微一想，便明白陳悠方才定是故意的。這個小賤貨，落在她的手裡，看她不折磨死她！

「三弟妹，妳說什麼？妳要將阿悠送人？雖說阿悠是妳親生的，但她也是爹娘的親孫女，妳不經過爹娘的同意，就要將我們老陳家的姑娘送人，怕是不妥吧！」蕭氏邁進了門，譏諷道。

陳悠即使明白蕭氏這句話怕不是真的為了維護她而說的，她也忍不住要為蕭氏按個讚。

吳氏因蕭氏這聲呵斥，憤怒地回頭盯著她，吳氏只覺得此時自己身在絕境，所以也有了種不管不顧的狠勁來。「二嫂，她可是我閨女，是我十月懷胎生下來，拉拔大的，與我相比，妳怕是更沒有說話的權力吧！」

吳氏死死盯著蕭氏，她這幾日，沒吃好睡好，整個人骨瘦如柴，這時一見，簡直就像是地獄裡爬出來的女鬼，猙獰可怖。蕭氏也被她這模樣給嚇到了，心悸地後退了一步。

陳悠皺眉盯著吳氏的舉動，今天的事怕是要越鬧越大了。

「永新媳婦兒妳說誰管不了！啊？妳心裡還有我這個婆婆嗎？」王氏從大門拐進來冷聲對吳氏道。

吳氏被王氏一句話說得僵在原地，她沒想到王氏也會來。

「娘，我不是這個意思。」吳氏再強硬，也不敢當著這麼些人的面與王氏對著幹。

陳悠總算鬆了口氣，多虧了蕭氏這個大嘴巴，不然王氏怕是也不會過來管這件事。

「老三媳婦，妳說妳是怎麼想的，阿悠怎麼說也是我們老陳家的骨血，只要有一口飯吃，我們老陳家也不會將孩子送給別人，妳這不是想讓外人指著我們老陳家的人罵，戳我們脊梁骨嗎？」王氏真是氣得很，這個吳氏怎能蠢笨成這樣！

「哎！陳家老嫂子，妳這話可不能這麼說，方才可是這個臭丫頭用滾水燙了我，得罪了我，就是得罪了天上的神仙，就算是我今日不與她計較，他日你們一家子也會遭殃！」黃大仙威脅道。

「仙姑妳消消氣，我答應妳的事，小婦人一定會兌現！」吳氏轉身小心地賠笑道。

「老三媳婦！妳可將我的話聽進去了！」王氏也怒了，她將話說到這個分兒上，吳氏竟然還要將自己女兒送給這個神婆子。

站在她娘身後的陳秋月對著吳氏翻個白眼，頗為自己的三哥不值，怎能娶個這樣的媳婦兒，早知道吳氏是這個性子，當初就不該讓娘把她說進門！把他們老陳家的臉都丟光了，她現下還是個未出嫁的女兒呢！若是有意思的人家派人來一打聽，知曉她有這樣一個嫂子，誰還敢來提親！

曾氏也來了，她皺眉瞧著吳氏的嘴臉，忍不住上前一步。「三弟妹，妳別糊塗了，妳也說了，阿悠可是妳的親生女兒！」

「娘、大嫂、二嫂，我可沒糊塗，我清醒得很，就是因為這個小賤貨是我的女兒，我這輩子才這麼倒楣！懷敏的病，還有他爹的傷，哪樣不是這三個災星招來的！我今日千求萬求才將仙姑請來，妳們若是真要攔著我，大不了大家魚死網破！反正懷敏和當家的活不下去了，我留在這個世上也沒什麼可惦記的。」

「妳！」王氏哆嗦著手指指著吳氏，恨不能將這個女人給掐死算了，一了百了，省得在這兒丟人現眼。

黃大仙閒閒地瞧著這一大家子吵鬧。「我說吳娘子，我還有事呢，妳想不想看了？」

「仙姑息怒，我這就讓臭丫頭先給您賠個不是。」吳氏轉身就要去抓藏在角落裡的陳悠。

吳氏那副狠勁，陳悠又不是眼瞎，怎可能任由她來抓自己。她靈活地躲到王氏的身後，抬著水汪汪的眼睛，向王氏求救。「嬤嬤，我不要過去！」

王氏自是將陳悠護在身後，怒視著吳氏。「妳還想逼著阿悠不成？阿悠方才也不是故意的，她只不過是個孩子！」

「是她做的事，自是要讓她承擔後果，難道還要讓懷敏和懷敏他爹來扛著不成？娘，您別攔著！」吳氏仍執迷不悟，她猛地向前跨了一步，竟然就要從王氏身後將人搶出來。

陳悠躲得快，吳氏沒抓著她，卻撞到了王氏，要不是王氏身後還有陳秋月在，扶了她一把，怕是這個時候王氏已經被吳氏撞得摔倒在地，王氏身後就是高高的門檻，要不小心磕到上面，後果是不堪設想。

王氏被她撞得虛驚一場，捣著胸口喘氣，額頭上都嚇得一頭冷汗。

陳秋月氣急，也不管姑嫂情誼，猛力地推了吳氏一把，直將吳氏推得摔倒在地上。「妳竟然敢推我娘！」

曾氏看這情況越來越糟，連忙上去將陳秋月拉開，又朝蕭氏使眼色，讓她好好扶著王氏。

蕭氏也被眼前這突然的情況嚇到，慢了半拍，反應過來後，忙去攙扶王氏。「娘，您沒事吧！」

王氏用袖口擦了擦額頭的冷汗，搖了搖頭。

「弟妹，妳怎能對娘下手！」蕭氏高聲質問出聲。

吳氏這時候也有些呆，她剛剛真沒想過要對王氏下手，她只是想將陳悠拉過來，但不知怎的就撞到了王氏。她憤憤道：「妳們亂說，我沒有！我只是想要把那個臭丫頭拉過來！」

陳悠站在人後冷眼瞧著方才的情景，吳氏過來時，黃大仙那微微伸出去、恰當好處的腳，若是她不讓得早些，怕是她要與吳氏一起撞到王氏，到時候真要將王氏撞出個好歹來，她與吳氏都要倒楣。

陳悠眸光冷冷地看了黃大仙一眼，這個老婆子心實在是太毒，她剛剛與她結下梁子，她就想要置她於死地，可還當她陳悠真是個十歲的好捏的柿子呢！

黃大仙拍打了下身前的衣裙。「吳娘子，這報應來得可快？」

吳氏趴在地上，整個人一僵，她呆怔地扭頭瞧著黃大仙，然後突然嚎哭起來，她抱著黃大仙的腿。「仙姑，您不能見死不救啊！只要能保住我們一命，我就把阿悠送妳做座下童女，不，阿梅、阿杏也送妳！」

吳氏已經被嚇得胡言亂語了。

王氏被氣得一口氣還沒喘平呢，吳氏竟然又說出這種話，她臉色頓時開始青黑。「順子娘，還不去堵住她的嘴！」

蕭氏得了令，立即上前一步，想要拉扯吳氏。原本吳氏還不是這麼相信黃大仙，可方才發生的一切，已經讓她毫不懷疑。此時，她除了這位黃大仙的話誰也不相信。

蕭氏這時候的舉動在她眼裡，就如堵了她的光明前路。事情都鬧到這個分兒上了，這閒話肯定是要傳出去了，她也沒什麼好在乎的，她今天是要豁出去了！

吳氏一把劃拉開蕭氏的手臂，用一雙通紅的眼怒視著蕭氏。「二嫂，別在這裡裝好人，妳以為我不知道妳打著什麼算盤？告訴妳，就算我把阿梅、阿杏賣給人牙子，妳也別想著分到一個大錢！」

蕭氏沒想到吳氏會說出這麼一番話來，臉上一陣青一陣白。

王氏也不豫地皺著眉頭。「吳氏，妳發什麼瘋，這些話能亂說嗎！」

吳氏冷笑了一聲。「娘，我有沒有亂說，妳與二嫂待了這些年，比我還清楚，她眼裡除了錢一個字，還稀罕啥？」

陳悠也明白吳氏說的是實話，可這個時候，黃大仙還在場，他們家小院外頭還有探頭探腦的村人。吳氏將這一切都赤裸裸地擺在外人面前，這不但是打了蕭氏的臉面，更是給老陳家的面子抹黑。老陳頭和王氏都是極好面子的人，怎麼能忍受吳氏這番話！

王氏氣得跺腳。「妳們還愣著做什麼，趕緊將這個神婆子攆走，將吳氏這個瘋婦制住！」

陳秋月和曾氏回過神，陳秋月氣鼓鼓地走到黃大仙面前，冷聲請黃大仙出門。

黃大仙做了多年的神婆子，什麼極品的人家都遇過，又怎麼會因為老陳家的這些婦人怯場。她拍打了兩下衣裳上根本不見的灰塵，抬眼輕瞥了陳秋月一眼。「怎麼？請我來就來、請我走就走。我黃大仙神仙附體，又豈是妳們這些凡人能得罪起的？要我走，行！那得看妳們的心誠不誠了！」說完，黃大仙就朝陳秋月伸出了一隻大手。

陳秋月到底還是個未出嫁的姑娘家，哪裡見過黃大仙這不要臉、不要皮的陣仗，頓時臉氣得通紅。「妳這神婆子說什麼鬼話，到處騙人也就算了，還想要錢，妳怎麼不去搶？」

黃大仙沒有把手收回來。「陳家姑娘，妳還未嫁人吧，我瞧著妳印堂發黑，臉盤僵硬，以後可是剋夫剋子之兆啊！」

「妳說什麼！」陳秋月氣得恨不得將眼前這個討厭的老婆子給掐死。她以後福澤長著呢！是旺夫旺子之相，怎會剋夫剋子。若是這話傳出去了，她就真別想嫁人了，準備在家中做一輩子老姑娘吧！

陳悠在一邊暗暗注視著，見陳秋月被黃大仙兩句話說得暴跳如雷，連初始目的也忘了，她還真想無奈地搖頭。陳秋月在王氏臂膀下，也就能窩裡橫了。

那邊曾氏攔著吳氏，陳悠乘機走到陳秋月的身邊，狀似不經意地委屈道：「小姑姑，都是她，害我娘變成這樣，妳莫聽她胡說，快把她打出去！」

陳秋月被陳悠一句話點醒，才反應過來自己著了黃大仙的道，心下更加氣惱，連忙叫蕭氏過來一起將黃大仙掃地出門。

黃大仙狠狠盯著陳悠，那眼神如要吃人的豺狼一般。

可是陳悠不為所動，不但如此還給黃大仙一個甜美的笑容，將黃大仙氣得險些吐血。

這邊黃大仙剛要被「請出」小院，吳氏見到此情此景，竟然瘋魔了一樣要上去攔阻，可是曾氏抱得緊，沒讓她掙脫出去。

「妳們不能把仙姑送走，仙姑答應我給當家的用天眼看命數，妳們這是在斷我們一家人的後路啊！妳們這群沒良心的！」吳氏胡亂哭訴罵著。

然後趁曾氏稍稍鬆懈時，竟拚著一股蠻力，一把將曾氏推開。曾氏被她推得一個踉蹌。幸好被王氏眼疾手快地扶了一把，才沒有跌倒在地。

吳氏猛地退後一步，眼神慌亂地四處瞥著，眸光掃到破舊案桌上時，見到自己平時用的針線簸箕，吳氏一把從裡面拿出剪刀，就舉起對著自己的脖頸處，她猙獰地笑著，但臉上又都是淚痕，吳氏的模樣猙獰可怖。「妳們今日不讓黃大仙給懷敏他爹看病，我就死給妳們看！」

第七章

陳悠有些傻眼，她也沒想到，吳氏會用生命來威脅。

王氏瞪眼盯著吳氏，她那憎恨厭惡的目光此時一覽無遺，小院外圍觀的村人越來越多，王氏只覺得有無數雙眼睛在盯著她，讓她渾身起雞皮疙瘩。

吳氏這樣冥頑不靈，王氏這時真想說一句。「妳要死便去死吧，沒人會攔著妳！」可她說不出口，王氏死死看著吳氏，兩人之間的空氣好似冰封萬里。

黃大仙在門邊朝陳悠得意地一笑，就像在炫耀她的勝利。

陳悠抿唇，正要說話，突然，東屋傳來哐噹一聲巨響，然後是男人壓抑的悶哼聲，隨後就是陳懷敏嘶啞的嚎哭聲。一屋子的人因為東屋的動靜都沈默下來。

這一聲動靜，好似讓吳氏找到了靠山，她悲憤地大喊著。「懷敏他爹，妳瞧瞧妳母親嫂子是怎麼欺負我們的！你可要為我主持公道啊！」

王氏心疼兒子，急忙就要進東屋看看情況，可是沒等王氏掀開東屋的粗布簾子，陳永新竟然扶著牆走到了門邊。

陳永新臉色蒼白，嘴唇乾涸起皮，靠著一隻腿撐在地上，一大半身子都是因為靠著門框才穩住了身形，他臉色沈沈地看了眼王氏。「娘，您怎可這樣對雲英，怎麼說她也是您的兒媳，是兒子的媳婦！」

王氏那點愛子之心被陳永新這一聲帶著責備的喊聲給澆個透心涼。

就連陳悠也有些驚訝，陳永新會在這個時候拖著重傷的身體出來力挺吳氏。果真是「不是一家人不進一家門」，這對夫妻還真是從一個槍筒子裡出氣。陳悠都想要嘲諷地笑兩聲。

王氏臉色黑紅，她方才要踏出去的腳被氣得收了回來。「老三，你可知道你媳婦要做什麼？」

陳永新猛地咳嗽兩聲，支著身子乾澀地說：「這個家是雲英當的，雲英要做什麼我都不會阻攔，她都是為了我好，我都知道！娘，妳別在這兒添亂了！」

「娘，妳聽到沒？當家的都這樣說了。」有了陳永新撐腰，吳氏也硬氣起來。

王氏後退兩步，好似不敢相信一般看著三兒子，以往，她那些老姊妹還經常在她耳邊抱怨，說兒子長大娶了媳婦忘了娘，她還安慰幾個老姊妹，說她們是想多了。到這時候，王氏才明白過來，竟是她說岔了。她三子又何嘗不是這樣，為了一個愚昧的吳氏，竟然跟親娘對著幹！

「三哥，你是怎麼和娘說話的！」陳秋月也看不過去，怒聲道。

「大人說話，小姑娘插什麼嘴！」陳永新擰著眉頭瞪了一眼陳秋月。

陳秋月被陳永新一瞪，眼眶頓時就紅了，她委屈地看著陳永新，眼淚珠子就忍不住「啪嗒啪嗒」往下掉。

王氏急速喘息著，她瞥見吳氏挑釁的眼神，氣血都要逆流。雖說老陳頭家不是什麼富戶，但也是個二十來口的子嗣興旺之家，老陳頭又是個看中孝道的人，這家幾十年就硬是沒分。

王氏掌著家中中饋幾十年，在老陳家也算是個說一不二的當家婆子，什麼時候被子女這樣無視和反駁。當下，那股在老陳家的威信和脾氣也上來了。今日，她不將這個吳氏給捋順了，從明兒開始，這李陳莊的人怕是都要傳出他們老陳家媳婦壓婆婆一頭的傳聞了。

「老三，我面前還輪不到你說這話！」王氏說完轉頭就對著曾氏和蕭氏盛怒道：「還不動手，難道妳們也看不起我這個老婆子了？」

曾氏正立在吳氏身邊，聞言心中直叫苦，她們這是被老三夫妻給連累了，婆婆的氣都撒到她們妯娌頭上。

蕭氏撇嘴，可也不敢在這個時候違背王氏的命令，忙與曾氏一起將吳氏拉住。

黃大仙見這陳家老婆子今兒是要與自己作對到底了，這陳家老婆子在老陳家說話有些分量，估摸著今兒她是硬抗不過，心下就想要打退堂鼓。

她眼珠子一轉就看到躲在眾人身後的陳悠，正用勝利的眼神盯著她，她一股鬱氣就湧上來，想到今兒一到吳氏家裡，吃了陳悠幾次虧，黃大仙就覺得不甘心。她還從沒有被一個半大的小姑娘耍成這樣！

黃大仙的三角眼又在陳悠身上溜了一圈，小姑娘雖然骨瘦如柴，但是臉模子好看，尤其是一雙水靈靈的大眼，格外有神。若是託人送到華州定能賣個好價錢。吳氏雖然迷信愚昧，可收拾好了也算是個風韻猶存的小婦人，陳永新模樣也周正，兩人生出的女娃又會差到哪裡去。

想到還有一對雙生姊妹阿梅和阿杏，黃大仙更走不動路了。這年頭，雙生子可是不常見，便有專門的人牙子尋雙生子回去調教，以圖賣個大價錢。

這麼一想，黃大仙便決定搏一搏。她朝掙扎的吳氏看了一眼，眼中是讓吳氏恐懼的悲憫眼神，然後黃大仙轉身作勢要走。

吳氏頓時就炸毛了，她使勁地朝黃大仙高喊著。「仙姑，您不能走，我們一家子還要靠仙姑解救，仙姑，您不能走啊！」

陳永新看到媳婦兒被兩個嫂子抓著，心疼不已，他撐著重傷的身體，焦急道：「大嫂、二嫂，妳們放開雲英！」

陳悠仔細注意著眼前的一切，趁著大人們不在意，偷偷地往後退了幾步，恰好見到大山嫂子也在院外的村人中間，她連忙跑過去。

「大山嫂子，麻煩妳將唐大夫請來，我爹腿上的傷口裂開了！」

「成，阿悠別急，大山嫂子這就去啊，裡面的事妳別摻和進去！」

大山嫂子好心叮囑，陳悠點頭，瞧著大山嫂子快步跑遠了，陳悠才回小院。

陳悠一進門，就瞧見吳氏被曾氏箝制住手臂，曾氏要去奪她手中的剪刀，吳氏拚命掙扎，另一邊蕭氏也抓著她。吳氏盯著黃大仙的背影，急紅了眼。她憎惡地看了王氏一眼，然後發狠道：「老婆子，妳今天不讓仙姑給我們看，我就死給妳看！」

又是以死相逼，王氏哪裡還能聽得下去吳氏這話，朝她冷冷笑了一聲，現在有曾氏和蕭氏兩人挾制著她，她口上再狠，還能翻出花兒來！王氏一點也不擔心。

陳永新見兩個嫂子根本就不聽他的話，也被氣得臉如白紙。這會兒他腿疼得厲害，傷口因他從床上摔下來裂開了，現在那鮮紅的血正順著褲管慢慢地滲出來。陳永新疼得額頭冒汗，說話也沒了力氣，只能惡狠狠地盯著曾氏和蕭氏。

可就在這時，變故突生，吳氏不知道從哪兒來了一股蠻勁，抓著剪刀的右手用力一揮，鋒利的剪刀就劃到了曾氏的手臂，曾氏尖叫一聲，摀住手臂後退一步，既疼痛又驚恐。

蕭氏見到吳氏好似瘋了一樣，也害怕得緊，曾氏被剪刀傷到，她立即鬆開了吳氏，心悸地向後縮了縮。

吳氏這時候一口狠勁堵在胸口，她報復地看了一眼王氏，然後一頭朝著牆上撞去……

一屋子的人都嚇傻了，哪能知道吳氏真的不要命地往牆上撞，誰也沒來得及拉住她。吳氏就這麼實打實地一頭撞在土牆上，鮮紅的血幾乎是立即就浸濕了土牆，在上面留下一個可怖的血印。

吳氏身子軟軟地從牆邊滑下去，陳悠雖站著離吳氏近些，但她也明白憑著她的力氣是遠不能拉住吳氏的，所以也沒什麼好愧疚。不過吳氏這麼不管不顧地一撞，也出乎陳悠的意料，她也沒想到吳氏會真的拿自己的性命來威脅人。

陳悠皺眉瞧著滑靠在牆邊的吳氏，雙目緊閉，鮮血從額頭滑落到臉上，那張蒼白的臉映著血液的鮮紅色，頓時讓人毛骨悚然。即使陳悠前世當了一輩子的醫生，此刻看到吳氏這副情景，還是覺得有些駭人。陳悠慶幸她早早將阿梅和阿杏送走。

吳氏這一撞若是沒死還好，若是死了，老陳家在李陳莊的閒話，怕是這幾年都要說不清了。

王氏的臉也慘白著，她是極度討厭吳氏沒錯，可也沒想過要逼死這個三兒媳，眼前發生的一切同樣讓王氏驚呆了。

還是曾氏清醒些，她連忙走到王氏身邊將婆婆搖搖欲墜的身子扶住，嚴肅道：「娘，這個時候哪裡還能耽擱，趕緊讓人去請大夫！」

王氏被大媳婦這麼大聲一說，總算恢復了些理智。「那還不快去！」

「娘，我去，我去請唐大夫來。」陳秋月這時候總算反應快了些，撂下這句話轉身就朝村東頭跑去了。

陳永新的臉色陰慘，他盯著靠在牆邊的吳氏，一雙眼睛都要瞪出眼眶，在陳悠這個方向看來，陳永新的額頭青筋暴露，格外猙獰。

他艱難地動了動嘴唇，手顫抖著朝吳氏的方向伸去，嘶啞地叫著。「孩子他娘，妳醒醒、妳快醒醒啊！都怪我！我若是早聽了妳的話，也不會是這種結果。」

吳氏雖然額頭的傷口恐怖，並且還在不斷流血，但陳悠注意到吳氏那微微起伏的胸口，便也知道吳氏的命挺大，這麼一撞竟然還留了半條命。

只不過「臟血，脈之氣也」，心和脈是相合的。此時吳氏心氣絕了，脈就不通，脈不通，血就不流，脈道通了，血氣才流。陳悠不用診脈，便知道，吳氏如果再這樣持續失血下去，就算有極品老山參，這命也是救不回來的。

說實話，陳悠是盼著吳氏一命嗚呼的。這不是她心狠，只不過是站在她和兩個小包子的立場考慮而已。可吳氏如果要是死了，必會連累老陳家，今日黃大仙在這兒，這種事情經過她添油加醋地說出去，恐怕她們姊妹這「掃把星」的「名頭」就要坐實了。要知道，即便大魏朝民風開化，愚民也是居多的，更遑論李陳莊只是華州的一個偏遠小村莊。

有些名頭一旦坐實，想要撇去就不單單是一、兩年的事了，且不說阿梅和阿杏會受到別人異樣的眼光，更嚴重的可能會遭到村人排斥。她們如今年紀還小，若是沒有親朋幫助，想要遠走高飛豈是這麼容易的？不說戶籍，便說路引一項那就過不了關。

陳悠眼角朝角落瞥了一眼，那裡有她放置的一個小布包，裡面是些常用藥材，恰有她前幾日用白芨磨的粉，白芨粉中含有一些膠狀成分，止物理性的出血正合適。唐仲還沒有來，她若不出手，想要救回吳氏怕是難了。

陳悠不是個喜歡糾結的人，一旦決定了什麼事情，只會馬上去做，毫不耽擱。

陳悠雖然想了這麼多，其實也不過是一瞬而已，她快跑兩步走到角落拿起那小布包。

她正要朝吳氏走去時，一個嘶啞的猛喝似要將陳悠給撕碎吃掉。「陳悠，妳要做什麼！妳還嫌害得妳娘不夠？又要怎樣，我早該聽妳娘的話，將妳們姊妹三人賣給人牙子，我們一家也不會撈到這麼個後果！妳滾開，離雲英遠些！」陳永新幾乎是用盡全身力氣將這些話給說出來，他盯著陳悠的眼神就像是索命的惡鬼。

陳悠渾身僵住，嘴角的那絲憐憫徹底消散了，也罷，她想要留吳氏一條命，陳永新不領情，她也不願做這聖母。

陳悠本低著頭朝陳永新看了一眼，十歲的小姑娘，可那如古井般的眼眸卻冰寒得讓人想顫抖。陳永新只覺得心口一窒，瞬間失神後，卻更覺得他這個大女兒蹊蹺，莫不是被什麼不乾淨的東西附了體？

陳永新看到陳悠後退兩步，隱沒到大人身後，他才鬆了口氣。他顧不得自己身上的傷，焦急萬分，他氣惱地朝王氏大喊。「娘，妳還不讓人將雲英扶到床上！」

瞧著陳永新那猙獰的表情，王氏心寒不已，她不明白將他從小拉扯大，是什麼時候他居然變成了這樣！眼裡沒有她這個娘也罷了，可竟然對這黃大仙如此相信，這是被那神婆子迷瞪了吧！

可在這樣人命關天的時候，王氏到底是比陳永新多吃了幾十年的飯，也不再與他計較，就讓曾氏和蕭氏將吳氏抬到西屋床上。

曾氏和蕭氏剛要將吳氏抬起，唐仲焦急的聲音就在門外響起來。「兩位大嫂，妳們莫要動！陳三嫂剛受了傷，還是先不移動為妙！」

陳悠撇撇嘴，唐仲來得還真是及時，若吳氏真被曾氏和蕭氏這一移，指不定就多了個腦震盪。說著唐仲就拎著藥箱進來，蹲在吳氏面前，就要為吳氏止血探脈。

陳永新這個時候卻不知道抽的什麼風，竟然上前要一把踹開唐仲。「你走開，你們這些庸醫！」他說完，竟然用桌上擺放的粗陶碗去砸唐仲。

唐仲還沒搞明白這家人發生什麼事，額頭就掛了彩。

泥人也有三分血性，更何況唐仲，他捣著額頭，怒視著陳永新。「陳家老三，你若想瞧著你媳婦兒死，我這就罷手！」

「唐大夫，您別聽這小子胡說，快給懷敏他娘瞧瞧！」王氏皺眉看了陳永新一眼，然後才好聲好氣地對唐仲抱歉道。

唐仲的臉色這才好看些，他快速用藥給自己止了血，然後蹲下身從藥箱中取出一個小瓷瓶，打開。陳悠站得不遠，恰好瞧見小瓷瓶裡裝的就是白芨粉。

陳悠對這唐仲好感便多了一分，要真說起來，這唐仲叔還真是有些本事的。

可正當唐仲要用白芨粉給吳氏止血時，陳永新瞧著唐仲的動作目眥盡裂，他不甘地回頭看了站在門口的黃大仙一眼，眼神中帶著祈求。「仙姑，求您救救我們一家子吧！」說著，竟然要向黃大仙跪下來。

陳悠真不敢相信眼前看到的一切，這陳永新夫婦是著了魔吧，正兒八經的大夫在這裡，他們不求，卻偏偏都想要指望黃大仙這個騙錢的神婆子，真是愚昧得可以！

王氏原本對兒子的那點不捨和疼愛之心，這時候蕩然無存，陳永新歪歪斜斜的，艱難地靠在門框上，王氏瞧見了都不想去扶一下，只對陳永新心寒地冷哼一聲。

眼前的情況有些超過黃大仙的預期，她是想要騙錢騙財不錯，可卻沒到這種直接就要鬧出人命的地步。因此，這神婆子的面色也是被嚇得煞白。

陳永新看到黃大仙沒動，臉色也不好看，就獨斷地認為黃大仙在不滿他們夫妻。一想到吳氏夜夜在耳邊與他說的這黃大仙的神通，心底也一陣冰涼。要是黃大仙一個不高興，詛咒了他們夫妻，那他們和懷敏的將來還有什麼活路！

這時候，這兩夫妻的腦回路竟神奇地跑到了一條線上。

陳永新根本就不顧腿上裂開的傷口，扶著門框往下滑，想要給黃大仙跪下。但是他高估了自己的身體和耐力，方才的一番爭吵，早就讓他這個重病患耗盡了力氣。

他這麼微微一動，雙手沒有扶住門框，竟然就這麼直愣愣地倒下來，陳永新滿頭的虛汗，嚇得眼睛瞪得比銅鈴還大，可是他的身體透支得過分厲害，已經不受思維控制，「砰」一下就摔倒在地上。

堂屋裡靠著東屋的門框旁恰好放了一張簡陋的木桌，陳永新好巧不巧的，後腦勺正磕到桌角，當場就昏死過去。這意外來得太快，堂屋裡又有許多人的目光放在吳氏身上，直到陳永新摔倒後發出巨大的響聲才回過神。

陳永新面朝地面趴著一動不動，木桌一角還有絲絲血跡，此刻連陳悠都不能確定他的死活。堂屋裡的人怎麼也沒料到陳永新也會出事，震驚了兩秒後，堂屋裡立即嘈雜起來。

「我的老天爺啊！老三你怎麼了？莫要嚇娘！」王氏從驚恐中回神後，恐懼地哭喊起來。兒子忤逆她是一回事，可真瞧見自己的親子在面前生死不知，王氏還是心痛如絞。

唐仲剛給吳氏止了血，這邊陳永新又出了意外，救死扶傷乃大夫天職，快速判斷了下陳永新夫婦兩人的傷勢，唐仲便決定先去看看陳永新的情況。

王氏淚水漣漣地看著陳永新，蹲下身想要去觸碰陳永新的身體，可想到唐仲之前不讓人動吳氏，手又縮了回來，只是越哭越傷心。身旁的陳秋月和曾氏也紅了眼，掉起了淚。蕭氏心中雖驚愕，可她向來與三房不對頭，巴不得這對夫妻早死了好。這要讓她真哭，她還就是哭不出來，只好低著頭，故意用袖口用力地揉了下眼睛，裝出一副眼睛通紅的悲戚樣子。

唐仲被老陳家的人哭得腦殼疼，根本靜不下心來把脈，他無奈地對著身後的王氏道：「陳家老大娘，妳們安靜些。」

王氏哽咽了幾下，勉強止住哭聲。陳悠默不作聲地幫唐仲把藥箱搬過來。

唐仲瞥了她一眼，用低得只能兩人聽到的聲音道：「阿悠，妳爹不妥，妳心中要有準備。」

陳悠與唐仲對視了一眼，小姑娘臉色平靜，並沒有過多的感情，就像是眼前發生的一切與她沒有關係一般，這神色讓唐仲心口一噎，隨即也只能搖頭，專心為陳永新診脈。

陳永新夫妻倆一起遭殃了，黃大仙兒也心肝顫了顫，她還真是懷疑，莫不是讓她瞎貓碰見了死耗子，這三姊妹還真是禍星？

她今日一趟來得真是不值，這吳氏是個窮鬼不說，這小賤丫頭還潑了她一身滾水！當真是氣死人也，黃大仙眼睛骨碌一轉，不跑路竟然還朝堂屋裡走了兩步。

她眼神睥睨著重傷的陳永新夫婦，然後嘲諷道：「當真是因果輪迴，報應不爽，我早便勸你們，家中三個丫頭是災星，應當早些送出去，可躲過這一劫，偏你們拖著，如今竟也連命都搭上了，果真是活該！告訴你們老陳家，你們要是再留這三個丫頭，出事的可就不是三房了！」

黃大仙話音剛落，陳悠眸中厲光就掃向了她，黃大仙幾乎是立即與陳悠的目光對撞，然後她得意地朝陳悠勾勾嘴角。黃大仙最是記仇，陳悠得罪了她，就算有一丁點機會她也不會放過。

陳悠這個時候也被氣得不輕，這黃大仙這般死纏爛打，今天不趁著這個機會徹底將她的苗頭掐斷，以後，怕是她們姊妹都沒有清靜日子過了。

王氏、曾氏等也被黃大仙一席話說得面色難看。

唐仲看不過去，正要張口為陳悠三姊妹說句話，眼角餘光就瞥見陳悠站起來，小姑娘雖然衣裳破舊，但是背脊筆直。陳悠厲著眸光緊盯黃大仙這老婆子，然後朝她走近了幾步。

「黃大仙，妳說我姊妹三人是災星，妳可有證據？」陳悠在這個時候一說話，竟然讓一屋子的人奇跡般都安靜下來。

王氏看著從未這麼強硬的孫女，溢滿淚水的眼眶有些失神。蕭氏卻是皺眉看著陳悠，帶著不悅。

黃大仙沒想到陳悠還敢當面反駁她，她譏笑了一聲。「臭丫頭，人不要不識命，妳就是禍星的命，莫要不認！這是我用神仙賜的天眼瞧見的，哪還需要別的證據，妳爹娘現在這個半死不活的樣子就是證據！」

陳悠又朝黃大仙走近兩步，抬起瘦瘦尖尖的下巴冷然看著黃大仙。「我沒想到妳還有天眼，既然妳能耐這麼大，定然能扭轉乾坤，今天只要妳能將我爹娘治好，我與阿梅、阿杏就隨妳處置，也算是應了妳的預言，報了爹娘多年的養育之恩！」

說完，陳悠就朝王氏跪下去。「嬤嬤，阿悠知道這樣起諾對不起老陳家，可是阿悠希望爹娘好起來，您能不能原諒阿悠擅作主張？」

王氏愣愣地注視著她以前未怎麼關注的這個孫女，一時心酸難抑，平日老三和老三媳婦怎麼對這幾個孫女，她也清楚得很，只是因為他們在後院，大房和二房人口也多，她也甚少來管。陳永新有了媳婦還忘了娘呢，這丫頭卻這般純孝，她哪裡能不感動，老陳家可是最看重孝道和親情的。

王氏把陳悠拉起來，和藹地對她道：「妳有這個心，嬤嬤怎會怪妳！」

「嬤嬤不怪阿悠便好。」陳悠轉身看向黃大仙，此時，一堂屋人的眼神都落在黃大仙一人身上，黃大仙不禁嚥了口口水，直到這個時候，她才感受到一絲膽怯。

她看向堂屋中躺著的陳永新夫妻倆，以及正在給陳永新緊急處理傷口的唐仲。唐仲神情嚴峻，眉頭緊鎖著，板著臉，然後還無奈地搖了搖頭。

黃大仙心中就「咯噔」一下，唐仲在林遠縣做赤腳大夫，醫術她不敢說精湛，但可比林遠縣城中的趙大夫要靠譜得多，他都是這副神情，這陳家三房的夫妻倆怕是真沒救了！

堂屋牆上和桌角都是血跡，陳永新腿上的傷口都從褲腿中滲出血來，黃大仙就更加肯定自己的猜想。這連唐大夫都束手無策的事，她哪裡能救得回來，她可是一點兒醫術也不會。

「生死由天定，我即便是有天眼，也不能將兩個將死之人給恢復，臭丫頭，妳這要求是不是太過分了些！」黃大仙反駁道。

陳悠步步緊逼。「黃大仙，妳覺得我爹娘救不回來了？」

黃大仙有些忐忑，她再次瞥了眼陳永新夫婦，然後將目光落在唐仲臉上，見他似是無奈地嘆了口氣，底氣立即就足起來。「妳爹娘受了妳們姊妹的禍害，能活到今日就不錯了！這次妳還指望他們能逃得過去？真是笑話！」

「好！黃大仙，在場的人都記住了妳這句話。就連妳這帶著神仙天眼的都說我爹娘救不回來了，但若是我將我爹娘救活，是不是就代表妳說的一切都是胡話，妳其實是個騙子，一切都是妳胡說八道而已！我們姊妹根本就不是什麼禍星，而是老陳家的福星。是，還是不是？」

黃大仙沒想到陳悠會這麼反問，讓她一時間啞口無言，她緊盯著陳悠，抿著嘴，竟然不敢回答。

陳悠輕笑了一聲。「怎麼，黃大仙妳不是神仙轉世，也有怕的時候？連我一個小姑娘的話都不敢應答一句？」

黃大仙的臉被氣得青紫，接觸到陳悠嘲諷的眼神，才不甘心地說出了一個「是」字。

哼！陳永新夫婦傷成這樣，唐大夫怕是都不能妙手回春，難道她一個半大孩子還能有法子？也不過就是嘴皮子快些，逞些能得了。這麼安慰自己後，黃大仙才鬆了口氣。

「好，那妳便等著吧！我要讓所有人都知道，妳黃大仙不過是個騙子而已！」陳悠用清亮的聲音說出這番話的時候，好似能引起別人共鳴一般，所有人不善的目光都落在黃大仙身上。

黃大仙被這些目光看得一個發抖，她勉強抬了抬下巴。「臭丫頭，那我便在家中等著妳的『好消息』！」撂下一句話，黃大仙這個時候根本就不需要人攙，轉身逃跑似的離開了。半路上直呼「晦氣」，老陳頭三房家裡的這丫頭竟是如此口齒伶俐，氣煞她也！

這場鬧劇終於接近尾聲，黃大仙剛剛離開，小院裡就一片嘈雜，陳悠轉頭，看到老陳頭扛著鋤頭帶著大伯、二伯，還有大房、二房幾個堂哥急匆匆地進來了。

一進來瞧見地上躺著的陳永新和吳氏，老陳頭的眼睛一瞪，有些不敢相信眼前看到的。

「這是怎麼了？」

王氏臉上眼淚還沒乾，見到老陳頭後，更是忍不住。「老頭子，你終於回來了！」王氏也不說這是怎麼了，只是越想越傷心，一個勁兒地抽泣。

老陳頭與兒孫們在田中忙碌，因為陳永新受傷，家裡少了個勞力，所以分攤到每個人身上的活兒就更重了，恰逢春種，他帶著兒孫們都是起早貪黑的。每日回來渾身都似散了架一般，今日在田中幹活幹得好好的，突然就有村人來告訴他們，說老三家的出事了，怕是要鬧出人命。他心下一慌，哪裡還有幹活的心思，當即帶著兒子孫子們就往村裡趕。一進門，就見到這種情景。

還是一旁的曾氏比較冷靜些，忙低聲快速地將事情經過說了一遍。老陳頭越聽眼睛睜得越大，曾氏說到最後，聲音彷彿如蚊子哼哼。

老陳頭看了眼地上不知死活的三子和三兒媳，臉氣得黑紅，真想給陳永新一鋤頭，打死了活該，以免留著往後也是個禍害！

「老陳家的臉當真是被你們丟盡了！這事我不管了，老婆子妳看著辦吧！」老陳頭拿起鋤頭，頭也不回地離開了三房小院，連著陳永春和陳永賀也不讓他們多待。

王氏到底還是捨不得這塊從自己肚子裡掉出來的肉，哽咽地問唐仲。「唐大夫，老三如何，還有得救嗎？」

唐仲臉色沈重，誰都說「可憐天下父母心」，三房這兩夫妻都這樣了，老陳家的老大娘也沒說一句不管的。「陳家老大娘，妳也瞧見了這傷情，我只能說我盡力，餘下的，還真得看天命了。」

王氏傷心地點點頭。「麻煩唐大夫了。」

雖說陳悠方才與黃大仙說了那番話，但是這裡除了唐仲恐怕沒人會將這話當真。所以，黃大仙被氣走了後，王氏連問都未問陳悠，而是直接詢問唐仲。

老陳家的人此時都圍著陳永新，倒是沒在意陳悠。陳悠趁著她們沒注意，蹲到了吳氏的身邊，用身體遮住自己的動作，給吳氏號起脈來。片刻過後，陳悠才鬆了口氣。吳氏的血止得算是及時，也並非是回天乏術。

陳悠這邊剛鬆了口氣，就聽到唐仲說道：「兩位嫂子搭把手，將陳家三哥和三嫂移到屋裡。」

等到昏迷中的陳永新和吳氏被移到東屋，王氏才吩咐兩個媳婦回去瞧瞧老陳頭和老大、老二，自己和陳秋月留下來暫且照顧著陳永新夫婦。

陳悠跟著進了東屋，這還是她第一次踏足這片「禁地」。瞧著簡陋的只有幾件舊家具的東屋，她嘴巴撇了撇。

王氏將床上的陳懷敏抱起來，陳懷敏都四歲了，看起來卻像是兩、三歲的孩子。陳悠看到他露在外面一小截細如麥稈的胳膊，眉頭不自覺地緊皺起來。

王氏低聲吩咐了陳秋月，陳秋月應了一聲，轉身去西屋取了粗陶碗來準備給三哥家做飯，可剛剛揭開東屋裡的小米缸，陳秋月就傻眼了。裡面哪裡有什麼米，就連粗糧都沒丁點兒的。

陳秋月怔了怔，王氏明明是月初才給幾個房頭發了糧食，怎麼這小半個月不到，三哥家的糧食就見底了？再能吃也不會連丁點兒米糧都不留下啊！她放下了手中的粗陶碗，轉身輕聲在王氏耳邊耳語了兩句。

王氏漸漸止了哭聲，深深看了一眼躺在床上的吳氏，輕嘆口氣，低聲對陳秋月道：「秋月，妳先去前院拿些來。」

陳秋月點點頭，快步出了小院。此時，外面瞧熱鬧的村人往陳悠家小院裡的堂屋看去，見堂屋已經沒人，也都訕訕地散了。

王氏抱著陳懷敏去廚房，現下東屋裡就留下陳永新夫婦兩個傷患還有唐仲與陳悠。

陳悠走到唐仲身邊，一邊給他遞著藥箱中的藥瓶，一邊道：「唐仲叔，方才多謝了。」

正在給陳永新處理腿上撕裂傷口的唐仲聞言挑了挑眉，回頭看了陳悠一眼。

聞言，唐仲淺淺一笑。

《難經》中有云：「經言，望而知之謂之神，聞而知之謂之聖，問而知之謂之工，切脈而知之謂之巧。」中醫診脈並非只是號脈一途，陳悠行望聞之事，在陳永新被翻過來抬到床上時，她就發現陳永新的傷勢並不如唐仲說得那般嚴重。陳悠便推測唐仲那時表現得陳永新好似一副沒救的樣子，是有意幫助她來迷惑黃大仙，若是沒有唐仲的配合，黃大仙怕不會就這麼善罷甘休。

陳悠猜得不錯，陳永新的傷勢確實是沒有黃大仙想像的那般嚴重，但想要撿回一條命，野山參是必須的。唐仲當時那般表現，也確實存著幫陳悠一把的意思。可沒想到，這個小姑娘竟然真的能看出來，這讓唐仲很驚訝。

「阿悠，舉手之勞而已，我既然與妳約定好了，定然會幫妳幫到底的。」唐仲一邊說，手中替陳永新包紮的動作卻不停。

陳悠笑了笑。

唐仲將藥瓶放回藥箱，轉身嚴肅地看著陳悠。「阿悠，雖是這樣，可妳也應知道妳爹之前的傷情，妳說的十全大補酒迫在眉睫了，我也只能暫時拖著妳爹的病體。」

陳悠看了眼閉著眼、好似毫無生機躺在床上的陳永新，微嘆口氣，道：「我知道，明日一早，我就將十全大補酒給你。」

唐仲點了點頭。「妳明白就好，妳爹性命就掌握在妳手中了。我今晚留在妳家中照看妳父母直到明日一早，阿悠，妳去燒些熱水。」

陳悠在心中苦笑，對唐仲道過謝後，轉身去小院打水。

稍晚，陳悠幫陳秋月做好了飯，又燒了幾木桶熱水，才急匆匆地出門去李阿婆家中接阿梅和阿杏。

大老遠的，陳悠就見到住在村頭的李阿婆站在那棵老槐樹下朝自己這邊望過來。

陳悠忙加快腳步，等到了李阿婆家門口，一把被李阿婆拉進院子裡。

李阿婆滿是皺紋的臉上都是擔憂。「阿悠，到底是怎麼了，我怎麼聽人說，妳爹娘要去了！」

李阿婆帶著阿梅、阿杏在家中提心弔膽了大半日，又不敢在阿梅和阿杏兩個小傢伙面前表露出來。當時陳悠與她說的是吳氏可能回娘家，但是吳氏卻帶著黃大仙來了，她心裡就「咯噔」了一下。後來老李頭出去，回來就將村人傳得沸沸揚揚的陳悠父母要死之消息告訴李阿婆。李阿婆瞪大眼，心「怦怦怦」跳個不停，生怕陳悠也有個三長兩短，這黃大仙可不是個好貨。是以，一早便在院外的老槐樹下等著，盼著陳悠快些來。等見著陳悠完好無缺的身影，李阿婆的心才落下來，長長吁了口氣。

陳悠無奈地揚了揚嘴角，大致將下午發生的事情與李阿婆說了一遍，李阿婆張嘴，聽得眼睛越瞪越大，聽到一半，恨鐵不成鋼道：「妳爹娘著了什麼魔，怎地這麼糊塗！」

「阿婆莫要擔心，這件事都過去了，那黃大仙想必也不敢再來。」陳悠安慰李阿婆道。

李阿婆嘆口氣，摸了摸陳悠有些凌亂的抓髻。「有唐大夫在，妳與他也有些淵源，他會盡力的，妳爹娘定然也會沒事。」

李阿婆如旁人一樣，也認為陳悠與黃大仙那番對話真的僅僅為了將黃大仙氣走而已，所以並沒有太放在心上。

陳悠也不想辯駁。「今天煩勞阿婆照顧阿梅和阿杏了。」

「傻孩子，妳這說的什麼話，可不是阿婆在照顧這兩個小傢伙，是這兩個小傢伙在幫助阿婆哩！妳瞧，家中裡裡外外都被這兩個小的打掃了一遍，雞舍裡雞鴨都被她們餵了，可省了阿婆不少工夫，讓阿婆多做了小半幅繡活呢！」李阿婆誇獎道。

陳悠雖然一副與有榮焉，但也不由得心疼兩個小包子。她上前給她們理了理額前的劉海。「跟阿婆和阿公道謝，我們回家去了！」

李阿婆將她們送到門口，這才回去。於是，陳悠一手拉著阿梅，一手拉著阿杏，路走到一半，突然停下來。

轉頭看著兩個小包子，陳悠思慮了片刻，組織了一下言語，才緩緩開口。「阿梅、阿杏，大姊有件事要告訴妳們。」

阿梅和阿杏站在她面前，睜著大眼看著陳悠，那眼神實在是純潔無比，陳悠突然覺得自己難以開口。她之前還承諾要將世界最好的一面呈現給兩個小包子，可到了現在，她才發現，事情總是不如她想得那麼簡單。有些事、有些人，是必須面對的，就連阿梅和阿杏也逃不過，而且她們還要堅強地面對，用稚嫩的肩膀挑起屬於自己的那部分責任。

陳悠深吸了口氣，緩解自己壓抑的心情，直視著兩個小包子的眼睛，將黃大仙來家中，還有陳永新夫婦受了重傷的事情，毫不隱瞞地與她們說了。

她思來想去，還是覺得這件事由自己告訴兩個小包子最好。她們已經有了自己的獨立思維，有了辨別是非的能力，今日的事情是如何也瞞不住的。就算今日她不說，他日阿梅、阿杏也會在別人口中聽到。從別人口中聽到的那些流言蜚語早不知有幾分真實性，還不如她將前因後果全盤向她們解釋清楚，也讓她們早有準備。

另一方面，阿梅和阿杏對她很信任，她也不希望破壞她們姊妹之間這種難得培養的關係。

陳悠很快說完，誰料，兩個小包子聽完，第一時間並不是想著詢問陳永新與吳氏的傷勢，而是一把緊緊抱住她。

「大姊，下次不要將阿梅和阿杏送出去，阿梅、阿杏陪著大姊！阿梅、阿杏已經長大了！」她們這是在心疼陳悠，心疼她竟然要獨自面對黃大仙那個惡毒的老婆子。

陳悠心中酸軟得發脹，拍了拍兩個小包子的後背，欣慰道：「好，下次妳們和大姊一起面對，可有這個勇氣？」

阿梅和阿杏連忙抿著唇，認真地點頭向她保證。

陳悠笑起來，揉了揉兩個小傢伙軟軟的髮。「妳們不想知道爹娘如何了嗎？」

阿梅和阿杏對視了一眼，大眼裡都是掙扎，阿梅牽著陳悠的手不自覺緊了緊。她張了張口，想說不想，可又說不出來，小包子無比糾結地看著陳悠。

陳悠輕輕揚了揚嘴角，到底不想為難她們，兩個小包子雖說對陳永新夫婦早已失望，但是在遇到生死大事上，仍然對他們留有一種最直接、最純淨的關心和擔憂。

「阿梅、阿杏，他們死不了，只是要在床上躺幾個月而已。」陳悠平靜地說，有了這幾個月，她便能做很多事。

兩個小包子在聽到陳永新夫婦並無生命危險時，也失了那份關心的想法，跟著陳悠回家去了。

陳悠一路上有些心不在焉，她其實並不敢肯定自己拿出野山參救陳永新是對是錯，可不救他是萬萬不能的。先不說她與黃大仙的承諾，就說今日這件事，如果陳永新和吳氏死了，會坐實她與兩個小包子「禍星」的名聲，更會讓老陳家成為村人眾矢之的。大魏朝，孝義為先，她可以不在乎，但現在她並不是一個人，她得為了阿梅和阿杏考慮。她並不是聖母，可也不能無情，陳懷敏才四歲，從小病魔纏身，他是無辜的。

當時雖與黃大仙那樣說，也多半是存了唬住黃大仙的心思，想必也真沒幾個人會將這件事當真，陳悠也並非要在人前出手，只唐仲一個人知道她的古怪便罷了。如果黃大仙非要糾纏，到時候，她自然也有辦法對付。想到這裡，陳悠長吁了口氣，臉上才顯出一絲淡淡的笑意來。這一世，她雖然仍不能將什麼事情都做到最好，但是她一定會盡自己最大的努力，保護好她要保護的人和事物。

回到小院時，已夕陽西下，陳悠先帶著阿梅和阿杏去東屋看陳永新夫婦。

走到東屋前，阿梅和阿杏停下腳步，抬頭看了陳悠一眼，擔心地問道：「大姊，我們真的能進去嗎？」

陳悠嘆口氣，摸了摸兩個小包子柔嫩的臉頰。「大姊說可以就可以。」

唐仲正守在屋內給吳氏把脈，見到陳悠進來，便往旁邊讓了讓，陳悠帶著兩個小傢伙看了眼陳永新與吳氏便出去了。

唐仲望著這姊妹三人消失在門簾後的背影，沈默地搖了搖頭。這樣的父母，也不知道那小姑娘怎會是那樣的性子，又怎會與醫術一途結緣？他起先還懷疑過陳悠的身分，暗地裡問過李陳莊的村人，可都說陳悠確確實實是陳家老三的大女兒。莫非這其中還真有些邪門？

唐仲嗤笑了自己一聲，都是經過多少大風大浪的人，竟然這時候信起鬼神來了，這世上的奇人奇事多了去，難道都要推到鬼神身上不成？不過這丫頭太過早慧，他雖然對她身上的秘密很好奇，可也不希望她暴露於人前，看來得找個機會提點她一二，少不得也要為了她做些掩護。

陳悠帶著兩個小包子在院中打水洗了手臉，並不知道唐仲在東屋中開始為她打算起來。稍晚，她帶著妹妹們在家中吃的第一頓飽飯，卻是大伯母曾氏煮的。

給東屋中的唐仲送了飯食後，曾氏便坐在三姊妹面前看她們用飯。一小塊炒雞蛋，在三個小姑娘碗中輪了好幾遍，最後還是被陳悠挾到阿杏的碗中，陳悠朝阿杏瞪了一眼，小傢伙才不情不願地將雞蛋吞進嘴裡。

曾氏瞧了欣慰，在一旁摸了摸阿杏頭上軟軟的髮，她家中的兩個女兒都與陳悠一般大，卻都沒有阿梅和阿杏懂事。

「阿杏別捨不得，大伯娘帶了好些雞蛋來哩，一會兒都給妳大姊，妳們幾個都能吃到。」曾氏微胖的臉笑起來有一種格外的親和力。

陳悠聽了一怔，連忙推辭。「大伯娘，不用了，你們家人口多，兩個姊姊也還小，妳留著給她們吃吧！」

「傻孩子，大伯娘家裡今年養了不少雞，妳嬤嬤說這雞是大伯娘自己養的，只要不從公裡拿糧食餵，這雞蛋都隨大伯娘處置。妳爹娘受了傷，阿梅、阿杏也瘦得厲害，大伯娘拿些給妳們來吃又有什麼要緊？再說了，那雞還在那兒呢，蛋吃了還能生，怕啥？」

陳悠抬頭，烏黑的眸子看了曾氏一眼，忙低下頭扒了扒飯，才悶聲對曾氏道了謝。

等陳悠帶著兩個小包子吃完，曾氏洗了碗筷，與陳秋月一起回了前頭院子，換了大房的老大陳奇來與唐仲一起守夜。

晚間，陳悠等兩個小傢伙睡了，默唸靈語進了藥田空間。

拿出裝著野山參的盒子，不捨地摸了摸盒中躺著的野山參，陳悠一咬牙，去拿了十全大補酒的其他藥材，除了野山參，旁的都是唐仲準備的。

依次在小罈中放入處理好的藥材，密封好後，陳悠才歇了口氣。十全大補酒若是放在平常環境中，需要足足等上半月才有功效，而放在這藥田空間中，因為藥田空間與外界環境的時間差，只需要一夜就成，這也是為什麼，陳悠要親自動手做十全大補酒。

將裝了十全大補酒的小罈放好，陳悠又仔細探查了一遍空間的情況，自從那次藥田空間升級後，這兩日不管陳悠做什麼，空間再也沒有其他的變化。她皺眉摘了一朵金銀花放在鼻尖輕嗅，撲鼻的清甜香氣，眼前這片藥田恰是空間升級後自然而來，這一切都是千真萬確的，可那觸發空間升級的條件到底是什麼，卻仍讓陳悠百思不得其解。

想不明白，陳悠也不再想，將藥田空間現下有的草藥查看一遍，澆了一遍空間湖水，便閃身出了藥田空間。

一夜過去，第二天陳悠一早就醒過來，從藥田空間中取出釀製十全大補酒的小罈放好。去院中井邊打水時，看到唐仲正就著木桶打上來的井水洗臉。

陳悠一怔，神色如常地走到唐仲身邊。唐仲直接用粗布藍袍的袖子擦了擦臉上的水珠，轉身抬頭看了她一眼。

「阿悠，妳爹拖不下去了……昨日夜間高燒不退。」

陳悠聽到唐仲的話，臉上什麼表情也沒有，神色平靜地打了井水，洗了手臉，等都忙好了，才抬頭看著唐仲道：「唐仲叔，我這就去拿十全大補酒，你等等。」

終於等到她這句話，唐仲心中不知道是什麼感覺，只覺得心中大大鬆了口氣，然後隱隱期盼起來。

陳悠不再耽擱，回到西屋捧出一個小罈遞到唐仲手中。「唐仲叔，你看看。」

唐仲急不可耐地揭開小罈的封口，當即一股溫和的藥酒香撲鼻而來，這時候唐仲根本顧不得理還站在一邊的陳悠，只是嘴角揚起，念念有詞。「竟真的是野山參！」

陳悠見他倒出少許十全大補酒在手心，又將裡面的藥材放在鼻尖輕嗅，一臉專注的模樣，看來這個時候他是沒時間理她了。

抽了抽嘴角，陳悠進了堂屋，微微掀開東屋的簾子，見到裡面除了躺在床上的陳永新和吳氏，並沒有旁的人。昨夜是大堂哥陳奇陪著唐仲守夜的，如今春種還未結束，這天兒可不等人，老陳頭每日一大早便要帶著家中男勞力去田裡耕種，陳奇估摸著天未亮就回前頭院子了。

陳悠瞥了一眼床上的陳永新和吳氏，吳氏的額頭已然包紮好，躺在裡側，呼吸平緩。陳永新卻臉色慘白，因為這場突來的傷勢更加消瘦的臉，此時額骨突出，額頭上滲出密密的冷汗，呼吸也是粗重無比。

陳悠上前走近一步，在陳永新床邊的木椅上坐下來，東屋因為唐仲一夜的急診充斥著濃郁的藥味，本不是太好聞，陳悠卻對這樣的味道頗為懷念。

她伸出手探向陳永新搭在床邊的右手腕上，沈下心。脈位淺顯，脈氣鼓動於外，浮而無力為表虛，這是浮脈之象！陳悠早料到陳永新這次恐怕傷得不輕，剛才遇到唐仲時，唐仲與她說，陳永新拖不下去了。她還只當是唐仲想快些拿到十全大補酒，可沒想到，唐仲的話卻一點也不假，陳永新如果此時不用藥，真的命在旦夕！

浮脈，傷久病因陰血衰少，陽氣不足，虛陽外浮，脈浮大無力為危證！陳悠這時候也不由得著急起來，連忙起來要到外面去叫唐仲。

唐仲卻已經掀開門簾，他嘴角微微彎了彎，意味深長地看了陳悠一眼。「阿悠，怎樣，唐仲叔可有說謊？」

陳悠被他問得有些不自在，撇了撇頭。「唐仲叔還要什麼，可需要我打下手？」

唐仲這時候也收起玩笑的神色，注意到陳永新被他墊高的右腿，朝陳悠道：「也好，我昨夜光顧著照顧妳爹的病情，卻沒顧及他的傷腿。一會兒我用完了藥，還要替妳爹這腿重新包紮，妳去準備些熱水和乾淨的刀剪，還有一些散瘀止血、消腫定痛的藥來。」

陳悠答應了一聲，就快步出去，不再妨礙唐仲醫治。

在唐仲帶來的碩大藥箱中找到了田七粉和血竭單獨放在一旁，這些再加工的藥，陳悠現在當然沒有，就連最簡單的紅藥水她都拿不出來。在唐仲藥箱裡分揀這些藥時，陳悠嘆了口氣，按照她現在的情況，離醫藥一途著實太遠。如果陳永新和吳氏醒來，還不知會怎樣，她要走上自己想走的路，也不曉得要努力多久。

陳悠清早便心事重重，渾然不知，她挑揀的這些藥卻是唐仲不經意間給她出的初級試題。

剛將熱水燒好，阿梅和阿杏便醒了。陳悠揭開鍋蓋，頓時，一股清甜的香氣就沁人心脾。她用勺子微微攪了攪，嘴角翹了翹。陳悠用昨夜做十全大補酒剩下的野山參，配上從唐仲藥箱裡拿來的百合，煮成人參百合粥。

這粥具有清潤補肺、定心安神之功效，極適合阿梅、阿杏這樣體質虛弱的孩子。好不容易得來一株野山參，也不能全便宜了陳永新不是？能有機會給兩個小包子食補，她自是不會放過這個機會的。趁著現在這個家她能作主，便要抓住這個機會，幫阿梅、阿杏的身子調養得結實些，身體康健，百病不入體，這才是最重要的。

陳悠給阿梅、阿杏盛了粥放在灶臺上冷著，兩個小傢伙便眼巴巴地看著她。

陳悠輕笑了一聲，將碗端給她們，姊妹三人忙裡偷閒無比愜意地吃了一頓大補的藥膳。

還剩了些，陳悠本是要盛起來給兩個小包子中午吃的，卻不巧，唐仲擦著手進了西屋，看了陳悠一眼，臉不紅氣不喘地道：「可還有朝食，給我也盛些，熬了一夜，著實累狠了。」

陳悠端著那碗剛想收起的人參百合粥，抽了抽嘴角，這個唐仲委實來得太巧了些。大夫通常對草藥的味道極熟悉，更遑論唐仲這有些真本事的了。陳悠知道這味道瞞不過唐仲的鼻子，只能肉痛地將那碗粥端到唐仲面前。

唐仲拿起筷子「吸溜」了一口，舒爽地嘆口氣，這道藥膳做得完美，都說藥食同源，他也知道不少藥膳方子，可惜他自己不擅廚藝。其實，豈止是不擅，都可以說是十竅通了九竅——一竅不通。今天能吃到如此美味的藥膳，也不辜負他為了這丫頭的爹大忙了一場。

看著唐仲像「牛飲水」一樣，片刻，解決了一大碗人參百合粥，陳悠無語地瞥了他一眼，額頭青筋跳了跳。

唐仲對上她的眼神，想到方才他確實吃得急了些，也有點尷尬，故意用力放下筷子，抹了一把嘴。「阿悠，不就是吃了妳一碗粥嘛，這粥中的百合還是我那藥箱裡的吧，也算得我出了些力，說來，妳也不虧！」

第八章

陳悠不與他爭執，端了碗筷逕自去洗了。

唐仲吃完後就回東屋照看陳永新，現下用了藥，配上唐仲的針灸，能不能過這關，就要看陳永新自己了。

這邊陳悠姊妹剛吃完朝食不久，王氏與曾氏一起踏進了院子。

曾氏又幫著三房打掃院子，正準備回前院，一轉身，卻瞧見吳氏的娘家人來了。

趙氏帶著吳氏的大哥大嫂正火燒火燎地走進院子，見到曾氏，趙氏的腳步更快了，她一把上前握住曾氏的手，著急道：「她嫂子，雲英和永新怎樣了？」

曾氏一時也有些懵，因著是昨日發生的事，老陳頭本就在生三房的氣，婆婆又忙著張羅，恰逢春種，便沒及時派人去顏莊通知吳氏的娘家，卻沒料到吳氏的娘家人這麼快就知曉了。

曾氏回過神，忙將趙氏和吳氏的大哥大嫂讓進去。「大娘莫急，唐大夫說了，眼下三弟妹已經無事，只要休養些日子就好。」

得了曾氏的一句話，趙氏長吁一口氣，今早她聽村人說起這事，當時嚇得就兩腿發軟，也顧不得家裡還有良田未種，拉著大兒子和兒媳就往李陳莊趕。寧願荒廢這一日的好天光，也要確定女兒到底有沒有事。

曾氏朝陳悠使了個眼色，陳悠點點頭，便去前院叫王氏來。

「沒事就好、沒事就好！她嫂子，妳不知道，老婆子我這膽子都快被嚇破了，前兩日來還瞧著雲英好好的，今兒一大早就聽人說我女兒快沒了！誰遭了這打擊能受得了？」趙氏拉著曾氏吐苦水，好似一時找到了宣洩口。

「雲英呢？」趙氏雖然吃了「定心丸」，不過沒親眼見到女兒還是不太放心。

曾氏遲疑了一刻，讓趙氏和她的兒子兒媳坐下，才皺眉憂心道：「三弟妹在東屋歇著，她雖無大礙，可是老三卻受了重傷，現下，唐大夫正在裡面醫治，老大娘和大哥嫂子便委屈些在堂屋中等等。」

「啥？永新重傷？」趙氏驚得聲音提高了八度，瞪眼不敢置信地瞧著曾氏，坐在一旁的吳氏大哥也瞪圓了眼，緊緊盯著曾氏。

趙氏頭疼得緊，這前兩日永新的傷不是才好些，怎麼又重傷了？她在村裡，聽村人說得不清不楚，根本就沒弄明白其中的關節，現在乍一聽到是又驚又怕。

曾氏看到吳氏娘家人看著自己，也不知道從何開口，正好抬眼時，瞥見進來的王氏，才大大鬆了口氣。

陳悠去前院尋王氏時，她正哄著哭得厲害的陳懷敏，聽陳悠說趙氏來了，王氏將陳懷敏給了陳秋月照顧，快步來到竹林後的小院。

趙氏見著王氏，忙起身焦急詢問。「親家嫂子，這到底是怎麼回事？若是永新有個三長兩短，那雲英又該如何是好？」

王氏也一時語塞，有苦說不出，她又何曾想自己的三子變成如今這副模樣，說來，王氏可還是怪罪吳氏的，若不是吳氏，陳永新也不會在那樣重傷的時候出來維護她，以至於傷情加重。

不過，當著親家母的面，她又不好直說，是以，王氏無奈地嘆了口氣。

趙氏見她黯然的模樣，也一愣，明白怕是這其中還有隱情。趙氏家中雖不富裕，但單看她養活了七個兒女，又都讓兒女們各自成了家，便知道她不是個糊塗的婆子，自己這大女兒的性子她還是很瞭解的，其中的曲折估摸著與吳氏有莫大的干係。

「親家嫂子，妳有什麼話就直說，咱們這麼多年來往了，嫂子妳還不瞭解我嗎？大柱和他媳婦也不是不懂禮的。」

趙氏這麼承諾，王氏心才放了一半，慶幸這親家母不是像吳氏那樣的性子。於是，王氏坐在堂屋，將前一日發生的事一五一十與趙氏說了。

趙氏越聽眼睛瞪得越大，最後忍不住一掌拍在桌子上，懊惱道：「雲英怎地這麼糊塗！」

吳大柱見趙氏氣得胸口起伏，連忙勸慰。「娘，莫再氣了，妳再氣大妹，這事都發生了，還平白傷了自己身子。不如等大妹醒來，妳再教訓她。」

王氏也跟著勸，趙氏才長嘆一口氣，雙手合十。「希望菩薩保佑，讓永新化險為夷。」

陳悠帶著兩個小包子站在西屋門口，並未湊上去。說實話，如今她也不敢確保陳永新就一定能度過這個難關，只能說有六成可能。

堂屋中人聲漸漸小了下來，兩家人誰也沒了說話的心思，都坐在堂屋中等著東屋唐仲的消息。陳悠領著兩個小傢伙去東屋將曾氏帶來的蔬菜拿出來洗，洗菜擇菜時，也心不在焉地注意著東屋的動靜。

約莫過了大半個時辰，陳悠都忍不住想要進東屋一探究竟了，東屋的房門這才被唐仲從裡面打開。一時間，所有人的目光都集中在唐仲的臉上。

「唐大夫，永新如何了？」王氏心急地詢問。

唐仲掃了一眼兩家人，解下擋在身前的粗白棉布，才緩緩開口道：「暫且平安了，只是還需要靜養，這兩天我每日過來一次給他診脈並換腿傷的藥，你們可進去瞧瞧，但不要發出聲響。晚些，你們給陳三嫂挪個地兒，暫且與陳家三哥分開養著吧！」

他一席話說完，一堂屋的人都心下大定，就連陳悠也不自覺地吁了口氣，她這野山參還不算白出，出了這等事，陳永新可不能真的在這個時候一命嗚呼。

陳悠頭一抬，就對上唐仲看來的目光，陳悠對著他感激一笑，唐仲挑了挑眉，卻動了動嘴唇，他雖然沒發出聲音，陳悠還是看出他口形說的是「要求」兩個字。

當即，陳悠的那點感激之情全部消散，對唐仲點了頭，雖然這個身體才堪堪十歲，但是她陳悠是個信守承諾的人。

得了唐仲的允許，王氏和趙氏等人都進東屋看了兩眼，陳悠也趁大人不注意，進了東屋瞅了瞅。陳永新腿上的傷已經被唐仲重新包紮過，臉色也變得正常起來，想必高燒退了。在確定唐仲說得不假後，陳悠就輕手輕腳從房間退了出來。出來時，唐仲已經留下了方子和草藥，揹著藥箱家去了。

不用立馬面對唐仲，也讓陳悠整個人都放鬆不少。

趙氏與兒子兒媳留在這兒用了午飯，蕭氏和曾氏的大兒媳白氏在前院做了午飯送去田間給勞作的男人們，倒也不用王氏太過操心。

飯後，照著唐仲的吩咐，曾氏、趙氏與她的大兒媳，將吳氏抬到西屋陳悠三姊妹的床上。下午，曾氏剛給陳永新灌了藥，這廂西屋，一直守在床邊握著吳氏右手的趙氏見她手指動了動，連忙朝吳氏蒼白的臉上看去。

陳悠這時正帶著兩個小包子乖巧地站在一邊，也注意到趙氏的反常。

立在趙氏身後的吳氏大嫂欣喜地問道：「娘，可是大妹要醒了？」

趙氏沈默地點點頭，儘管吳氏性子愚鈍，但畢竟是她的女兒，突逢了這大罪，趙氏雖恨鐵不成鋼，見到她這樣的虛弱模樣，還有額頭上還包紮著沁出血跡的傷口，也不忍多加怪罪。更何況，要不是吳氏命大，真一頭撞死在牆上，她現在就要白髮人送黑髮人了，讓她怎麼不後怕？

躺在床上的吳氏眼睫微微顫動兩下，終於困難地慢慢睜開。

剛剛醒過來的吳氏，臉上帶著一股茫然，雙眼裡也透著迷茫之色，倒是少了那份以前常有的埋怨和不耐，顯出一分柔和來。這一刻的吳氏，才真正像一個還未到三十的年輕婦人，而並非是以前那樣，早早被生活壓彎了腰、只知推卸責任怨恨他人的愚蠢村婦。

當陳悠回過神來時，才發現她竟然盯著此刻的吳氏看呆了眼。

見到吳氏終於清醒過來，趙氏眼眶都紅了，她拉著吳氏的手忍不住哽咽道：「雲英吶，娘前兩日是怎麼囑咐妳的，妳怎不把娘的話放在心上，怎地這麼糊塗，聽那神婆子的胡言，遭了這大罪。若不是妳命大，娘這會兒就見不到妳了，妳這個沒良心的，妳撞牆若真是去了，妳可想過爹娘、哥哥嫂子還有妳那幾個娃兒……」

趙氏一哭訴就停不下來，好似要將她的擔心受怕一道哭喊出來一般。在一旁的王氏瞧著也有些無奈，可這個時候，她又不好去勸，畢竟誰都有兒女，將心比心，她與趙氏是一樣的。

趙氏越說越傷心，老淚止都止不住，而剛剛醒來的吳氏對著親娘這般失態的哭訴，眼中那股茫然慢慢轉化成了震驚！

陳悠一直注視著吳氏，自然也將她的神態盡收眼底。心中突然有一種奇怪的感覺升起，總覺得醒來的吳氏有些奇怪。

哭訴的趙氏也慢慢感受到吳氏的不同，她緊攥著吳氏的手，臉上的淚水也顧不得擦，瞬間失神地盯著吳氏。而被直視的吳氏明顯感受到了一絲尷尬和忐忑，掩飾地轉過頭。她這一系列的動作想不讓人懷疑都難。

「雲英，妳是怎麼了？可是身上還有什麼地方不舒服，娘給妳叫唐大夫來，可好？」

吳氏聽到急忙搖頭，片刻，吳氏才慢慢轉過頭看向這破舊西屋裡的一群人，她的目光從每個人的身上掃過，方才眼底的震驚已經消散了不少。

陳悠淡淡的眉毛擰了起來，現在的吳氏太也奇怪，她醒來竟然不問陳永新的情況，也不問陳懷敏在哪裡，甚至連趙氏都不叫一聲……一想到這兒，陳悠的心開始怦怦直跳。

瞧見吳氏陌生的眼神，趙氏如遭雷劈，險些要暈過去，抽泣道：「雲英，妳莫非是腦子撞壞了？」

趙氏這句話一出口，吳氏眼神一閃，眼底有一抹光亮閃過，她突然反握住趙氏的手，遲疑地張了張嘴，最終一聲略帶疑惑的「娘」喊了出來。趙氏幾乎喜極而泣，可吳氏緊接著的一句話卻讓趙氏又墜入了深淵。

「娘，我不記得自己是誰了。」吳氏看了一眼集體瞪大雙眼的兩家人，又扔了顆重磅炸彈。「你們是誰我都記不清了。」說完，好似愧疚地連忙低下頭，不敢看西屋裡眾人的「精采神色」。

陳悠也被嚇到了，吳氏失憶了？就連兩個小包子都面面相覷。

吳氏用那般狠勁撞牆，又是在那麼絕望的時刻，從醫學的角度來說，是很有可能失憶的。如果是在現代，還可以用心理測試或者做腦CT檢查顱葉，而如今，就連陳悠這樣擁有現代醫學知識的人，都不能判斷吳氏是不是真的失憶，何況這裡的本土大夫。

西屋裡一時間被這個消息震驚得沈默無言，陳悠驚疑不定地不放過吳氏哪怕一個神色。就在所有人都呆怔間，她瞥見吳氏偷偷地抬了抬眼，像是輕吁了一口氣。

陳悠眼睛一亮，這個醒來的吳氏根本就不是失憶！誰失憶了會露出這樣的神色？也只有沒見過世面的趙氏一家還有王氏會被唬住。

吳氏不但沒失憶，很有可能內裡已經被徹底換了！陳悠千真萬確地經歷過一回，自然不會懷疑這種事情的真假。如此拙劣掩飾的理由，早在最早的穿越文中就被用爛，但不可否認，的確是最能唬人的手段，何況吳氏真的遭了重創，這種可能是成立的。

如果陳悠不是緊盯著吳氏，不放過她的任何一個眼神，就連她也要被如今的吳氏騙過去，短短時間內，陳悠就推斷這個「新來的吳氏」是個有心思的人！

且不看她在這麼多人面前只是短短震驚了瞬間，就進入角色狀態，就是瞧她及時給自己找的藉口，陳悠都要稱讚她一聲臨危不亂、心思縝密。

此時，陳悠也慶幸自己現在的個頭，如果不是身體、年齡還小，不太引人注目，怕就對著她一直盯著吳氏的眼神，吳氏也要給她三分防備。

這畢竟只是個推斷，即便很可能就是事實，不過在沒有百分百確定之前，陳悠決定，還是小心的好，不管如今的吳氏是否被換了芯兒，這個時候陳悠都不能引起她的注意。變數太多，如果吳氏換了人，這人的好壞，陳悠不知，一步行錯，很可能她們姊妹三人就是逃出虎穴又進狼窩。

這樣突來的變故，連王氏都不能接受，原本對吳氏的怨憤，現在就像是找不到發洩口一樣，直讓王氏覺得憋屈，她動了動唇，發現她不知道這時候該說什麼。

「雲英，妳真的不記得娘了？旁邊的是妳大哥，妳也不記得了？」趙氏艱澀地問出口，明明是簡單的一句話，她覺得自己好似說了一日這般困難。

吳氏有些害怕地抬頭隨著趙氏的指示看了一眼，羞愧地垂下頭，無奈地搖頭。

「阿悠，帶著妹妹們過來。」趙氏出口的聲音都是顫抖的。

陳悠忙低頭，拉著兩個小包子來到吳氏的床前，「怯怯」地瞟了眼吳氏，喚了聲「娘」。

「雲英，這是妳的三個女兒，可還有印象？」

吳氏聽到女兒兩個字似乎驚訝了一下，她看了陳悠三姊妹一眼，見到眼前三個小姑娘衣著破舊，卻異常清爽乾淨，在接觸到阿梅和阿杏完全與依賴靠不上邊的眼神時，微微怔了一下，仍是愧疚地搖頭。

「那永新和懷敏呢？」王氏也急得不輕，忙接著問。

吳氏迷惑地眨了眨眼。「他們是誰？」

「什麼？妳竟然連自家當家和兒子都記不請了……」王氏喃喃著往後退了一步，幸好被曾氏眼疾手快地扶著。

「娘，妳莫要擔心，咱家這個時候可不能再有人出事了。」曾氏趕緊勸道。

王氏深吸了一口氣，緩了緩。「快去將唐大夫請來，瞧瞧老三媳婦這是怎麼了！」

曾氏不敢耽擱，「欸」了一聲，小跑著去了。

這廂，趙氏問吳氏什麼，吳氏都是一股迷茫之色，時間長了，吳氏還抱著頭喊痛，趙氏默默地低頭抹眼淚珠子。

唐仲回到家中，還未休息到一個時辰，就再次被叫來吳氏家裡。

王氏見到唐仲進門，就像抓住最後一根救命稻草。「唐大夫，快給老三媳婦瞧瞧，她這是怎麼了？」

曾氏一路上也大致將吳氏醒來後的情況說與唐仲聽。

坐在床上發呆的吳氏聽到腳步聲，便朝聲音的方向看去，見到一個揹著藥箱的中年男子正朝她走過來。

陳悠注意到吳氏的眼神突然變得閃躲和害怕起來。這個吳氏是在心虛！

發現吳氏的閃躲和恐懼，趙氏心疼地摟住女兒，哽咽地寬慰道：「雲英莫怕，這是唐大夫，唐大夫妙手回春，定能醫好妳的。」

在一屋子人的殷切注目下，唐仲給吳氏把了脈，良久，他皺了皺眉，收回了手。

「唐大夫，如何，還能治好嗎？」趙氏忙急切問道。

唐仲無意間瞟了眼帶著妹妹們站在人後的陳悠，斟酌了下回道：「吳家大娘和陳家大娘，這世間的病疾千萬，唐某所知的也只是大家都熟悉的，且唐某擅長醫治外傷。陳三嫂這情況，唐某也瞧不出來是什麼毛病。不過，唐某恩師擅長醫內，他曾無意間與唐某提過，人在重創之下，有可能會喪失記憶，遇到這種情況，要徐徐圖之，總有一日能恢復如初。」

唐仲這席話說得很籠統，但也有一定的道理。他沒有明確說吳氏會在什麼時候能找回記憶，卻也給了人希望。

唐仲說完，趙氏整個人都呆呆的，一副接受不了的樣子，吳大柱擔憂地輕喚了一聲。「娘，妳別憂心，唐大夫不是說了嗎，大妹還有好的那一日，指不定明日就都記起來了呢！」

大柱媳婦兒也跟著勸。吳氏卻暗中鬆了口氣，默默地靠在床頭。

唐仲有些無奈。

「治病也不是一日、兩日的，你們著急也於事無補，我給嫂子開個方子，一日兩次煎服。就像吳家大哥說的，興許明日就好了。」

誰也沒料到會出這樣的意外，送走唐仲後，趙氏也不能多待，畢竟家中還有一大口子丟不掉。

傍晚時分，趙氏才依依不捨地帶著兒子媳婦匆匆趕回家去。

老陳家，下田幹活的男人們還要回來吃飯，吳氏雖醒了，可她這情況比沒醒還要讓人擔憂，王氏也不敢在這個時候將陳懷敏交給她，也就寬心她兩句，回前院忙活了。

曾氏一人留下來給三房夫妻倆各煎了藥，又親手給還在昏迷中的陳永新餵了藥，臨走前叮囑了陳悠兩句。

陳悠帶著兩個小包子一直將大伯娘送到小院籬笆牆處，直至看不到黑暗中曾氏的身影。陳悠無奈地轉過身，抬頭瞧著點著一盞燈火的西屋，心中竟然有些害怕。

對於未知，大部分人都懷有敬畏的心，陳悠也不例外。昨日唐仲在家中守夜，王氏才叫大伯過來陪著。今晚，陳永新已經度過了危險期，唐仲也不用時時刻刻照應他，小院中沒有外人，大伯肯定也不會再過來。想到一晚上，自己要帶著兩個小傢伙與那不知哪裡來的「新吳氏」擠一張床，陳悠就要冒冷汗。

黑暗中，阿梅、阿杏看不清大姊的神色，但是她們感受到大姊拉著她們的手冰涼冰涼的。

「大姊，妳怎麼了，為什麼站在這裡不動？」阿梅不解地問。

今夜，銀月如鈎，卻星光暗淡。陳悠深深吸了一口夜晚清涼的空氣，企圖讓自己冷靜下來。她低頭，勉強對阿梅的方向笑了笑。「大姊只是有些接受不了今日發生的事而已，阿梅和阿杏莫要擔心。」

阿梅想了想。「大姊，娘忘了以前的事，就不會為難我們了，難道這樣不好嗎？」

陳悠在心中長嘆，如果是真的吳氏失憶，那當然是一千一萬個好，但事實情況卻不是這樣。這個吳氏來歷不明，陳悠都不確定她到底是現代的靈魂抑或是古代的靈魂，也不知道這個「新吳氏」是不是個善茬。這些想法和擔憂又讓她怎麼與兩個妹妹說，如今，只能小心觀察著，且行且看。

尼瑪，說到底，陳悠還是覺得自己被賊老天坑了。

陳悠蹲下身，摟著兩個小包子，與她們平視，語氣中透出一種前所未有的鄭重。

「阿梅和阿杏，妳們聽著，唐大夫的話妳們也聽到了，雖然娘現在失憶了，但是說不定哪一日就都想了起來，我以前叮囑妳們的，妳們萬不能忘，有句老話說小心駛得萬年船，可知曉了？」

阿梅和阿杏雖然不大明白大姊為什麼這麼說，但仍然乖巧答應下來。

陳悠不知道，她這邊在忐忑擔憂，那躺在西屋中的「新吳氏」心中的波濤亦不比她少。

屋中一盞燈光在灶臺上搖搖曳曳，在四周土牆上留下斑駁燈影。這破舊的茅舍，土砌的臺子床，以及床上又舊又重的薄棉被，無一處不在彰顯著這個家庭的貧寒。

「吳氏」躺在床上，出神地盯著稻草蓋的屋梁，突然嘴角嘲諷地一笑。

如今想來，那些富貴榮華就如黃粱一夢般，那些高門裡的爭鬥和暗藏殺機彷彿不再是自己的記憶，在這一刻，都蒙上了一層灰塵，變成了黑白的幻影。

「吳氏」眼睛漸漸地潮濕，她閉了閉眼，抬起袖口遮住自己的雙眼。她也寧願這只是一場夢，可是她的征兒怎麼辦？那樣的龍潭虎穴，只要一想到他要獨自面對狂風暴雨，「吳氏」的心口就揪得生疼。她一步走錯，竟就掉進敵人的陷阱，夫君為了救她，重傷在身。她當初怎可以那麼衝動？

早知道那人是不好對付的，她聰明了一世，卻在最重要的時候糊塗……是她對不起自己的夫君，她如今只盼著丈夫能夠好起來，為征兒撐腰。征兒還年輕，又娶了那樣一個女人，沒有父母的庇佑，怕是要艱險一生。可是……

淚水順著「吳氏」的眼尾流下來，一直滲進她凌亂的鬢角。夫君傷得那般重，就連太醫院醫正都無能為力，又讓她怎麼相信他能夠活下來。

此刻，她覺得自己就是漂浮在浩瀚大海的浮萍，無依無靠，在最後悔的時候閉上眼，她以為再也沒有機會再看到這個世界，在黑暗中走走停停，沒想到她會突然醒來，眼前的一切都變得不同。

當時她震驚得險些大叫出來，可是見到一屋子陌生的人，她生生忍住了，雖然不知道是怎麼了，但是最起碼的自我保護意識還是有的。那次，若不是她被對手逼急了，又事關她最在乎的兩個人，怎會衝動？她原本就是冷靜聰慧的人。不過，就算鎮定如她，也還是為這樣匪夷所思的事情流露出少許破綻來。不過，那一屋子的人都太過淳樸，她肯定，他們之中沒人看出她的不對勁。

「吳氏」深深吐了一口濁氣，幸好這裡不是那個說話吃飯都要戴著面具的高門簪纓，不然，她今日的舉動少說要被不少人懷疑。

「吳氏」並不是拘泥的人，在發現這一切都是現實後，一個下午，她已然很快接受。藉口失憶，她已經在趙氏口中套了許多話，為免趙氏懷疑，有一些她很想知道的事情她並沒有問，只是東拉西扯地說了些。但僅僅是這樣，也讓她獲得了不少訊息。

老陳家這個在李陳莊已經算是大家庭的農家，與那些關係錯綜複雜的望族相比，家庭關係簡直是再簡單不過，猶如一張白紙一般。「吳氏」根本就不用動腦子，隨便想一想，這家人的利害關係都已經捋得差不多了。

像「吳氏」這麼一個宅鬥高手，到了老陳家，倒有些「高射炮打蚊子」的感覺。只是，有一樣她不能接受，現在的這個身體竟然有丈夫！

一想到自己的夫君還會是其他男人，「吳氏」就覺得渾身僵硬，這個身體既然現在歸她了，她就要全權作主。她的夫君只能是一人，別的任何人都不行！

想到這兒，「吳氏」眼中一道寒光閃過。她可不是什麼優柔寡斷的一般婦人，前世，為了家族、夫君、兒子，手上的人命可不在少數。「吳氏」微微地抿唇，即使換了個身體，她的一些小動作還是保留下來，比如說，每當在決定什麼事情時，她都會不自覺抿一抿嘴，只是丹朱紅唇換成了蒼白乾裂的薄唇而已。

「吳氏」沈沈地看著屋梁，還在想事情，西屋門口傳來幾個很輕的腳步聲。

「吳氏」無意識地眉頭一皺，不悅地轉頭想要呵斥一聲「狗奴才，膽敢擾她清靜」，可觸及到滿室的潦倒時，才反應過來這已經不再是前世了。她立即收起臉上不該有的神色，化為迷惑和茫然。

陳悠低頭拉著兩個小包子，不去看昏黃燈火下，躺在床上的「吳氏」，在沒摸清這個「吳氏」的底細前，她絕對要低調。她可不敢自大地認為，她是穿越人士就會是萬能的，世間比她聰明的人多了去，她現在唯一的優勢便是「吳氏」並不懷疑她是「土著」的身分。

見「吳氏」躺在床上沒動，陳悠試探著問道：「娘，您睡了嗎？」

聽到一個怯怯的聲音，「吳氏」才翻了個身，面朝她們的方向看去。

阿梅、阿杏觸及到吳氏打探過來的眼神時，本能害怕地低下了頭，並且朝陳悠身邊靠了靠。即便她們知道現在的「吳氏」失憶了，但吳氏留下的餘威還在，兩個小包子對她還是忌憚的。

「吳氏」一眼便將阿梅、阿杏的小動作收進眼底，她眉頭微不可察地一挑，就連陳悠也沒察覺到「吳氏」剛剛的情緒變化。

「吳氏」對這幾個小女娃的反應有些不解，有句俗話說「女兒是母親的貼心小棉襖」。她前世只有征兒一個獨子，她身子底子不好，懷征兒時就萬分困難，若不是太醫院素有「婦科聖手」之稱的劉太醫出手，她那時肚子裡的征兒都保不住。後來征兒未足月就早產，她好不容易撿回一條命，劉太醫卻告訴她以後都不能再孕了。是以，征兒就是她的命根子。

夫君雖也愛子如命，但她卻知道夫君想要一個女兒，每每聽說同僚家中有女孩出生，他都要備一份厚禮。順道去瞧瞧新出生的小女娃。她當時也想過給夫君納妾生女，卻被他厲言阻止。

那時，夫君對她說過一句話，讓她畢生難忘，他說：「征兒是我們血脈的延續，在我心裡，除了妳，沒有任何人能比他重要！」

而眼前的三個小姑娘對她好似排斥一般，在見到自己「親娘」時，竟然害怕閃躲，難道說這身體的前身虐待過她們？

「吳氏」已經知曉這個身體有三女一子，暫且先不提那還沒見著的小兒子，就說這三個閨女，小模樣長得都挺周正，看樣子也很是乖順懂事，為何不招原主的喜歡？

趙氏雖然與「吳氏」提了些她以前的事，但有關黃大仙的事卻是隻字未提，「吳氏」當然不知道其中緣由。但是，「吳氏」也能猜到這三個「新女兒」怕是與自己這前身有些隔閡，至於原因，還得她以後自己去瞭解。

「吳氏」有些哭笑不得，前世她與夫君多想要個女兒，卻注定沒有，而今一下冒出來三個！難道是老天爺為了補償她？

「吳氏」也並非是什麼人都喜歡的，她自己聰明，自然也不喜歡榆木疙瘩，她與丈夫都喜歡女娃沒錯，可也得看是什麼樣的女娃。

她雖然對陳悠三姊妹的第一印象還不錯，可是離一眼就喜歡上還是差了許多距離，在這一切還沒搞清之前，她會代替原主盡母親之責，可是誰要想攔住她的前路，她絕不姑息！

「過來。」吳氏朝陳悠三姊妹招招手。

陳悠抬頭看了吳氏一眼，卻恰好與她的目光相撞。陳悠心口一震，吳氏的眼睛好像是會說話一樣，帶著溫柔的笑意，卻讓人看不透她的心思。只一個對視，陳悠就發覺自己的背後開始冒冷汗，她立即拉著兩個小包子慢慢朝床邊走去。

吳氏拉了陳悠的手，即便這張臉乾瘦蒼白，也掩蓋不住吳氏灼人的神采，陳悠只聽到她徐徐說：「妳叫阿悠，是不是？」

陳悠忐忑地點頭。

吳氏嘴角一彎，轉而對著阿梅和阿杏。「阿梅和阿杏？」

阿梅和阿杏膽怯又不解地看了陳悠一眼，得到陳悠鼓勵的眼神，才對著吳氏點點頭。

這樣的吳氏，完全不同的說話方式，讓兩個小包子一點也不自在。

吳氏很親和地摸了摸阿梅、阿杏軟軟的頭髮，聲音柔和得如三月春風，如果這音色不是真的從吳氏口中發出來的，阿梅、阿杏絕對不會相信說話的人是她們的親娘吳氏。

「阿悠、阿梅和阿杏，妳們都知道娘把以前的事情都忘了吧。娘已經想開了，不管以前發生過什麼，都不作數，我們重新開始好不好？」

除了陳悠，兩個小包子大眼裡都是驚喜，她們失望已久的母愛，沒想到竟然有失而復得的一日，她們是在作夢嗎？以後娘也能給她們唱歌哄她們睡覺？給她們做好吃的？還能帶著她們走親戚？

吳氏瞧見阿梅和阿杏眼中的閃亮，也不由得翹起了嘴角。

屈。

「娘，妳不討厭我們了嗎？」阿梅瞧了一眼阿杏，難過地開口，小包子聲音裡盡是委屈。

吳氏嘴角的笑容褪去，暗罵了一聲身體原主，摸了摸阿梅、阿杏的小臉，耐心回道：「以前是娘糊塗，妳們都是從娘身上掉下來的肉，娘怎會討厭妳們。」

「真的？」阿梅好有些不敢相信。「那弟弟怎麼辦？」

「妳們和弟弟娘都喜歡！」吳氏笑著給出承諾。

陳悠雖然也配合得露出欣喜，但是眼中的憂色是掩也掩不住，阿梅和阿杏是不是有些過於信賴這個新吳氏？這個新吳氏葫蘆裡賣的什麼藥，竟會這麼快就向她們「示好」？如果新吳氏敢對她們不利，她絕對不會放過她！

陳悠臉上神色的變化，一點不落地盡數被吳氏看見，吳氏微不可察地一怔，嘴角的笑意加深。這個破落農家，沒想到還有這樣善於隱藏和觀察的丫頭，倒是讓她很驚喜。看來，未來一段時間的生活也不至於太過無趣。

阿梅、阿杏自然是因為吳氏的改變而高興，她們也沒有忘記大姊的話。時刻提醒自己，吳氏說不定什麼時候就恢復記憶了，她們還是不要過於依賴和相信現在的吳氏。

家徒四壁的陳家老三家，吳氏已經知道除了東屋，這又做臥室又做廚房的西屋是唯一一間有床的屋子，身下土砌的臺子床也寬大得很，想必原來就是這三姊妹的就寢處。「天色晚了，阿悠帶著妹妹們都洗了上床歇著吧！」

陳悠低低應了一聲，帶著兩個歡樂的小包子打了熱水，洗了手臉，阿梅、阿杏自己脫了身上的衣裳爬上床。

兩個小傢伙長到這麼大，從來未與吳氏一同睡過，即便此時的吳氏總有恢復的一天，她們也貪心地不願意放過這一刻。

這一夜，兩個小包子破天荒地沒有挨著陳悠睡覺，而是在吳氏身邊貼著吳氏躺著。左右這「新吳氏」現在也不敢輕舉妄動，陳悠也就隨她們了，畢竟兩個小包子從小缺少母愛，她對她們再好，也只是長姊。在她們眼裡，吳氏沒死，這份渴望已久的感情就不會徹底在心底消失。

陳悠吹熄了油燈，挨著阿杏這邊躺下來。黑暗中，吳氏瞥了一眼陳悠慢慢躺下的身影，無奈地搖搖頭。

阿梅和阿杏實現了盼望已久在娘親懷中安睡的願望，所以很快地呼吸就變得悠長，嘴角在睡夢中還淺淺地彎起。

吳氏一日經歷了這般多的事情，這身體又虛弱，自然也扛不了多久，同樣睡著了。

為免被吳氏發現，陳悠到了半夜才睜開眼，默唸了遍靈語，閃身進入藥田空間。

藥田中清新的微風撲面而來，陳悠本只是想瞧一瞧昨日她在藥田中摘的藥草，可是放眼遠處塊塊整齊的藥田，卻讓她吃驚得瞪大眼睛。

那些種滿卜芥、廣丹、山柰、川烏的藥田，她敢肯定原來是空的，什麼都沒有。因為這類型的草藥，根本不是在林遠縣這樣的地區產的，就連唐仲那兒都沒有，可是現下藥田卻種滿了……

這離奇的變化只有一個解釋，那就是藥田空間再一次升級了……

第九章

陳悠艱難地嚥了口水，她快走兩步到栽種著卜芥的藥田邊，伸手摸了摸闊卵形的葉片。藥田邊響起陳悠略顯清冷的聲線。「卜芥，味微苦，大寒，有毒。炮製時需格外注意。」這是祖父當時教給她的。

深吸了一口氣，陳悠看向虛無的空氣，果然，空氣中再次有點點微光閃爍。那由微光組成的字又出現了！

「世間一切皆有緣法，恭喜藥田空間升至凡級二品，特獎勵各地域草藥數十類，莫忘，千里之行始於足下。」

她猜得沒錯，這些憑空多出來的草藥果真是因為藥田空間再次升級的緣故。

陳悠呆呆地看著空中閃爍著光芒的字慢慢消散，索性蹲坐在卜芥藥田邊，托著腮，皺眉盯著長勢頗好的卜芥沈思。

藥田空間突然又一次升級實在是讓她驚訝非常，前些日子她試了各種方法，藥田空間都完全沒有反應。

陳悠無意識地摩挲著卜芥的葉片，腦中突然一個念頭閃過。她猛地坐直了身子，大眼亮得驚人。難道這次空間升級與那株野山參有關？這兩日，她唯一做過的特別事情便是用野山參製了十全大補酒給陳永新治病。

會不會是只要她用藥田空間中的草藥給人醫病，這藥田空間就能升級？得出這個結論讓陳悠激動又欣喜，但是很快她的臉又苦了起來。雖然這次這個藥田空間升級的方法說得通，可第一次升級又怎麼解釋？

那時，李阿婆帶著她去林遠縣賣草藥，草藥都是在李陳莊後面的山頭採的，與藥田空間可沒有一丁點關係。那麼，用藥田空間中的草藥醫病能使藥田空間升級這條便說不通。

陳悠煩躁地抓了抓頭髮，這種感覺就像是面前放著世界上最美味的食物，眼看就能品嚐到了，可偏偏眼前還隔著一層半透明玻璃櫥窗，讓妳只能瞧著美味乾瞪眼。

藥田空間升級的方法找不出來，發洩似的，陳悠給藥田澆灌了一遍湖水，兩腿沈重、心事重重地出了藥田空間。

第二日一早，前院的雞還在打鳴，陳悠就醒過來，睜著還帶著些睏意的雙眼，看到西屋土灶旁的情景，她驚愕得眼珠子差點瞪出來，睡意瞬間就被嚇了個乾淨。

只見一身荊釵布裙，頭上還束著白棉布的吳氏在灶臺邊忙活，那狀況，著實有些「慘不忍睹」……

陳悠默默地看吳氏艱難地拎著一只裝滿了水的小木桶，那水在木桶中搖搖晃晃，還未到灶臺邊的水缸，已經灑了一半出來，吳氏的一雙布鞋和粗布裙襬被澆了個濕透。

等到井水被倒進水缸，吳氏抬起手臂，抹了抹額頭滲出的細密汗珠，大大地吐了口氣，嘴唇動了動，不知道在說什麼。

陳悠嘴角抽了抽，這個「新吳氏」簡直刷新了她的三觀，那只小木桶就連她都能拎得動……

吳氏拿出一只粗陶碗，將麵粉倒了一大半進去，然後又打一顆雞蛋在裡面，用筷子攪了攪，隨後就愣住不動了。藉著微亮的天光從破了的窗戶照進來，陳悠這個方向恰好能將吳氏的表情一覽無遺。她見吳氏皺了皺眉，左手托著右手摸了摸下巴，似乎在思考什麼，然後她的眼睛突然一亮，轉身用水瓢在水缸裡舀了半瓢水，嘩啦啦全兌進了裝著麵粉的粗陶碗中。

水一下子被吳氏兌多了，險些溢出粗陶碗，吳氏慌忙又倒出來些，這才輕吐一口氣，再次攪拌起來。拌著拌著，吳氏的眉頭又皺起來，她用筷子攪了攪如水一般的麵漿，糾結了一下，又抓了好幾把乾麵兌了進去。

攪了攪，吳氏的臉色慢慢黑了下來，她擦了擦滲出的細汗，黏在手上的少許麵粉就不負所望地貼到了她的臉、額頭和脖子上。她尷尬地發現，麵糊又被她調得太乾了。

吳氏苦惱不已，她自小因為聰慧，心智早熟，自然是有自己的驕傲。還從沒有什麼事情難倒過她，後來嫁給心儀已久的夫君，伉儷情深，雖然深陷爭鬥，但也一直應對自如，如今卻被這小小的廳堂事給難倒了。

看來不管是再天才睿智的人，也有不為外人道的缺點，只是吳氏這個缺點現在才被自己發現而已。吳氏心中是驕傲的，也是個不認輸的性子，當然不會因為這小小的一次和麵就被打擊到。等到吳氏終於將麵和到自己覺得適合的程度，一碗麵漿生生變成了兩碗，才滿意地點點頭，如果她略微帶著蒼白的臉上沒有沾上那些麵粉，或許看起來更多些說服力。

默唸著上世奶娘無意間提到的鍋灶用法，吳氏將兩碗麵漿中的一碗「呼啦」直接倒進鐵鍋中……然後轉進灶臺下。

等滿西屋都是嗆人的煙時，陳悠終於忍不住驚坐起來。

阿梅、阿杏也被嗆醒，兩個小包子迅速地爬起來，忙轉頭找大姊。「大姊，著火了？」

陳悠臉色黑了黑，扯出了個難看的笑容安慰兩個小傢伙後，才轉頭問縮在灶臺下，極度不靠譜的「家務渣」吳氏。

「娘，您在做什麼？」

吳氏在聽到床上動靜的時候，渾身的血液就好似一下僵硬似的，她龜縮在灶臺下，做了許久的心理建設，一遍遍安慰自己，陳悠、阿梅和阿杏她們只是三個孩子，就算被她們知道她不會做飯，也沒什麼大不了的。這才厚著臉皮從灶臺下出來，一本正經地瞧向陳悠這邊。

事實證明，這個會宅鬥的吳氏不但機智，臉皮也很厚。她儘量讓自己顯得與平時一般無二，掩飾地咳了咳，又朝她們笑了笑，只是滿臉的麵粉和黑灰讓人有些目不忍睹。「妳們醒啦，娘在給妳們烙餅子吃，都出去打水洗洗，一會兒就好了。」

吳氏的話，讓阿梅和阿杏瞪大了眼。有人烙餅子能把自己烙成這樣的嗎？

阿梅懷疑地瞟了一眼吳氏，張嘴就要將她的想法問出來，陳悠眼疾手快地摀住阿梅的嘴，轉頭笑著對吳氏道：「多謝娘費心了，我這就帶著妹妹們起來。」

吳氏用袖口擦了擦臉頰的汗珠，這才吁口氣，可轉身看到鍋中連熱氣都沒冒的麵漿，吳氏就想眼前一黑昏過去算了。

她納悶不已，明明當時奶娘在她耳邊說的烙餅子方法很容易，為何她親自做來卻是複雜無比！奶娘她一定是沒有親手做過烙餅子，吳氏只覺得自己被奶娘坑慘了。

陳悠帶著阿梅和阿杏去小院的井邊打了井水洗漱後，阿梅終於忍不住問道：「大姊，難道娘失憶後連飯也不會做了？」

就連阿梅都瞧出來了。陳悠蹙眉，她對吳氏的身分更加懷疑。這個新吳氏的身分顯然不是平常人家，看她笨拙做家務的動作，狼狽的樣子，明顯是個十指不沾陽春水的，連最簡單的鍋灶都不會用，即便是她一個現代人，鍋灶用起來也毫不費勁。

陳悠想了想，才謹慎地回頭叮囑兩個小包子。「阿梅、阿杏，娘如今失了記憶，性格或許與之前大不相同，但也許她哪一日就會變回來，有些話咱們知道、放在心裡就好，若是真想說，就與大姊說，莫要直接在她面前說，可知了？」

在還不瞭解這個新吳氏之前，陳悠要盡可能保護兩個小包子的安全。

阿梅、阿杏雖不懂大姊為什麼要這麼小心，可仍然乖巧地點頭。等到陳悠三姊妹再次回到西屋的時候，吳氏已經將自己清洗乾淨，她站在灶臺邊，對著陳悠三姊妹笑著，彷彿剛才那個滿臉黑灰和麵粉的模樣只是陳悠三姊妹的錯覺。

陳悠咳了一聲，伸頭瞧了一眼鍋灶，見還是冰鍋冷灶的，大眼一眨，對吳氏道：「娘，妳身子剛好些，還是去歇會兒吧，這些我來就行。」

吳氏懊惱地瞥了眼灶臺，最終還是妥協了，看來她這個「賢良」的農家婦在剛開始就碰了壁。

見到吳氏走到床邊坐下來，陳悠才鬆了口氣，她覺得要是這新吳氏執意要繼續下去，這間茅草屋遲早要被她燒了。

讓兩個小包子燒火，陳悠熟練地將鍋中的麵漿撈上來，麻利地洗了鍋，又切了一把新鮮的薺菜拌進麵漿中，放了少許鹽丁，攪開。等到鐵鍋熱了，在鍋底和周圍抹了一層素油，才將麵漿分批次倒進鍋中。

片刻，西屋中就充斥著好聞的食物香味，陳悠熟練地用鍋鏟將薄厚適中的煎餅從鍋中盛起來，兩碗麵漿足足烙了十張煎餅。摞起來的金黃色煎餅中還夾雜著薺菜的青碧色，讓人瞧起來就十分有胃口。接著，在一邊灶臺下的黑色大肚罈子裡掏了一顆醃白菜，切得碎碎的，放在鍋中稍微翻炒一下盛起來，搭配薺菜煎餅吃。

吳氏坐在床邊怔怔瞧著陳悠忙活，險些傻眼，方才在她手中難如登天的活計，到了這小姑娘手中熟練得只令她慚愧。

看著灶臺上粗陶碗中那一摞金黃色的煎餅，吳氏忍不住嚥了嚥口水，上世，日日山珍海味，現今她卻對著一個十歲小姑娘做出的食物食指大動。

阿梅、阿杏早圍到了陳悠的身邊，大眼睛水汪汪地盯著極度引人食慾的煎餅，陳悠笑著拿了兩塊煎餅，又包了少許的醃白菜遞給她們。

「謝謝大姊！」阿梅和阿杏接過陳悠手中的煎餅，高興地異口同聲道。

陳悠擦了擦手，摸了摸兩個小包子柔軟的頭髮。

其實，煎餅這種細麵食在老陳家三房已經屬於奢侈食物，之前的吳氏為了省糧食，她們每日吃的都是野菜小米粥。這個新吳氏恐怕還不知道，她今日拿出的這點白麵已經是他們家中僅有的了。

陳悠無奈地在心中嘆口氣，端起盛著煎餅的粗陶碗，放到桌上，轉身對著吳氏道：「娘，您多用些。」

吳氏讓三姊妹一起坐到她身邊，看到陳悠也吃了，吳氏才笑起來，挾起一塊煎餅，送進口中，沒想到竟是酥鹹香脆，格外合她的口味。

即使吳氏刻意掩飾自己的言行，但有些東西仍然會不自覺就流露出來，比如她端正的坐姿、吃飯時的靜謐無聲、咀嚼時的不露齒，無一不在顯示著她的良好教養。這樣的舉止並不像是一個現代人能夠擁有的。

陳悠眨眨眼，掩飾心中的想法，殊不知，在她打量吳氏的時候，吳氏也在注意著她，吳氏淺淺笑了笑。

四人難得用了一頓豐盛的早餐，陳悠怎麼也不敢讓吳氏再接觸家務，現今他們家窮，若要是被吳氏摔了幾個碗什麼的，得不償失……

陳悠帶著兩個小包子收拾鍋灶，轉過身，奇怪地對吳氏道：「娘，您不去瞧瞧爹嗎？我給爹熬碗稀粥，若是爹醒了，您再餵他。」

吳氏正坐在床邊想事情，被陳悠這麼一說，她暗罵自己糊塗，竟將這身體的夫君給忘了。吳氏起身。「阿悠，熬完粥，就帶著妹妹們休息，剩下的娘來做，娘這就去瞧瞧妳爹如何了？」

剛剛天光大亮，估摸唐仲要等到巳時才來給陳永新換藥，這個時候，前院正忙著，曾氏和王氏自然也不會這麼早過來。陳悠直起身，瞧吳氏緩步朝著東屋而去，眼皮跳得厲害，總覺得好似有什麼事情要發生。

雖然她剛剛這番話也是在試探這個新吳氏，吳氏被換了芯兒，一般人都是不能接受自己還有一個病殃殃的新丈夫，但是從吳氏的眼中，她竟一丁點異樣都沒看出來。

陳悠真不知道該說這個新吳氏是心機太深還是神經太大條。但是陳悠想這麼多，卻怎麼也不會想到吳氏果決到對這個新夫君早就懷了殺心。

即便是帶著外掛，陳悠卻從未想過真的要置誰於死地，並不是她性格軟弱，而是現代社會培養出來的，若給你把刀，真的要你殺人，想必沒有幾個人能下得了這個手。有句老話叫「害人之心不可有，防人之心不可無」，所以陳悠才完全放心用陳永新來試探吳氏，因為她並不害怕吳氏真會對陳永新做什麼。

徐徐走向東屋的吳氏，此時的心態卻與陳悠完全相反。前世與夫君在一起時的琴瑟和鳴，那難以忘懷的一幕幕就如電影快進一般從腦中飛逝而過，她臨死前，夫君的痛不欲生，若不是她把征兒託付給他，她一點都不懷疑，他立即會追她而去。

現在讓她接受另外一個男人，還是一個不知性情的莊稼漢，這怎麼可能？不說吳氏有感情潔癖，便只說她的驕傲，也不會甘心與這樣的男人生活在一個屋簷下。與其後患無窮，不如現在就乘機除之而後快。

陳永新如今正是傷情最嚴重的時候，只要她處理得當，如今就是最好的機會，也省了她要抽出精力應付這個男人，一舉兩得！

幾乎是片刻，吳氏就已經果斷地決定下來，嘴角同時也抿了抿，她步伐堅定地進了東屋。

屋中的陳設再簡單不過，這個身體原本的夫君正閉眼躺在床上，眼眶深凹，嘴唇乾裂，渾身穿著也狼狽不堪。嚴格說來，陳永新的長相其實並不差，瘦高個兒，稜角分明的臉型，眼眶要比尋常人凹陷些，高鼻薄唇。只是陳永新早早被生活所迫，已失去了那份對美好日子的憧憬之情，平日裡跟著老陳頭下地幹活，也總是弓腰駝背，良好的相貌因為他自內而外散發的頹然，生生打磨了一半不止。

現在又經過幾天病痛的折磨和那樣的打擊，臉色青黑，鬍子拉碴，衣服也多日未換過，吳氏都懷疑再湊近些，她是不是就能聞到床上的臭味。

吳氏嫌棄地翻了個白眼，就是這樣一個污濁不堪的莊稼漢是她的夫君，打死她也不會承認的。她朝陳永新走近一步，用手撚開床沿的被子一角，就有股濃重的藥味迎面而來。

吳氏打量了一眼房間，尋著適合的「殺人凶器」，看到木箱上堆著一條嬰孩用的小被子，她輕手輕腳將小被子抱到懷裡。

吁了口氣，吳氏慢慢地走到床邊，看著這個重傷的男人一眼，輕聲道：「今日你身死，活該你運氣不好，誰叫我成為你的妻子！好好安息，重新做人吧！下一世，莫再碰上我！」

就在吳氏這麼說時，陳永新的睫毛猛然顫抖起來，臉上的神情也滿是掙扎，好似溺水中的人在尋求最後一根救命稻草，又似惡夢中的人苦苦掙扎著想要醒來。

吳氏臉色大變，她沒想到自己隨口多說一句話，竟讓這個昏睡中的男人有了這麼大的反應。吳氏神色一凝，她天生就是當斷則斷的人，舉起手中的嬰孩被褥一把蓋在陳永新的臉上，死死地捂住他的嘴臉。

這個時候，只有將陳永新悶死才不會叫太多人起疑心。到時候若要是別人問起了，便說他沒熬過這關，一命嗚呼也未嘗不可。

高門大宅中那些骯髒事，她見過也做過，雖是了結過不少人命，但鮮少有自己動手的時候，這樣下殺心要悶死一個人這等狠事，她還是第一次出手，不免也有些緊張忐忑起來。

陳永新好像恰似在這個時候有了意識，大掌下意識地抓住她的手臂，想要拉開吳氏。可臥床多日的陳永新根本沒有什麼力氣，他也就是將手臂吊在吳氏的手臂上而已。

吳氏著急得滿頭大汗，她用力地摀住陳永新，怎奈這嬰孩棉被太舊，效果不是頂好，情急之下，她幾乎整個身體都壓在棉被上。她現在只盼著這個陳永新快些斷氣，死了乾淨。但就在這時，陳永新掙扎得更加劇烈了，應該是已經清醒過來，腿不停地踢蹬著床鋪。

吳氏手臂被陳永新扒得痠痛，卻是一點也不敢放鬆手上的力道。因為緊張，她激烈喘息著，眼裡滿是寒光。突然，一聲隔著被子帶著絕望的叫喊讓吳氏的身體好似瞬間被冰封了一般，僵在了原地。

吳氏突然回頭，死死盯著她還拿在手中的嬰孩被，眼睛瞪得圓鼓鼓的，表情如今被震驚和愕然占滿，吳氏現在整個身體都在猛顫，手也不停地發抖。

吳氏似乎是瞬間反應過來一樣，一把掀開棉被，捏著棉被一角的手控制不住地顫抖。

「你剛剛叫我什麼，你再叫一遍！」

陳永新險些被吳氏悶死，棉被一被揭開，新鮮的空氣猛地灌進喉管中，他才覺得撿回了一條命。仰著頭，貪婪地大口大口呼吸著空氣，等到氣兒順了些，陳永新才勉強將目光集中在赤紅著眼坐在床邊瞪著他的婦人身上。

眼前婦人一身粗布釵裙，臉色蒼白，額頭上還包著白布，與生前妻子的外貌簡直是天壤之別，可是陳永新就是莫名感到一股熟悉感。

僅僅瞬間，陳永新微微深陷的眼眸中，閃過諸多複雜難懂的情緒，最後這些情緒皆被一種情緒所取代，那便是狂喜！

睡了將近兩日的身體，讓陳永新發出的聲音艱澀沙啞，他雙眼死死盯著吳氏，亮得出奇！

「文欣？」

此時的吳氏——應該說是陶氏，不敢置信地嚥了口口水，隨後再也忍不住幾日來的憋屈和懊悔，一把撲到陳永新的身上哽咽道：「夫君，真的是你？」

陳永新，不，這時候已經不能再叫他陳永新了，而是新生的秦長瑞。

秦長瑞被妻子猛地一撞，胸口生疼，可仍然緊緊地抱住妻子的身體，心中那個缺損了的圓沒想到這麼快就圓滿了。

秦長瑞一時感慨萬千，淚水情不自禁地順著眼角落下來。男兒有淚不輕彈，只是未到心傷處而已。

秦長瑞閉上眼睛的那一刻，就被吸入一個觸眼皆是黑暗的空間中遊蕩，他走得筋疲力盡，周圍除了黑暗再也沒有其他東西。他一直向前走著，期望總有一日能走到奈何橋，與妻子相遇。走累了，他就躺在黑暗中休息，醒來便繼續自己無邊無際的路程。直到眼前突然多出了一束光，他朝光芒艱難地邁過去，然後眼前一閃，就沒了意識。

等到再次漸漸轉醒時，就在迷濛中聽到她的那番話。瞬間，秦長瑞一驚，逼迫著自己醒過來，秦長瑞其實並不知道想要對他下殺手的就是自己的妻子，那聲名字只是在他劇烈掙扎下，下意識絕望地喊出來而已。

誰知，會如此之巧！看來，上天還是厚待他們夫妻的！

陶氏死死地抱住丈夫的身體，好似此刻她一丟手，秦長瑞就會不存在了一樣。這件事雖然匪夷所思，若非是她已經先一步經歷過，或許根本就不會相信。

東屋這邊的動靜有些大，就連待在西屋的陳悠三姊妹都聽到了。

阿梅瞪大眼睛好似突然想起什麼，忙道：「大姊，娘失憶了，會不會連爹也不認識了？」

陳悠表面雖沒有表現出特別，心裡卻冷哼一聲，這個「新吳氏」不說不認識陳永新，她是根本沒一個認識的！

「阿梅、阿杏，妳們待在這裡，大姊去瞧瞧。」陳悠叮囑一聲，朝東屋門口走去。

陳悠也未料到陳永新這個時候已經醒來，靠近東屋時，她停下腳步，頓了頓，才提高嗓門問道：「娘，發生什麼事了？」

被陳悠的聲音一激，陶氏才恍然自己剛太過失態了，忙收斂情緒，壓低嗓子道了一聲「無事」。

陳悠雖然好奇，但在沒摸清這個新吳氏的底細之前，她還不敢打草驚蛇。方才東屋裡慌亂，明顯是發生了什麼事情，不過吳氏有心隱瞞，她也不好再追問。

一直等到巳時唐仲來給「陳永新」換藥時，陶氏才從東屋出來。其間，她只出來端了一次米粥。

陳悠大概是猜到陳永新恐怕已經清醒過來，等到唐仲替陳永新問了診、換了腿上的藥後，陳悠才有機會帶著兩個小包子進東屋看一眼。

陳悠注意到吳氏坐在床邊，關心備至地給「陳永新」掖了掖被角，由於吳氏的動作，讓她頓時和吃了蒼蠅一樣不舒服。如果說吳氏剛醒來那會兒她還不確定是不是本人，可是經由今早的事，她萬分肯定吳氏已經被換了芯兒。

在醫學上，即便是一個人受到撞擊而失去記憶，但是許多動作、技能或是愛好仍然會潛意識保留下來。那部分記憶只不過暫時被放在一個「黑暗」的角落，它並沒有真正被抹去，只是暫時儲存起來而已。就好比一個喜歡做美食的人，就算是在失憶的情況下，她拿起碗勺只會感覺到熟悉，做出來的東西或許與以前的味道不太一樣，但絕對不會太難吃。

既然吳氏已經不是原來的吳氏，而且根據她的推斷，新吳氏的生活環境還極有可能非常富裕，但為何會在短短時間內與陳永新熟悉，並且還對他關心備至？

且先不說陳永新那沈默寡言的樣子，說句不好聽的，陳永新就是腦子缺根弦，又是個死腦筋，新吳氏不可能會看上他。可偏偏出乎她的意料。吳氏的動作神情都太不正常了，除非……

陳悠心口一噎，一個她自己也不太敢相信的猜想在腦中成形，她急忙將目光落在醒來不久、躺靠在床頭的陳永新臉上。

陳永新臉色蒼白，鬍子拉碴。昏睡的這兩日除了湯藥根本沒進食，原本就瘦，現今更是瘦得脫了形，兩邊臉頰都凹進去了些。他半搭著眼簾，沒什麼精神地盯著床鋪的一角，陳悠分辨不清他臉上的神色。

唐仲邊收拾著擺放在一邊小桌上的藥箱，邊隨意問道：「陳家三哥，你今日醒來感覺可好些？」

陳永新虛弱地微微頷首。

唐仲仔細瞧了瞧他的面色。

「這關算是過來了，我給重新開個方子，以後只要靜心養著，月餘便可下地走動，三月後就可痊癒。嫂子平日就要多照顧著了。對了，這傷筋動骨百十天的，陳家三哥這期間要好好補補身子。」

見吳氏在邊上一一應著，唐仲奇怪地看了「殷勤」的吳氏一眼，繼續道：「藥食同源，食補一樣也很重要，若是這三月間不吃好睡好，陳家三哥這腿落下什麼病根，到時候你們可莫再叫我來瞧。」

農家許多人都不捨吃喝，就算是有什麼病症，也總是拖到不能再拖才會去尋大夫，所以每每給人看病，唐仲都要多囉嗦叮囑兩句才放心。

「多謝唐大夫費心了。」

唐仲瞥了吳氏一眼。「嫂子，妳也別顧著謝我，照顧好自個兒身子吧，以後也別再有什麼想不開的了。」

因陳永新並未說幾句話，陳悠看不出他的神色，又不能直接上去詢問試探，心中雖急，也只好按捺下來。

正在這當口，王氏與曾氏過來了。

進了門看到靠坐在床頭的陳永新，王氏這兩日臉上的愁色才被沖散，她欣喜地走到陳永新床前，關切問道：「永新，身上可還有哪裡不舒坦？」

陳永新這時才微微抬起頭，扯了扯嘴角叫了一聲「娘」，轉頭又喚了曾氏「大嫂」。「娘，您不用擔心了，現下是好多了。」

王氏聽到三兒這麼說，眼淚都激動得掉下來。「我兒啊，身子好了就好，好了就好哇！娘真害怕你這眼睛一閉，就再也不睜開了……」

伴著王氏痛心的哭訴聲，陳悠一驚，那個她以為同樣的失憶情節並沒有上演，陳永新竟然真的認得王氏和曾氏，看到他眼中的懊悔和愧疚並不像是在演戲。陳悠不禁懷疑，是不是她想錯了，陳永新還是那個陳永新，並沒有換人，可是吳氏的反常又該怎麼解釋？

王氏良久才止住眼淚，親自送走了唐仲，而陳悠三姊妹在東屋待了半個時辰之久，陳永新從頭到尾都未提起過她們，就連陳懷敏他都問到了，卻獨獨只是匆匆瞥了她們姊妹三人兩眼，與之前陳永新對她們不聞不問的態度完全相同，甚至變得更冷淡了。

曾氏嘆了口氣，拉著陳悠三姊妹出了東屋，只留下吳氏一人照顧。

陳悠心裡亂糟糟的，心事重重，雖然懷疑其中定然有隱瞞，卻是不敢再如確定吳氏的身分一樣確定陳永新的來路了。

她這表情落在曾氏眼裡，就成了小姑娘得不到父親關心的失落。曾氏拍了拍陳悠的頭，矮身輕聲安慰道：「阿悠，妳爹剛剛醒來，身子還累著，想的事情怕不是那麼多，等過幾日妳爹身子好些了，自然就能正常與妳們說話了，妳也莫要擔心了。」

即便是這麼寬慰陳悠了，曾氏也明白，按照陳永新那個死腦筋，又經了這一場大變故，待這幾個女兒很可能還不如從前。

陳悠拉著兩個小包子心不在焉地幫著曾氏煎藥。

而東屋中，人都走後，吳氏——應該說陶氏，「噗哧」一聲笑出聲來。

「永凌，演技見長啊！這次連我都瞧不出破綻。」

秦長瑞微咳了一聲，雖然現在對這個身體還有些不適應，可是見到心愛的妻子還能回到身邊，原本蒼白的臉色也回復了一絲人氣。

「那丫頭還不錯。」秦長瑞突然誇了一句。

陶氏坐在床邊扶著秦長瑞躺下，又親手從旁邊的木盆裡擰了手巾替他擦臉，嘴角忍不住地翹起。

「現下可如意了，當年定要攔我給你納妾生女，可是早就算到了這一日，咱們會有三個女兒？」

「平日見你瞧見乖巧的小女娃就走不動路，同僚家裡千金你怕是都抱過，如今又怎麼忍心連瞥都不瞥一眼，她們以後可都是我們的閨女了。」陶氏揶揄夫君。

秦長瑞尷尬地咳嗽了兩聲。「來日方長！」

夫妻兩人說到這裡，陶氏卻是怔住了，低頭沈默起來。

秦長瑞瞧見她這個模樣，長嘆一聲，抓住她的手。「文欣，我們還不瞭解如今的情況，不是絕望難過的時候。我知道妳擔心征兒，但妳要明白，征兒他已經長大，就算不出那件事，我們也不能保護他一輩子，他總要有自己面對的時候，或許，我們離開不一定不是好事。」

「可是……」

「文欣，不要忘了，我們是怎麼來到這裡的，雖然我們成了別人，但是妳不覺得，這個李陳莊與大魏朝還是有些相似之處嗎？或許我們還有再見到征兒的機會。」

她猛然被丈夫點醒，對，現在還不是放棄的時候！誰也說不準，說不定她還有與征兒見面的機會。

「永凌，我這就去問人！」陶氏急不可耐地從床邊站起，要去打探這如今的年曆。

秦長瑞用力抓住她的手臂。「不可，妳行的本就是險招，我瞧那閨女對妳滿眼都是懷疑，妳若是這個時候再去問人，怕是要惹別人追問。我們現在瞭解得還很少，莫要小瞧這些農家人，我們上一世就是警示。況且我現在身上還有傷，妳就算打聽來了，我們難道要立即動身去京都？就算我們現在在京都，別人也不會相信妳我的身分，此事還是要從長計議。」

陶氏張了張口，終是無奈地點點頭，可片刻，又滿面悽惶地抬頭瞧著丈夫。

「假如、假如……」她嘴唇顫抖著，有些不敢說下去。

秦長瑞抬頭看著茅草遮蓋的房頂，深吸了一口氣，對著妻子道：「若真不是我們生活的那個世界，我們也看開些吧，我相信征兒能夠自己保護自己！文欣，妳不是很早就想著遠離那些紛爭嗎？如果這個世界沒有征兒，我們何不在這世間一角平淡生活下去，也算是遂了妳我前世的心願吧！」

陶氏悶聲不語，並沒有應答夫君的話。

給曾氏打下手，將湯藥煎好後，陳悠與曾氏說了一聲，便挎著破竹籃帶著兩個小包子出門了。

陳悠現在腦中思緒亂得很，她需要一個人靜一靜，好好想一想，而村後山頭便是最好去處。接近村口時，見到李阿婆仍坐在老槐樹下做針線，陳悠帶著兩個小傢伙過去打招呼。

李阿婆見到姊妹三人一起出門，以為又是吳氏攆的，放下手中的繡活，迎上來氣憤道：「阿悠，妳娘又趕妳們出去？」

陳悠對著李阿婆笑了笑，搖搖頭。「不是的，阿婆，我在家裡閒著沒事，去山頭採些藥草，這不，過幾日不就是縣集了嗎？阿婆可要記得帶阿悠一起去。」

林遠縣每隔五日縣城中就有縣集，不管吳氏如何，陳永新如何，她們姊妹三人都要吃飯，這次吳氏和陳永新受傷，已經花去老陳頭家的不少積蓄。王氏雖然沒有明說，可是從陳秋月和蕭氏不甘的眼神中，陳悠大概猜出王氏怕是動了家中公裡的和陳秋月嫁妝的銀錢。

唐仲即便是赤腳大夫，診費或許不貴，但藥費卻是不能少。那日，她帶著妹妹們在小院中打水，瞧見王氏送唐仲叔出來的時候，塞給他一個粗藍布荷包，臉上還滿是愧色。那荷包中銀錢定然不多，唐仲卻沒嫌棄，也不當著王氏的面點數，接了後，就與王氏道別。

唐仲這般好說話的樣子，著實讓王氏鬆了口氣，王氏再三謝了唐仲後，直將他送到村東頭的岔路口，才拐回來。

陳永新起碼要臥床一個多月，按照老陳頭的氣性。定不會同意王氏再分與他們三房這個月的糧食了，左右也有蕭氏盯著，王氏即便是捨不得三兒子，也不好太過偏心。還有吳氏，陳悠覺得她也是靠不上的，就憑她那做家務的「本事」，陳悠都不敢對她有任何的「非分之想」。總之，最後這擔子還要她挑起來。總歸不能讓兩個小包子餓肚子。

李阿婆聽到她這麼說就放了心。「成，阿婆這兩日手頭的繡品趕趕也差不多了，過兩日，我們便去縣集。」

「繡活可以慢慢做，阿婆千萬別熬夜。」陳悠提醒道。

上次她與李阿婆一起去縣集路上聊天時，李阿婆就對她說，最近做活，老感覺眼前有黑點在晃，眼睛遇著光，睜不開。年輕的時候，有時做一天的繡活眼睛都不覺得累，現在還沒有半個時辰，雙眼就難受到不行。

當時陳悠就擔心李阿婆的眼睛，李阿婆說的這些情況都是老年白內障的前兆。若是不再加以控制，以後別說是做繡活了，就是一般的縫補衣物都看不清。

「要妳一個小姑娘囉嗦。阿婆知道了，阿悠帶著妹妹們到山頭小心些，早些回家。」

陳悠帶著兩個小包子對著李阿婆揮揮手，轉身朝李陳莊後山頭去了。

第十章

太陽下山得很快，她們下山時，夕陽餘暉還照在身上，等她們快到家門口時，天色已然漆黑。

陳悠與阿梅、阿杏說著話，一抬頭，猛然看到黑暗中有一個來回走動的身形，時不時朝著她們這邊張望，像似在焦急地等人歸來。

「大姊，前面的是不是娘？」阿梅眼尖，吃驚地問道。

陳悠全身一僵，凝目朝前方看去，除去通身截然不同的氣質，這身形還真有些像吳氏；而那廂，陶氏也瞧見黑暗中的姊妹三人，快步迎著陳悠這邊走過來。

陳悠一時竟然不知道如何面對現在的情況，於是，呆愣愣地拉著兩個小包子站在原地。

陶氏即便穿著最普通的粗布衣裙，快步走來，那逼人卻內斂的氣勢卻不是吳氏一個村婦能夠擁有的。陶氏堵著滿腔的怒火走到三個小姑娘面前，看到陳悠、阿梅和阿杏身上手上揹著拿著的東西後，神情微微一窒。

「妳們這麼晚回來就是為了這些？」陶氏指著陳悠手臂上挎著的滿滿竹籃不悅道。

陶氏這樣凌人的氣勢，讓陳悠也回過了神。或許她是擔心她們姊妹才這樣說的，但是以這種強硬的態度，就算陳悠真的只是個十歲的小姑娘，也不想接受陶氏如此直接的怒火，更別提她體內其實是個成年人的靈魂。

陳悠朝陶氏的方向看了一眼，便低下頭沈默不語。她可以不去反駁她的話，但是讓她接受也不可能。

陶氏見陳悠不但一點悔改之意都沒有，明顯還是一副「我沒錯」的樣子，心情頓時也差起來。她上一世地位尊貴，不管做什麼，身邊甚少有人敢逆她的意，就算有人不滿她的決定和指責，也不會當著她的面表現出來，不但如此，還會順著她的話說。

「阿悠，妳可知道現在是什麼時辰了，我站在這院中足足等了妳們一個時辰，妳帶著妹妹們出門可與我說過一聲？若是妳與阿梅、阿杏出了什麼事情要我怎麼辦？」

陶氏之所以會這樣發火，還有一個原因：不管這三姊妹以前與她們娘親的關係如何，既然現在這個身子被她占了，那麼她便是她們的娘，她雖然有時心狠手辣，可不代表她不是個沒有原則的人。她會代替原身吳氏好好照顧她們姊妹，盡自己所能將她們當作親身女兒來教養和愛護。

可陶氏有一點錯了，她上世所經歷的一切與老陳家是完全不同的生活。在她眼裡，對閨女的要求與鄉下成長的姑娘截然不同，她用她的要求來規定陳悠三姊妹，根本就不符合現下環境，並且以老陳家三房現在的境況，這樣的要求只會讓人覺得可笑而已。

經濟基礎決定上層建築，這經過幾千年的人類經驗總結出來的定律無論在何時都是適用的。

陶氏可以說是一把宅鬥好手，怎奈這好刀用不到刃上，在李陳莊這樣的大魏朝偏遠農家村中，需要的可不是她這樣的「人才」，而是會把家裡小日子過得有滋有味的村婦而已。陶氏雖然是一府主母，管著百來號人都不成問題，但是真正涉及到柴米油鹽這樣的主婦工作，她卻沒有真正接觸過。

上輩子從沒缺過銀子的人，這輩子卻要學著將一個大錢省著當成兩個來花，這樣極度的落差，陶氏卻仍然沒有意識到。

阿梅不忍娘訓斥大姊，忙著急解釋道：「娘，不是這樣的，家中的糧食不多，大姊若不帶著我們採些野菜，過幾日我們就沒得吃了。唐仲叔說，爹還要補身子，我們要將糧食省下來給爹吃！」

由於前身「吳氏」積留的餘威，阿梅一口氣將想要說的話說完，就害怕得低下頭，緊緊朝陳悠的身邊靠了靠。阿梅在鼓起勇氣說話時，阿杏也在忐忑附和。

陶氏臉上的不悅漸漸退卻下來，阿梅的話讓她慢慢恢復冷靜，她或許是不想看到陳悠對她的不順服，但不代表她不會聽取別人的勸語。

丈夫的重生讓她一時高興得昏了頭，腦中都處於一種興奮的狀態，卻沒有顧及他們即將要面對的現實。聽到阿梅這樣說，陶氏才回想起這個老陳家三房真的是沒什麼餘糧了，而這個家的實際掌權人老陳頭，這兩日卻一次都未到他們家來。

按理說，自己的三子受了這麼重的傷，就算是為了做表面工夫，也要來看兩眼才對，陶氏心思縝密，又怎麼猜不到這陳永新夫婦雙雙受傷其中怕是大有原由。
不過她現在有些事情不能直接問王氏，陶氏心中突然想到一個人——曾氏。這兩日，曾氏在他們家中幫忙，可謂是盡心盡力，她也看出來這個大嫂對吳氏的三個女兒是真心疼愛和憐惜。
陶氏默然，瞧了一眼身旁堅持倔強的少女，頓了頓，她走到陳悠身邊，伸手就接過陳悠手臂上挎著的竹籃。
「天都黑了，妳們還沒吃晚飯，先回家去吧！」
陶氏給了陳悠臺階，陳悠識趣地不再駁她的面子，輕「應」了一聲，順手將手中裝得滿滿的竹籃交到她手中。
陳悠手臂一丟開竹籃，陶氏提著竹籃的手失重似的整個往下掉去。陶氏哪裡想到小姑娘隨隨便便就挎在臂膀上的竹籃竟然會這麼重，當場就拿不住，要不是連忙加上一隻手，她這臉可算是要在三個閨女面前丟光了。
陳悠也有些吃驚，瞪眼盯著陶氏的手臂，前吳氏雖瘦，可提東西的力氣還是有的。難道吳氏身體內的靈魂被換了後，整個體質也被拷貝了過來？
就在陳悠汗顏不已，猶豫著要不要幫一把的時候，陶氏卻固執地自己提了起來。她雙手提著竹籃，先一步朝著小院走去，因為步伐太快，纖瘦的身子有些搖晃。陶氏吁了口氣，慶幸這時已有了夜色的遮擋，可聽到身後三個小姑娘小聲的說話聲，她的兩頰又忍不住火燙得厲害。

陳悠接過阿梅、阿杏手中的兩小捆野菜時，阿梅神情怪異地拉了拉陳悠的袖口。

陳悠回頭。「阿梅怎麼了，可是餓了？」

阿梅搖搖頭，對陳悠招手，陳悠才微微蹲下身，將耳朵湊到阿梅的耳邊。

「大姊，阿梅瞧著娘好像走不動了，我們要不要上去幫忙？」

陳悠原本好不容易忍著的笑，被阿梅這偷偷一問，再也憋不住，「噗哧」笑出聲來。

這時候，陶氏怕是已經夠臉熱了，要是阿梅、阿杏再上去幫她，駁了她的面子，難免真會惹她不快。

陳悠輕輕敲了敲阿梅的頭。「小傢伙，別亂說，娘要是想讓咱們幫忙，自會說出來的。」

阿梅摸著頭髮，不解地「哦」了一聲，牽著阿杏朝簡陋的小院走去。

秦長瑞聽到窗外的腳步聲，強撐著的眼皮才閉上，片刻，就困倦地睡了過去。

陶氏將竹籃放在堂屋，終於鬆了一口氣。

陳悠帶著妹妹們在小院井邊打水，洗了手臉才進來。剛進屋就瞧見自家娘親將幾碗濃稠的番薯小米粥端到小矮桌上。

見陳悠三姊妹進來，陶氏轉頭招呼她們姊妹。「洗過了手臉，快過來吃吧！還是溫熱的。」

陳悠吃驚地看著桌上散著番薯甜香的稠粥，又疑惑地望向她。

陶氏尷尬地咳了咳。「這些粥是妳們大伯娘做的。太陽落山的時候，她就回家去了。阿梅和阿杏快過來吃。」

陳悠這才恍然，便帶著阿梅、阿杏坐下。兩個小傢伙還是第一次端正地坐在桌邊吃飯，挪了挪屁股，有些不自在，她們略帶著些膽怯，飛快看了娘親一眼，然後又依賴地瞧著陳悠。

陳悠嘆了口氣，把筷子塞到兩個小包子的手中，溫柔地說：「快吃吧！」得到陳悠鼓勵的眼神，兩個小傢伙才拿起筷子埋頭狼吞虎嚥起來。

陶氏將三個小姑娘的情形都看在眼裡，不由得咋舌，兩個小的對陳悠真是全身心的信賴。陶氏就坐在一旁瞧著三個閨女吃飯，也不說話，瞧著她們吃得香甜的樣子，她突然覺得比自己吃了山珍海味還要令人愉悅。

陳悠被陶氏看得有些後背發毛，不自在地悄悄抬頭瞥了她一眼，見她嘴角微微地翹起，眼光柔和，才放下心來，有了與她話家常的心思。

「娘，妳什麼時候將小弟接回來？」

陶氏一怔，才知道陳悠口中的小弟是這對父母的第四個孩子，叫陳懷敏，現下正是王氏代為照顧著。

她記得下午王氏與她說了，因為「陳永新」還臥床養傷，她也才好了沒兩日，她就代為照顧陳懷敏一段時日，想孩子了，可以去前院瞧。

「妳們嬤嬤在帶著，過段日子，等妳們爹身子好些了就接回來。」

阿梅、阿杏睜著亮晶晶、有如黑色琥珀一般的眼睛朝她看來，陶氏就有些蠢蠢欲動，想要摸摸兩個小傢伙的頭。

瞧見陶氏的神色，怕是對在王氏身邊的陳懷敏一點都不擔心。陳悠卻皺起了眉。

陳懷敏身體不好，長年吃藥，這是老陳頭家眾所周知的事情。雖然他是三房的獨苗，相比她們姊妹，王氏更看重他，但是別忘了，即便如此，陳懷敏也是三房的孩子，被王氏帶在前院總不大好。

雖然各個房頭飯食都是分開吃的，但前院孩子多，孩子一多難免就有打鬧，而且還有陳順那樣的熊孩子。陳順與她們姊妹不對盤，陳懷敏即便被王氏照顧得再好，也總有疏忽的時候，指不定陳順那小子就會欺負他，權當報復她們姊妹。

這還只是孩子之間的，若是王氏心疼陳懷敏給他做了些好吃的，不被看見還好，要是被看見，蕭氏怕是會第一個就不依，到時候二伯娘又要將這筆帳記到三房頭上。

大伯娘雖好，可陳悠對大房的孩子，尤其是幾個小堂姊根本就不瞭解，也不知道她們是什麼性子。若是她們也妒忌起來，那就更糟了。總之，前院人多口雜，不適合陳懷敏多待。

陳悠糾結一番後，還是開口。「娘，儘快把懷敏接回來吧，他畢竟是您千辛萬苦生下的，是我和阿梅、阿杏唯一的弟弟。您可能不記得了，您以前是最喜歡懷敏的。」

她是在提醒陶氏，陳懷敏是吳氏這個身體誕下的，妳既然現在就是「吳氏」，就要盡好做母親的責任，同時也委婉道出將陳懷敏留在前院並不是上策。

陶氏是什麼人，要是她想，一句話可以「九曲十八彎」，自然是秒懂了陳悠的話外音。她些微驚訝地看了眼陳悠，顯然沒料到這個小姑娘會考慮得這麼多。

陶氏應了一聲。「明日我去前院瞧瞧懷敏，就將他接回來。」

陳悠不再說話，等阿梅和阿杏吃完後，與陶氏搶著將碗筷洗了。

夜間，陶氏並沒有去東屋休息，而是留在西屋。於是，陳悠更不能確定陳永新的身分。晚上，等兩個小包子早早睡下後，陳悠並沒有再去藥田空間，一夜無夢睡到天亮。陳悠不再讓陶氏做飯，而是早早起床，洗了野菜，抓了把小米燉了粥，取了少許的醃蘿蔔條煸炒做下飯的小菜。

唐仲如約來給「陳永新」換藥，在與陶氏交代「陳永新」的病情時，陳悠恰好也在他們身邊。

唐仲收拾了藥箱，轉身對她交代。「嫂子，再過兩日我就要出門問診了，這一去可能月餘才回，陳家三哥這腿傷再換兩次藥也癒合得差不多了，以後只要按照我開的方子煎藥用心調理就行，旁的我也不多說了，嫂子辛苦些吧！」

陳悠轉身朝唐仲那邊瞥了一眼，恰好見到唐仲朝她這邊看來。陳悠抽了抽嘴角，果然，唐仲是故意在這個時候與吳氏說，有一半原因是為了讓她知道。

等陶氏將唐仲送出小院，陳悠還端著小馬扎出神。她答應唐仲的那件事她記得很清楚，但是這幾日唐仲根本就沒向她提及，她是絕對不會相信唐仲把這件事忘掉的，那他到底會讓她做什麼呢？

陶氏在門口叫了陳悠幾聲，陳悠才回過神，甩了甩頭，讓自己不要想太多，既然唐仲要出門看診，必定不會再有時間來找她，她也能先輕鬆一個月。

陳悠應了一聲，朝陶氏身邊走去。

「阿悠，妳幫忙看著妳爹，若是他有什麼需要，就幫他一下，娘去前院接懷敏。」

陳悠點頭站在門口，瞧陶氏的背影消失在小竹林，才轉身回屋，將堂屋收拾了。端了盆溫水，站在東屋門口猶豫片刻，還是開門進去了。

東屋裡有股明顯的中藥味，陳悠用力吸了口氣，能淺淺分辨出其中有三七、馬齒莧、白花蛇舌草。

「陳永新」躺在床頭，閉著雙眼，可能是略微清洗過，整個人雖然還消瘦，但看起來清爽許多。陳悠端著木盆輕手輕腳走到床邊，也不再動作，只是擰眉凝視著「陳永新」，好像硬要在同一個人身上找出兩個人的影子來。

正當陳悠細細打量「陳永新」的時候，沈睡中的「陳永新」毫無預兆地睜開眼睛。還是那張臉，還是那雙眼，可陳悠卻好似瞬間就被一潭幽深的水將魂魄吸進去一樣，讓她失去了所有思考和動作的能力。

等到「陳永新」漠然地移開他的目光，陳悠好似才從溺水中得救，等她回過神時，發現自己的後背竟然滲出一層薄薄的冷汗。

「有什麼事？」陳永新冷冰不悅的聲音飄蕩在東屋中。

陳悠放下手中裝著溫水的木盆，才覺得自己得以喘息，慢慢讓自己冷靜下來。

「娘去前院接小弟了，不放心爹，讓我過來照看一二。」陳悠好不容易才讓自己說出口的話平靜下來，不知道是不是她的錯覺，她總覺得自從「陳永新」醒後，整個人好似就天生帶著股威勢，讓他身邊的人感覺到一股壓力。

陳悠邊說邊擰了濕布巾想要給他擦臉，秦長瑞瞥了她一眼，自己接過隨便在臉上抹了幾把。「沒事了就出去吧！」

他說的話平平的聽不出感情，可就是讓人心中凜然。

陳悠接過濕布巾，端了木盆。「那爹好好休息。」便快步出了東屋。

等到東屋房門「吱嘎」一聲被合上，秦長瑞才輕輕地嘆了口氣，嘴角微微地揚起了一個弧度。

陳悠出去張望了眼正在院中倒騰著那小菜地的阿梅和阿杏。那是今早的時候，她與兩個小包子合挖的，離井邊只兩、三公尺遠。其實院子裡的這塊地方本來就是菜地，只是吳氏生下陳懷敏後，身子一直不大好，陳懷敏也日日不能離了她的照料，才讓小菜地慢慢地荒廢下來。

老陳家還未分家，每年兩季的農忙都是老陳頭帶著兒孫們忙活，平日都是各家開伙，但前院西北邊有一塊菜地，前院吃菜都在那邊摘。王氏鮮少來小竹林後的院子，自也不會有空幫他們三房打理菜地。

以前就算是她們姊妹想要幫忙，但吳氏恨不得整日都見不到她們，又怎會讓她們姊妹待在家中？

清晨，陳悠和妹妹們用了一個多時辰才將巴掌大的一塊地翻好，兩個小包子雖然累得滿頭是汗，可那銀鈴般的笑聲卻是真心實意的。

原本陳悠想著向曾氏討些菜種，可一想到蕭氏，這事就被她否定了。恰巧，大山嫂子挎著竹籃路過他們家，大山嫂子透過竹籬笆，見到三姊妹在一小塊菜地上忙活，老遠就開始對她們打招呼。

「阿悠，弄菜地啊！」

大山嫂子嗓子脆，陳悠直起腰才喊道：「是啊，大山嫂子好，去田間送飯食嗎？」

「可不是，我要是再不去，妳大山叔這會兒只怕要餓得扔了鋤頭回家去了。妳們菜地弄得怎樣，大山嫂子幫妳們瞧兩眼。」

大山嫂子是個熱心腸，陳悠笑咪咪地將她迎進小院。「嫂子幫忙看看，我也是第一次弄，不上手，妳是熟手，給指點指點。」

大山嫂子蹲下身查看了下小菜地上的泥土，笑著站起身。「妳這人小鬼大的，可真是個聰明閨女，嫂子瞧著這弄得都挺好，不比我弄的差，可想過菜地種些什麼菜？」

大山嫂子這句話問到陳悠心坎上，她原準備抽空去李阿婆家問問，現在倒是不用麻煩了。

「這個我還沒想好呢！」陳悠眨著大眼，好似有些尷尬地道。

「這個好辦，回頭我送完了飯回來，妳與我一起回去，嫂子給妳挑些萵苣苗兒。我那兒還有前幾日種了剩下的韭菜、菠菜種，給妳一道帶回來，趁著這兩日還不晚，趕緊種了，過陣子就能吃上！」大山嫂子是個急性子，說話也索利，說完就急著要去送飯了。

陳悠笑著道謝，將大山嫂子送到院門口。大山嫂子這趟恰好解了她的燃眉之急，阿梅、阿杏聽到不久就有菜種，也高興起來。

陶氏這趟去前院足足用了一個時辰，回來時卻是兩手空空。

陳悠擰眉瞧著她略有所思的眉目，帶著兩個小包子迎上去。「娘，這是怎了？」

「回屋再說。」陶氏臉上明顯帶著不悅，顯然是在前院吃了虧。

陳悠跟著娘親進了西屋，阿梅和阿杏也不解地相互看了看，忙跟了上去。

陶氏坐在床邊，眉頭微鎖，似乎在想著什麼事，陳悠等在一邊，正以為娘親不會開口時，就聽到一個略顯清冷的聲線道：「妳們嬤嬤不同意我將懷敏接回來。」

陳悠心裡一咯噔。

陶氏瞇了瞇眼，一道冷光從她的眼底閃過，蕭氏說他們夫妻一個失憶一個受傷，家中還有三個女娃要照顧，她若是將陳懷敏接回去，也沒多少時間照看。陳懷敏病情剛恢復了些，三房要吃的沒吃的、要穿的沒穿的，只會壞了孩子的身子。

陶氏在前院王氏臥房見到陳懷敏時，四歲的陳懷敏身子小小的，正躺在床上午睡，呼吸淺淡，小臉瘦得發青。陶氏坐在床沿看了一會兒，伸手輕輕摸了摸陳懷敏的小臉，卻無意中發現小傢伙脖子上的烏青！

她手一抖，連忙扒開陳懷敏的衣領，見到他兩邊脖頸上各有一處，陶氏深吸了一口氣，又查看了孩子的手臂和肚子，肚子上還好，左右手臂卻也有兩處，這些烏青的情況輕重不一，絕對不是自然存在的。見過了高門裡那些骯髒事，她怎會猜不到這是人為的？

放下陳懷敏的衣袖，陶氏心口悶得厲害，沒想到這些家庭關係簡單的農家，都有這等事發生，而陳懷敏還只是個四歲的孩子！

憐惜地摸了摸熟睡中陳懷敏的額頭，門口突然有動靜，陶氏厲眸一掃，恰見到一個鬼鬼祟祟的腦袋伸進來，是二房蕭氏家的老二！

陳順被完全不同的「吳氏」嚇了一跳，只覺得他娘發火拿鞋底追他時也沒這麼可怕，忙轉身撒丫子跑了。

陶氏眉頭一緊，替陳懷敏掖好被角後，從王氏的房間出來，恰好蕭氏也在。她瞥了蕭氏一眼，對王氏道：「娘，我有些話要與您說。」

王氏還沒開口，蕭氏就插口說道：「哎喲，三弟妹這傷好了後，心眼也變多了，我們這是親妯娌，一條血脈的，有什麼要事，還要瞞著妳二嫂我？難不成又是想問娘借錢？妳可能不知道，娘可是為了三弟的傷，將秋月的嫁妝都貼出去了。」

蕭氏一開口就戳痛處，王氏因這件事也確實對大房、二房還有小閨女陳秋月覺得虧欠，便抿了抿嘴，隨蕭氏說了。

見到王氏默許的樣子，陶氏皺了皺眉，也不想與她們打馬虎眼，直言道：「我想將懷敏接回去，娘這邊事情也多，就不讓懷敏打攪了。」

「我多帶幾日沒事，妳還有老三和幾個女娃要照顧，妳自己身子也沒好幾日，左右院子裡還有妳大嫂和二嫂幫忙。」王氏這話確實是出於好心，不過，她帶孩子疏忽，就連陳懷敏身上莫名多了那麼多烏青她都沒發現。

蕭氏眼睛骨碌轉了一圈。「就是，三弟妹，不是我說妳，娘想幫妳分擔些，妳還要推辭，妳想想，懷敏要是在妳身邊，吃不吃飽還是一回事呢！我家順子以前想她嬤嬤帶，她嬤嬤都沒時間呢！這妳還不知足？」

此時，正好曾氏從牲口棚出來。走到門口聽到蕭氏這番話，曾氏無奈地瞥了她一眼，沈默著回屋了。有些事，不是她管了就能行，與蕭氏做了這麼多年的妯娌，這也算是曾氏悟出來的理。

陶氏見曾氏並未打算說一句話。也大致猜出蕭氏的為人。

「二嫂這話說得就嚴重了，只是方才我去屋中瞧懷敏時，見到他身上有瘀青。」說著，陶氏意味深長地朝蕭氏的方向看了一眼。

蕭氏莫名地覺得周身寒氣聚攏，渾身一震，忙開口心急地解釋。「三弟妹，妳的意思是娘沒照顧好懷敏？妳不知道，娘為了每晚哄那孩子睡覺，大半夜才睡，我們在房中都能聽到那孩子的鬼哭狼嚎。」

陳秋月本在裡間做繡活，正靜心聽著外面兩個嫂子和母親說話，原本三嫂說陳懷敏身上有傷她還皺了眉，可二嫂一番話說出來，她忽地一下就起火了，再按捺不住，掀開簾子，拿著繡繃就怒氣沖沖地出來。

「我還當三嫂一頭撞了個好性子呢！沒想到還是這麼沒心沒肺，妳想想，自從懷敏出生，妳大大小小在娘這裡鬧過多少次，如今娘替妳帶孩子，妳還這般嫌棄。娘，妳讓她把孩子抱走，省得我每日還要伺候那個小祖宗！」

陳秋月一向不喜歡吳氏，若不是因為三哥，她連這聲三嫂都不願意喊。陳永新受傷，王氏動她的嫁妝給三哥墊藥錢是與她商量過的，雖然心中不太願意，但總歸是從小長到大照顧過她的三哥，咬咬牙她忍了。

可是這個吳氏算什麼東西！將那個神婆子帶回家中來，讓他們老陳家被村人戳脊梁骨。前陣子，大山哥的娘還在她娘這兒透信兒，說是老李家的兒子對她有些心思，她當時高興得不行。

李陳莊村南頭的老李家有兩個兒子，都未成婚，老大李全個兒高又壯實，還在林遠縣開了一家小鋪子，是村裡未出嫁的姑娘都夢想的人選，可三哥家那件事發生後，大山哥的娘連忙就來回絕了。

陶氏沒想到這個小姑子也會來插一腳，在見到陳秋月的神色時，她恍悟，眉角僵了僵，在心中無語想到，到底這原主吳氏是個多討人嫌的人……

陳秋月出來說話時，王氏臉色就有些不大好，為了老陳家三房，她確實是虧待了這個她從小都格外疼愛的么女。三兒媳在自己面前說陳懷敏身上添了傷，明顯是在打她的臉，她日日夜夜不離孩子，就算她不在的時候，也是交由陳秋月照顧，陳懷敏身邊不離人，又怎會受傷？難道還是她這個老婆子幹得不成？王氏認為三兒媳說這種話，只是想儘早將孩子抱回去而已。

王氏語氣冷淡。「想孩子也不急在這一時，妳便在自家多養幾日，再來接孩子吧！總歸懷敏在我這兒，我不會虧待他一丁半點，莫再說了。」

陶氏無奈地看了一眼王氏，如果再說下去，王氏定會發起火來，那時，要將陳懷敏接回去就更難了。她不是會鑽牛角尖的人，也只好先回來再打算。而她起身臨走，蕭氏還昂著下巴，彎著嘴角「哼」了一聲。

陶氏雖然告訴陳悠姊妹陳懷敏未接回，但未說陳懷敏在前院受虐待一事，一來，陳悠三姊妹還小，不想過早讓她們知道這些糟心事；二來，她們也沒有辦法，知曉了恐怕也只是徒增煩惱罷了。

陳悠瞥了眼娘親的眼神，有種奇怪的感覺，好像她的話並未說全，還向她們隱瞞了什麼一樣，不免微擰著淡眉，若有所思。

陶氏見三姊妹臉色都不大好，伸手摸了摸阿梅、阿杏的頭。「妳們放心，娘會儘快將懷敏接回來的，他是咱們三房的孩子，妳們嬷嬷要管那麼大的一個前院，總會沒時間照顧他，到時候怕她還是要將懷敏送回來。」

稍晚，大山嫂子不久就給田間的男人送飯回來了，拐進陳悠家的小院。看到吳氏也在，愣了一下，才打起招呼。「永新他媳婦兒，這兩日身子可好些了？我來帶阿悠去我家拿些菜地種子。」

陶氏瞧著眼前皮膚略黑的婦人，笑道：「多謝嫂子關心了，我這幾日確實好多了。」

嚴格來說，大山嫂子還是第一次這麼近距離與吳氏說話，頓時覺得渾身不自在。吳氏自從醒來後，就像換了一個人，村裡也傳出點風聲，說是這個吳氏失憶了，以前的事都忘了，連唐大夫也這麼說。不說之前的吳氏，現在的吳氏給她的感覺就像是，就像是……大山嫂子心裡想琢磨著尋一個形象的解釋出來，對了，就像是那些戲文裡唱的，高高在上的官家太太，渾身自帶著一股威儀。

大山嫂子與吳氏說話都覺得渾身不自在，也很尷尬，連忙找了個理由。「永新媳婦兒，嫂子家中還有一攤子事等著去做，嫂子就不陪妳嘮嗑，先回家去了。」說完轉身朝陳悠招招手。

「嫂子路上慢走，莫再耽擱了。」陶氏笑著回道。
陳悠看了她一眼，才快步追上大山嫂子的腳步，去她家中拿菜種子。
等陳悠一出門，兩個小包子與陶氏請示一聲，就又去倒騰那巴掌大的一塊小菜地了。
陶氏怔了怔，轉身去了東屋。

前院王氏房中，陳秋月也拿針線簸箕坐在一旁，邊做針線邊看著陳懷敏。
陳懷敏在床上翻了個身，睡夢中委屈地嚶嚀了一聲「娘」。
「這個沒良心的，你嬤嬤照顧你這麼些日子，也沒見你在夢裡唸你嬤嬤一次！」陳秋月不快地罵道。
「小孩子，妳計較什麼！」王氏拍了下陳秋月的手。
陳秋月嘴巴一噘，撇開頭生悶氣。王氏搓著麻繩，看了陳秋月一眼，無奈地搖搖頭。
床上的陳懷敏突然猛力咳嗽起來，讓聽到的人也不禁要跟著皺眉難受。
王氏朝陳秋月使了個眼色，陳秋月才不情願地放下手中的活計，挪了挪身子坐到陳懷敏身邊，輕輕地拍著他的背，給他順氣。
陳懷敏這陣咳嗽總算是緩過來，翻了個身又迷迷糊糊睡了過去。
翻身時，陳懷敏身上的衣服正好撩上去了些許，陳秋月眼尖地瞥到陳懷敏腹間的烏青，皺眉將陳懷敏的上衣掀開少許，頓時一驚，大睜著眼朝王氏看去。「娘，妳過來瞧！」

王氏見陳秋月神色不對，忙放下手中的麻繩，起身過來。「怎麼了？」

「娘，快過來看看懷敏這身上是怎麼了？」

王氏順著陳秋月的指示，看到陳懷敏身上的傷時，頓時吸了口氣，又連忙查看陳懷敏身上其他地方，等到給陳懷敏重新蓋上被子，王氏眉頭緊蹙。陳懷敏身上的烏青大大小小總共有七、八處！

「到底是誰幹的！」王氏一直以為三兒媳為了將孩子抱回去騙她來著，沒想到竟然是真的！

陳秋月想了一圈，眼睛朝蕭氏那邊的屋子看去。

「不會的，妳二嫂雖然有時喜歡貪便宜了些，但還不至於做出這麼喪盡天良的事。」王氏否定道。

陳秋月噘了噘嘴，在心中暗想，她娘將二嫂想得也太好了，二房除了二哥湊合些，就沒一個好東西！

「秋月，從今兒開始，妳就在這兒守著。我看是誰想要害我們老陳家的孫子！」王氏氣得眼睛發紅。

陳悠從大山嫂子家回來，與兩個妹妹將挖好的菜地上種了萵苣和白菜苗，又撒上了韭菜和菠菜種子，最後上肥澆水。等到這一切弄得差不多了，天色也晚了。

陶氏也來幫忙，雖說她做這些農事生疏，但領悟能力很強，阿梅和阿杏與她說一遍，就能做得有模有樣了。

陳悠見到陶氏與兩個小包子一邊倒騰菜地一邊說笑，就放下手中的工具，進屋做飯，不過檢查了一遍，家中米糧少得可憐，只除了這些日子陳永新夫婦受傷，王氏和曾氏送來的少量小米、白麵和十來個雞蛋。剩下的就是之前趙氏來探望吳氏帶來的半截鹹魚乾，小半籃子雞蛋和一斤多大米。但雞蛋要留給陳永新補身子，剩下的就算是混了野菜，也絕對不夠他們一家人撐過五天。

陳悠嘆著氣搖搖頭，取了一把小米和兩顆雞蛋做飯去了。

今夜陶氏仍然與她們姊妹三人一起休息，到第二日，陳悠與兩個小包子用完了朝食，與她說一聲就去了村後的山頭。

明日是縣集，陳悠這次想要多採些廣普草藥拿去百藥堂賣錢。一日很快就過去了，陳悠前一日就與李阿婆說好了時辰，晚上卻在床上翻騰許久，想著要不要與吳氏說她去縣城賣草藥這回事，想來想去，陳悠還是決定暫且先隱瞞下來。

翌日，天光大亮，陳悠就帶著兩個小包子起床。

陶氏疑惑地看著她們姊妹三人匆匆吃完朝食，就出了門，不禁眉間緊擰。

秦長瑞突然在東屋喚她，陶氏收起眉間的思慮，快步進了東屋。

出了自家院門，陳悠才輕便許多，牽著阿梅、阿杏的手朝村頭走去。

昨日她就將草藥寄放在李阿婆家裡了。

「大姊，妳今日與阿婆去縣城嗎？」阿梅拉著阿杏眨著大眼問道。

「是啊，妳和阿杏待在阿婆家裡，幫阿公做些事情，大姊回來給妳們帶好吃的！」陳悠笑著許諾。

「真的？還是像上次的大肉包子嗎？」

阿杏也眼巴巴地瞧著陳悠。

「只要阿梅、阿杏想吃，大姊就給妳們帶！」陳悠笑著說。

阿梅突然低下頭想了片刻，抬頭說道：「大姊，還是不要了，家中都沒米糧了，我們還是留著錢買糧食吧！」

陳悠捏了捏阿梅的小手，沒說什麼，只是帶著兩個小包子加快速度。到了李阿婆家門口，還未等她們敲門，院門就開了，老李頭笑著讓她們姊妹進來。

陳悠三姊妹給老李頭打了招呼。「阿公，阿婆呢？」

「老婆子在裡頭收拾呢，昨夜睡得晚，可不，今兒早起就有些不舒服，耽擱到現在。」老李頭擔心道。

陳悠心裡咯噔一下，就明白李阿婆又熬夜做繡活了！

「阿公，我們進去看看！」

「哎……」老李頭帶著她們姊妹進了房中。

陳悠一轉進去，就見到李阿婆正坐在床沿收拾繡品包袱，屋內暗，李阿婆收拾兩件，就會下意識地搖搖頭，揉揉眼睛，最後長嘆一口氣。聽到門口的腳步聲，李阿婆才轉過頭來，見到是陳悠她們，臉上才有了一絲喜氣。

「阿悠帶著妹妹們來啦，阿婆這就好了！」

陳悠站在門口見到李阿婆雙眼通紅，其中還有微微血絲，分明是用眼過度。

她拉著兩個小包子進屋，皺眉問道：「阿婆，妳昨晚熬了一夜？」

李阿婆有些尷尬地轉過頭，躲開陳悠的目光，不自在道：「沒有，昨夜一早便睡了，我們年紀大了瞌睡少，阿婆今兒天還沒亮就醒了呢！」

老李頭跟著三姊妹身後進了屋，對著李阿婆氣惱地哼了一聲。「我說妳這老婆子，這麼大年紀了，在孩子們面前說謊也不害臊，昨夜是誰點著油燈，熬到快雞鳴了才睡，我說妳還不聽，我看妳這寶貝繡品能賣幾兩黃金！」

李阿婆尷尬地瞪了老李頭一眼。「怎麼著，小瞧我的繡品吶，起碼比你那破竹筐值錢。」

「好、好，妳的值錢，我不與妳這老婆子吵，等到哪一日妳這眼熬瞎了，看妳還嘴硬！」老李頭雖嘴上與李阿婆抬槓，可眼裡卻滿是擔憂。

他們身邊也沒個兒孫，就是兩個老傢伙相依為命，要是李阿婆有個什麼不爽利，老李頭又怎會不難過。

李阿婆這眼睛千萬不能再這麼下去了，方才她走進來時，她與李阿婆只幾公尺的距離，李阿婆都要瞇著眼睛瞧她，想來已經挺嚴重了，老年人視力快速退化，也是白內障的早期症狀。

「阿婆，現在眼睛什麼感覺？」陳悠上前一步關心問道。

李阿婆被拆穿，也不好隱瞞，嘆口氣，無奈道：「尤其是這陣子，這眼前老出現重影，看東西也看不清，白日裡天光太亮就睜不開眼，這兩日更嚴重了。」

「老婆子，妳再熬幾夜，就啥也看不見了！」老李頭在一邊憤憤道。

陳悠觀察著李阿婆的眼睛。她雙眼渾濁，眼內布滿血絲，瞳仁的顏色也有微微的變化。要是任由李阿婆的眼睛這樣惡化下去，很快，視覺就會發生色彩偏差，變為真正的白內障！真的白內障在沒有現代醫療手術儀器的輔助下，是很難治好的。

陳悠其實很想給李阿婆號號脈，但又擔心李阿婆不相信她或是恐懼自己的眼病，想了想，只好作罷。不管是什麼年齡層的人都害怕病痛，或許老年人人生經驗多，我們會覺得他們的心性比較堅韌，但有時候恰恰是年紀大的人，心理更脆弱。因為相比年輕人，他們更懼怕死亡，更想要珍惜自己的身體和健康。

李阿婆也不例外，其實她得了眼病，在她心裡，她比誰都更害怕。陳悠不敢把情況說重，但又要有足夠的理由說服李阿婆來真正重視自己的眼睛。

從挎著的籃子中，取出一小包油紙包著的草藥，陳悠笑著說：「阿婆，這是明目的草藥，以前唐仲叔教我認草藥時，告訴我的。前兩天聽阿婆說眼睛不舒服，就特地採了曬乾給阿婆的，阿婆平日裡用這些草藥煮粥喝，可以治這眼病哩，這些草藥我都拿給唐仲叔看過，唐仲叔還誇阿悠會孝敬老人呢！」

她如今這個身體的年齡還太小，想要別人相信她的話，也只能借唐仲這棵大樹了，因李阿婆也是對唐仲叔的醫術讚許有佳。其實，治療早期白內障，直接用眼藥水最好，可目前陳悠還沒這個環境，只能退而求其次，選擇給李阿婆食補了。

老人和孩子的身體與成年人相比要脆弱很多，若是能不用藥那是最好，食補也是上等的選擇。好在這道食療只是粥品，只要將土白朮、當歸、茺蔚子、枸杞子、車前子等中藥材加入小米一起燉粥，做起來容易也好把控，不懂醫藥的人也能做，倒是不用擔心李阿婆不會。

李阿婆從陳悠手中接過油紙包打開來嗅了嗅，有一股淡淡的中藥香味，李阿婆不禁懷疑問道：「阿悠啊，這些草藥煮粥真能治阿婆這眼病？」

陳悠還未開口解釋，旁邊的老李頭就耐不住了。「我說妳這老婆子怎這麼多心，阿悠都說給唐大夫看過了，還能有假？我看妳應該感謝阿悠這孝心。」

李阿婆被老李頭一席話說得憋不住，笑起來。「好，是我多心了。要是阿婆的眼睛好了，我可得感謝咱們阿悠了。你瞧，這麼小，就能給人看病了！」

阿梅、阿杏驕傲地看著大姊，只覺得李阿婆誇大姊就和誇她們一樣。

「好了，老婆子再耽擱下去，太陽就要落山了！」老李頭催促道。

陳悠幫著李阿婆將包袱收好，又轉頭不放心地叮囑。「阿婆，那藥可一定要用，還有晚上莫再熬夜了，有什麼事白日裡不能做的？要真把眼睛熬壞了，以後可什麼都做不了了。」

李阿婆瞪了陳悠一眼，笑罵道：「人小鬼大。」

不過，這次李阿婆真是有些害怕了，以前眼睛不舒服，也只是乾澀、發癢而已。最近幾日，她連近處的東西都看得模糊了，她真害怕，若是等到親兒子回來，她連瞧見他的機會都沒有。

阿梅、阿杏仍是留在李阿婆家中，讓老李頭幫忙照顧，由李阿婆帶著陳悠去縣集。由於在李阿婆家耽擱了，她們今兒出發比較遲，去縣集的那條小路上已經沒有其他人了，陳悠恰好鬆了口氣，要是被認識的人瞧見，難免又被人嚼舌根，就像上次蕭氏一樣，陳悠決定這次去縣集一定要更加小心。

第十一章

等李阿婆和陳悠趕到林遠縣，趕早市的人都開始陸陸續續往回走了。幸而陳悠和李阿婆也沒什麼要在早市上出售，倒受不了影響。

李阿婆拉著陳悠的手先去了東市，今日李阿婆還要順道買一些佐料，東市這邊散得晚，賣的多是生活用品。街道兩邊都是挑著擔子擺攤的小販和農人，排成一溜，十里八村來回採買的人也頗多，一眼看來，熱鬧非凡。

陳悠陪著李阿婆買了油鹽醬醋，然後又在一個賣大料（注）的攤前停下腳步。賣大料的是個黝黑的莊稼漢子，高個兒方臉，特別愛笑，一笑就露出一口白牙，倒是讓人看著心情愉悅。

陳悠剛蹲下身幫李阿婆挑生薑，突然旁邊一個熟悉的聲音興奮地喊李阿婆。一轉頭，就見到孫記布莊的女東家孫大姑娘。

孫大姑娘挎著一個小巧竹籃，一身湖綠色的衣裙外罩一件深藍色的長褙子，笑眼彎彎，瞧她白皙的臉上泛著紅光，顯然心情很好。

李阿婆站起身也瞧見了孫大姑娘，笑起來。「今兒可巧了，竟然在這裡碰到孫大姑娘！老婆子我還想著買了這些零碎東西，去您鋪子呢！」

注：大料，八角茴香，調味用的香料。

「可不是，今兒逢集，我爹一早就守在鋪子裡，盼著阿婆來了，阿婆那些繡品在鋪子裡賣得很快呢！」孫大姑娘說話時，還用手撩了撩鬢邊落下的長髮。

陳悠一眼瞥見孫大姑娘細白的小手上指甲蓋已經不似上一次那般粗糙灰厚，顏色趨於正常，指甲也圓潤有光澤起來。她才明白這孫大姑娘好心情的由來。

兩人說話間，孫大姑娘才瞧見站在李阿婆身後消瘦的小姑娘，她臉上一喜。

「阿婆把阿悠也帶來啦！」她見到陳悠挎著竹籃，嘴角的笑意更濃。「阿悠是來賣草藥的嗎？」

李阿婆把陳悠拉到身前。「是啊，她一個人來我也不放心，就帶著她來了。」

孫大姑娘將小竹籃往胳膊上提了提，露出一雙嫩白纖細的小手伸到李阿婆面前，高興地說：「阿婆快看，阿悠上次說的那個方子真的有用哩，我用了小半個月，指甲已經好多了，想必要不了兩個月，就能全好了！這次我可要感謝阿悠呢！」

李阿婆有些驚訝，她仔細看了看孫大姑娘的雙手，見果真比原來要好上許多，現在就算露出雙手來，若不明顯瞧，也不會有人發現孫大姑娘原來患過甲癬。她看了陳悠一眼，小姑娘樂呵呵的，明顯正為了孫大姑娘高興。

「孫大姑娘說哪裡的話，她人小，指不定就是在哪個大夫那裡聽到的方子，恰好對了症，要說來，都是孫大姑娘的福運好，這才好起來的！」

陳悠知道李阿婆這麼說，是為了不給她找麻煩。名聲啥的她還真不在乎，看到孫大姑娘這麼一個心腸好又熱心的姑娘為了個灰指甲自卑，實在是讓人難過，說了個方子，也不過是舉手之勞而已。

「阿婆，不管怎樣，沒有阿悠的方子我怎麼都不會好的，這功勞得有一半歸在阿悠身上，您說是不是？」孫大姑娘一句話將李阿婆逗得「噗哧」笑出聲。接著，孫大姑娘從小竹籃裡翻出一個油紙小包來遞給陳悠。「吶，阿悠，這個拿著，就當是孫姊姊給妳的謝禮，妳可別嫌棄啊！」

陳悠看了李阿婆一眼，見李阿婆朝她點頭，才接過孫大姑娘遞給她的油紙包。

「今日阿婆和阿悠在我家用飯吧，正巧我買了好些菜。家裡只有我爹和我，也吃不完。」孫大姑娘笑著道。

陳悠見她挎著的小竹籃裡確實放了不少蔬菜和魚肉，有些羨慕，她何時能帶著阿梅和阿杏吃上這麼一頓飯。

李阿婆連忙推辭。「孫大姑娘，這可使不得，哪能叨擾你們，再說我們辦完事也要早早回去。」

孫大姑娘見李阿婆面有難色，也不再勉強她們，與李阿婆又說笑了幾句，等著李阿婆挑好東西，一起去孫記布莊。

李阿婆在孫記布莊交了貨，婆孫倆才轉道去百藥堂，今日百藥堂的趙大夫不在，陳悠將草藥交給上次抓藥的小哥。

小哥笑呵呵地接過，麻利地過秤，從櫃檯下拿了錢遞給李阿婆，趁著藥鋪裡面的人不注意，小哥突然貼著李阿婆小聲說：「老阿婆，您下次這草藥甭拿來賣了，實話告訴你們，妳們拿來賣的這些精加工的草藥可不止這個價。若是拿到其他地方，只要有人收，起碼得成倍翻，話我也只能說到這兒，老阿婆您自己看著辦。」

李阿婆捏著手中的二十個大錢，還愣著出神，方才好心提醒她們的藥鋪小哥已經進了鋪子，轉進裡間。

陳悠扯了扯李阿婆的衣袖，李阿婆才回過神來。「阿悠，怎了？」

李阿婆實在是有些吃驚，沒想到趙大夫竟然會昧著良心給她們低價，這草藥根本就不止這個價錢！

「阿婆，我們先出去再說。」陳悠仰頭對李阿婆道。

李阿婆回頭正瞅見後頭有人要進藥鋪，讓她們給擋住了，連忙讓開。拉著陳悠出了百藥堂，李阿婆牽著陳悠快步走到街角才停下。

「阿悠，方才那小哥的話妳也聽見了，這趙大夫黑心得很，下次我們不將草藥賣給他們家了。」李阿婆憤怒道。

陳悠姊妹是她看著長大的，她知道這對姊妹生活有多辛苦，現下好不容易阿悠能有些掙錢的路數，讓三姊妹的日子好過些，卻遇到這麼個黑心肝的。都說大夫是仁心仁術，她看，這個趙大夫是眼裡只有銀子，哪還有半分人性！

陳悠知道李阿婆為她抱不平，她第一次賣草藥時，便知道趙大夫坑了她們，可她又能怎麼辦？整個林遠縣只有這一家藥鋪。

陳悠眨著大眼睛看著李阿婆，笑了笑。「阿婆的話阿悠也明白，但是我們如果不將草藥賣給百藥堂，又要賣去哪裡呢？」

陳悠看似不經意的一句疑問，卻讓李阿婆愣住了。

是啊，林遠縣就這麼大，只有唯一的一家藥鋪，草藥若是不賣給他們還能賣給誰？難道還要去華州？李阿婆無奈地搖搖頭，華州光是來回就要兩日，這還是得走最近的水路。就算能在華州賣得高價，恐怕還不夠來回的路費，況且她們這一老一少的，誰能受得了這顛簸？

李阿婆深吸了口氣，平定下自己的情緒，將手裡的二十文錢給了陳悠。「是阿婆太心急了，來，把錢拿著，這次的可比上次多了一倍哩。」

陳悠也不再說話，接過錢，跟著李阿婆在街上走著，只聽李阿婆突然感慨道：「阿悠啊，妳以後長大了，可一定要做個有出息的人。人吶，就是這樣，只有自己有出息了，才能不被人欺負，那時候別人也不敢欺負妳了。」

陳悠抬眼瞧著李阿婆滄桑的側臉，無聲地抿了抿嘴。

李阿婆本也沒指望她應和，只輕嘆了口氣，有些事，像她們這樣底層的小老百姓也唯忍一個字而已。

陳悠不敢隨意浪費錢，這次只給阿梅、阿杏兩人各買了一個肉包子，她與李阿婆就匆匆朝李陳莊趕路。

等回到李阿婆家中已經是午後了，陳悠剛進門，老李頭滿臉著急地迎上來。「阿悠，快回家去看看，妳三姨來了。」

「啊？」陳悠乍一聽到三姨有些懵，腦子一轉才想到是吳氏的三妹。

當時吳氏想要將她們姊妹賣給人牙子，趙氏勸她，說她要是真的沒法子，就將孩子過繼給她三妹吳柳英。吳氏三妹家中只有三個小子，一直心心念念盼著一個閨女，可惜，她生三小子的時候身子熬壞了，想有閨女也成了奢望。

抱養別人家的孩子，總不如親姊家的放心，何況又是趙氏與吳柳英說的，吳柳英自從趙氏與她說的那日起，就心心念念地想要來李陳莊一趟，將這件事情給辦了。

陳悠心一沈，心知這事恐怕不好，在原主的記憶中，三姨吳柳英可是個潑辣的性子。

「阿婆、阿公，我這就帶著阿梅和阿杏回去。」陳悠一手拉著一個，和老李頭、李阿婆打了招呼，就急匆匆地回家。

阿梅、阿杏為了等陳悠回來連中飯也未吃，陳悠拿了包子塞給她們，又再三叮囑了幾句。兩個小傢伙看到大姊臉色如此嚴肅，連手中美味的肉包子咬在嘴中也不是滋味。

三個小姑娘在回家的路上匆匆解決了中飯，一回到家中的小院，陳悠在院中就瞧見堂屋裡隱隱對峙的情景。

吳氏腰桿筆直地坐在一邊，對面是一對皮膚有些黑的夫妻。男子身材魁梧，一大把絡腮鬍子將嘴遮了個嚴實，而女子高瘦，除了比吳氏皮膚黑些，倒與吳氏有五、六分相像。只是兩人眼睛完全不同，這個女子的眼睛眼尾往上翹，嘴唇很薄，一看就知道是個潑辣能說的婦人。

這就是吳氏三妹吳柳英和三妹夫劉忠，他們身後還跟著兩個七、八歲的男娃，兩個男娃都穿著一身灰布褂。其中一個咬著手指到處亂看，膿鼻涕還掛著，時不時地吸溜一下，讓人瞧了忍不住皺眉。

「大姊，當初娘都與我說好了，這李陳莊誰不知道妳不喜歡女娃，正好給我們家，這不是兩家都好？」吳柳英高著嗓子道。

王氏也坐在一邊，曾氏和兒媳白氏坐在她身後。

陶氏以眼神冷冷掃了吳柳英一眼。「三妹妳不必再說了，我是不會將阿梅、阿杏給你們的。」

「大姊，妳說的這是什麼話，咱們娘和我都說得好好的，我又不會讓妳吃虧，若是妳捨不得，我就領一個回去，妳左右賣給人牙子還不如留在妹子家中。妳要是想著了，還能來看兩眼，我是妳的親妹子，還會不讓妳看孩子？是不是這個理兒？

「再說，姊夫和懷敏身子都不好，這藥不能斷，妹子也明白大姊的難處，大姊，妳看，你們家長輩也都在場，妹妹如今家中也一大家子的人，明白這當家的難處，姊妹嫁人、兄弟娶妻都需要錢，咱們做小輩的也不能都指望著上頭。今兒，我們親姊妹就明算帳，大姊，妳要是過繼給我個閨女，姊夫和懷敏的藥錢我們家都包了，另還給妳五吊錢，妳看可行？」吳柳英可真是能說會道，一屋子就聽她一個人的聲音。

陳悠從院中進來恰好聽到她說這些話，這分明是逼著吳氏賣女兒，而且還讓人覺得她有理，這麼做是在體諒吳氏，為她分憂。

陳悠將目光投到自家娘親臉上，見她面沈如水，根本分不清此時是什麼情緒。一時間，堂屋中安靜下來，就連王氏都在認真思考著吳柳英這個提議。

要說，吳柳英還挺厚道的，不管是阿梅還是阿杏，若是被賣到人牙子手裡，不見得會比吳柳英給得多，況且吳柳英是吳氏的親妹子，這其中的線又是趙氏牽的，照吳柳英疼愛女兒的勁，定然不會虧待她們。

三房陳永新這場重傷幾乎讓整個老陳家的日子都拮据起來，陳秋月已經及笄了，婚事也不能耽擱太久。這二房的老大也要娶親，這一樁樁一件件的事都需要錢。吳氏失憶前將幾個閨女不當自己親女兒看，現在雖然暫時改觀了，可難免以後記憶恢復，又變回原來的樣子，到時候，幾個丫頭還是吃苦，倒不如讓她們其中一個跟了吳柳英，這樣老陳家也能解燃眉之急。再說，陳永新幾個月的藥費可是個不少的開銷，王氏掌家，明白得很，她那餘錢可是不多了。

蕭氏不知道什麼時候出現，從陳悠姊妹身後過來。「喲，阿悠帶著妹妹們回來了，怎麼不進去？」

蕭氏把手放在圍裙上抹了抹，幾步走到陳悠面前，推著她們姊妹進屋。「這來的又不是旁人，是妳們親三姨呢！還不快進去瞧瞧，妳們三姨可惦記著妳們呢！」

阿梅和阿杏被蕭氏推得一個踉蹌，陳悠連忙護住她們，將兩個小包子拉向自己，不悅地瞪了蕭氏一眼。蕭氏也不在意，臉上仍是笑咪咪的，就像撿到了錢一般。

陳悠心中氣悶得不行。蕭氏故意這麼大嗓門，就是為了引起堂屋裡面人的注意，她的目的也確實達到了，一屋子的人都朝她們這個方向看過來。

陶氏眸光一閃，眉頭緊蹙。

吳柳英自然也見到了她們姊妹，之前來時，她就想瞧瞧大姊家的幾個閨女，怎奈大姊推辭，現在終於瞧見了。不說大丫頭眉清目秀，就說兩個小的，小模樣也周正，尤其是一雙眼睛，瞧著人時，水亮亮的，格外招人喜歡。雖然身上穿著的衣裳灰撲撲的，卻乾淨整潔。

吳柳英眼角餘光瞥到自家兩個邋裡邋遢的兒子，立馬形成了鮮明的對比。吳氏平時不待見女兒，不管是回娘家還是去走其他的親戚，從來不帶著家裡的這對雙胞胎。是以，吳柳英很少見到她們，如今，是越瞧越喜歡，恨不能現在就帶回家。

陳悠擰眉看了一眼將目光黏在阿梅、阿杏身上的吳柳英，渾身發寒，如果這次吳氏真的同意將她們其中一人給了三姨家，那她要用什麼辦法阻止？

「這就是阿悠還有阿梅、阿杏吧，快到三姨這兒來，讓三姨好好瞧瞧，這麼多年沒見，越長越漂亮了！」吳柳英朝陳悠三姊妹招手，陳悠卻帶著阿梅、阿杏站在原地沒動，只機械地打了個招呼。

蕭氏眼睛一瞟，連忙又推了陳悠一把。「阿悠，聽到沒，妳三姨叫妳們呢，快過去！」

蕭氏的這個動作一點不落地落到陶氏眼中，她瞧著蕭氏的眼神一厲，那眼神好似會說話一樣，扎得蕭氏不自覺收回手。等到蕭氏反應過來自己的動作，懊惱地撇了撇嘴。

陳悠與阿梅、阿杏被推到吳柳英身前，吳柳英一手將阿梅拉到自己懷裡。

「瞧這小模樣，可真是招人疼。」吳柳英的大掌一邊在阿梅身上摸著，一邊高興地誇讚道。看完了孩子，竟就將阿梅圈在自己的臂彎裡，不讓她出來了。

阿梅委屈地望向陳悠，滿臉的求救之意。

蕭氏自顧自地找了個地方坐下。「我瞧啊，大妹子與這孩子是真有緣，妳們瞧，現在這孩子在大妹子懷裡，與大妹子瞧著是不是有幾分相似？」

吳柳英被蕭氏說得樂呵起來，對懷中的阿梅更喜歡了。

陳悠氣得不輕，咬了咬唇。「三姨，我們剛從村後的山頭回來，身上髒，妳讓我先帶著妹妹們去洗洗。不然，阿梅會弄髒妳的衣裳。」

吳柳英捏了捏阿梅的小手。「都是莊稼人，有什麼髒不髒的，沒事，就算真髒了，我也不嫌棄。」

陳悠恨不得上去將阿梅搶過來，但是見到吳柳英身邊身強力壯的劉忠，還是忍耐了下來。陳悠只能用力攥住阿杏的手，將她藏在自己身後。

王氏見著也有些不忍，但是老陳家的生活艱辛她是最明白的人，一幫小的開口要錢、閉口吃飯的，這個家還是她來當，萬事也要她來操心。一家二十來口人，責任可都擔在她的肩上呢！

王氏瞥了眼坐在旁邊的吳氏，見她坐姿筆挺，外表沈靜，鬢邊有一縷碎髮落在耳際，平白給穿著再普通不過的吳氏增了一分柔弱的美麗。只是一雙眸子深沈如潭，王氏吃了這麼多年的柴米油鹽，竟也不能從她的眼中看出她的一點想法來。王氏低頭琢磨了一會兒，抬起頭再次看向她，好像是下定什麼決心一樣。

「永新媳婦兒，有些事，娘本不該與妳說，但咱們畢竟是一家人，事情到這地步了，娘也不瞞著。雖然妳爹還在生你們的氣，可他也就是愛面子嘴硬了些。你們真要有個好歹，你們以為他不心疼啊？若要是他真的不心疼，你們以為我真能用秋月的嫁妝給你們墊藥錢？老陳家在李陳莊這麼多年，我和妳爹撐起來你們這支不容易。面朝黃土背朝天了一輩子，才將幾個兒女拉扯大，若不是家裡真到了困難的地步，娘又怎麼會開這個口？秋月不小了，哪裡還能在家多留，經前頭妳一鬧，這孩子的婚事……」王氏說到這裡已經開始抹起眼淚珠子。

曾氏看了一眼吳氏又朝陳悠這邊看了一眼，無奈地嘆口氣，小聲地勸慰起王氏來。

王氏這席話簡直就是想要將吳氏「逼上梁山」，先說老陳家因為三房捉襟見肘，後說陶氏之前大鬧一場影響了家中小姑的姻緣。如果吳氏這次不答應將孩子送人，那她對王氏、對老陳家就是不忠不孝。這麼大一個帽子扣在她的頭上，看來王氏的決定已經很清楚了。

秦長瑞將這一切在裡間都聽了個清清楚楚，他嘴角翹了翹，靠在床頭閉上眼睛，好似根本就不擔心外面的情況一樣。

陶氏等一屋子人的話都說完了，才站起身，走到陳悠和阿杏的身邊，一手牽著一個，抬眼朝堂屋裡的人看了一圈。

「想必，在我身上發生的事，你們也都一件不落、清楚得很，不管我以前是什麼樣的，但我是現在的我。阿悠、阿梅、阿杏還有懷敏都是我的孩子，他們都是我的心頭肉，我是絕對不會將我的孩子送給任何人的，只要有我的一口飯吃，孩子們就不會餓死！」

眾人見吳氏單薄的身子站在堂屋中，顯得微不足道，但是她的話擲地有聲，彷彿撞在每個人的心口，讓人聽了渾身一震。

就連陳悠也感到吃驚，她抬頭看了眼吳氏，微微抿嘴笑了笑，不管如何，只要吳氏站在她們這邊，今兒吳柳英的想法就成不了！

堂屋中因陶氏的一番話安靜了片刻，然後就是一聲尖銳的冷笑聲。

「三弟妹，大話誰不會說？但妳也不看看，我們老陳家現在艱難的情況是因誰而起的。妳拍拍屁股就和沒事人一樣，妳叫我們一大家子怎麼活呢！難道還要讓秋月在家做一輩子的老姑娘？」

蕭氏說話刻薄，曾氏拐了拐她的胳膊，讓她消停點兒。「大嫂，妳倒騰我幹麼，妳家陳奇娶到媳婦兒了，妳是不用擔心，那我家老大可還打著光棍呢！妳別攔我，妳讓我說，既然到這個地步，咱們就把牌攤開了。三弟妹……」
「夠了！」陶氏突然冷喝一聲，叫剛剛還滔滔不絕的蕭氏立馬噤聲了。
「二嫂，話誰不會說，若是今天要送走的是你們家陳順，這些話妳還能說得出口嗎？」
既然蕭氏死死相逼，她從來都不是個軟柿子欠捏的，她什麼人沒遇到過，最不怕的就是蕭氏這種「潑婦」。
蕭氏的話被陶氏堵在嗓子眼，支支吾吾了幾句，終於還是嚥了下去。她小聲嘀咕著。
「三弟妹這一撞可撞得真好，不但撞成了個疼閨女的好娘，嘴皮子都撞得索利了！」
蕭氏聲音雖小，可這話仍然被陶氏聽了個全，她哼了一聲。「承蒙二嫂吉言，我這腦子現在還真是比原來清醒許多了！」
「妳……」蕭氏哆嗦著手指指著站在堂屋正中的吳氏，被氣得說不出話來。
「大姊，妳這是何必呢？我是妳親妹子，妳要是把閨女給我，我難道還會虧待她們？總比賣給人牙子好上千倍百倍吧！」吳柳英緊攬著阿梅，有些不快道。
她奇怪地看著自己大姊，雖然外貌沒變，確實是吳雲英，但是眼前的大姊就是讓她感覺不同，像是另一個人。她自家大姊，吳柳英還是瞭解的，自小喜歡鑽牛角尖，認死理，做人也不知道拐彎，還有些沒心沒肺……可眼前的「大姊」卻一點也不一樣，當機立斷，說什麼做什麼都條理分明，甚至隱隱讓人感覺到一股威勢，一個眼神、一個動作有時都讓人不自覺想要臣服。

難道真像蕭氏說的一樣，大姊這一撞將腦子撞聰明了？還有，這眼前的情況不對啊？娘當時與她說時，分明說大姊不喜家中的閨女，打算將兩個雙胞女娃賣給人牙子。可眼前這樣，大姊哪裡有一點想賣女的心思，這到底怎麼回事？吳柳英是個通透的，趙氏不會對她說謊，大姊家中情況也確實困難，若是此刻沒銀錢周轉，怕是真難熬過這段日子。

「大姊，是妹子不對，口氣重了。我看這樣吧，現在姊夫也受了傷，阿悠還小，妳要照顧姊夫還要照顧阿悠她們，沒這麼多人手是不？姊夫受了重傷，身子虛，要進補，我們家養了好些雞鴨，我讓當家的給你們送來，另外也並些銀錢。妹子同樣是個做娘的，也能體會大姊的不捨，妹子也不逼著大姊，只先將阿梅帶回去住上一、兩個月，妳看這樣可成？」

王氏滿臉感激地瞧著吳柳英，這個法子真是太好不過了，既能解了老陳家暫時的困境，也未將阿梅過繼的事情說死，以後吳氏要是真想阿梅了，或許還能接回家中。

正當王氏張口想要答應吳柳英的條件時，陶氏已經先她一步開口。「不行。」

「三妹，大姊明白妳愛女心切，也相信阿梅到妳家，妳會待她與親生女兒一般，可是孩子是我生養的，我不會將她送給任何人，除非我死了，不然，我的孩子就得和我過！」陶氏的口氣出奇強硬，竟一點轉圜餘地也沒有。

吳柳英被陶氏的話說得愣住，等回過神來，臉色不是太好。「大姊，妳想好了，真這麼決定了？以後可莫要後悔！」

「三妹，孩子是我的，生養乃父母之責，我與永新會用心將她們撫養成人，我又有何可悔的？」陶氏說話的聲音雖不大，但任誰都能聽清她語氣中的堅定和決心。

王氏險些被氣得倒仰，瞪著吳氏許久才說出話來。「妳！妳是想逼死老陳家一家啊！」說完轉而向著吳柳英道：「老三媳婦兒根本不知曉我們老陳家的情況，她這說的是氣話，孩子妳帶回去，我們沒啥意見。」

陳悠不敢置信地盯著王氏，沒想到她竟然說出這種話來！

阿梅強行被「扣留」在吳柳英的懷裡，心中本就害怕得很，現在又聽到王氏說讓吳柳英把她帶回家去，更是恐懼焦慮。她人小，勁兒小，掙扎不出去，只好癟著嘴，水汪汪的大眼裡有淚光打轉，然後帶著哭腔喊道：「大姊，我不要跟三姨回去，我要跟妳和阿杏在一起，嗚嗚……」

陳悠的心頓時像被石頭砸了一樣，心疼得不行。阿杏也跟著流眼淚，抬頭望著陳悠，那眼神明白得很。「大姊快把阿梅救回來！」

「我說妳們姊妹怎就這麼不懂事呢？去妳小姨家過好日子還不好，那是別的小姑娘求都求不來的，瞧妳們這哭哭啼啼的，不知道的還以為我們老陳家做了什麼傷天害理的事呢！」

蕭氏抓緊時機就放「嘲諷彈」。

「娘，您莫忘了，孩子是我生的，既然是我生的，有我的一口飯吃，就有阿梅、阿杏的。妳們不要再勸了，阿梅、阿杏只會與我和當家的一起過。三妹，妳也莫要折騰了，趁著天早，早些回家去吧！」陶氏這是在下逐客令了。

吳柳英未想到自家大姊這麼堅持，無計可施下，她用胳膊肘頂了一下劉忠，五大三粗的劉忠頓時眸光一厲，冷哼了一聲，一堂屋的女人，聽他這麼一發聲，還真有幾分震懾的意味。

「大姊，妳讓娘來傳話，然後又反悔，這怕是不好吧！」劉忠凶煞著臉威脅道。

蕭氏被劉忠的樣子嚇了一個哆嗦，低著頭一句話也不敢說。

陶氏竟然輕笑起來。「妹婿，你說這些話可有證據？我什麼時候答應將孩子送予你們的？你們今日若是拿出證據，這事我也就認了，若是拿不出，孩子誰也別想帶走！」

吳氏三妹家的這家人簡直就是牛皮糖。陶氏承認她這樣說有點無恥，可如果不這麼做，又怎麼趕走這群人，不把話說死，他們是絕對不會甘心的。

說完，陶氏彎下腰，朝阿梅招招手。「阿梅，來，到娘身邊來！」

陶氏喊了，吳柳英即使臉皮再厚，也不好將孩子束在自己身邊，只好任阿梅逃出自己臂彎。阿梅一把撲進陳悠的懷裡，傷心地嗚嗚哭起來，不停地喃喃著「不要去三姨家」。

陳悠輕輕拍著她的後背，給她順氣。「阿梅乖，三姨家我們誰也不去。」

「大姊，妳昧著良心，說出這些話有點不地道吧！」劉忠也被氣得瞪眼，在他心裡，他與吳柳英能選中他們家的姑娘，那是吳氏半輩子的造化，今日來時，還以為能將雙胞姊妹都領回家去，卻沒想到吳氏突然硬氣起來了！

「妹婿，我這是為了我自己的孩子，有什麼地道不地道的，三妹若是與妹婿沒有其他的事了，就請回吧！我們家蓬門蓽戶，實在是沒法子招待你們。」陶氏也懶得和這群人周旋。

劉忠微瞇著眼睛盯著吳氏看了良久，才猛地站起身，扯了扯旁邊的吳柳英。「柳英，我們回去，咱有錢還怕買不到一個閨女！何必在這裡受人白眼！」

吳柳英不甘地看了一眼被陳悠抱在懷裡的兩個小包子，狠了狠心，拉著家中的兩個兒子頭也不回地出了老陳家三房的小院。

等到瞧不見吳柳英一家人的背影，陳悠終於鬆了口氣，只要不將阿梅、阿杏送走那便一切好辦。

陳悠一轉身，就見到王氏被曾氏攙扶著站起來，王氏盯著吳氏的臉，嘲諷地冷笑一聲。「好，我這個老太婆倒不知道三房長本事了！這麼大的能耐，能自己作主，眼裡哪有我這個老婆子！好一個自己生自己養，老大媳婦兒，回頭妳將懷敏送過來，這孩子太金貴，我這個窮老太婆養不起！」

王氏放下這席話，頭也不回地出了堂屋，消失在竹林後。

蕭氏甩下一個不屑的眼神，快步跟在王氏身後。曾氏走到吳氏身邊時停了停，張了張口想要說什麼，可終究沒開口，只伸手摸了摸陳悠軟軟的頭髮，提步離開。

陶氏喘了口氣，什麼話也沒說，拉著三個小姑娘到了外面的井邊，打水給她們洗著手臉。

「用過午飯了沒？」陶氏溫柔地詢問，就好像剛剛吳柳英一家來要孩子這件事未發生一樣。

「吃過了。」陳悠心不在焉地答道。

陶氏聽了也不再問她們吃了什麼、在哪兒吃的。井邊，只剩下洗手的水聲，過了片刻，她才抬起頭看著她們姊妹三人。

「阿悠、阿梅和阿杏，妳們或許會覺得奇怪。但是有一點娘可以和妳們保證，以後不管怎樣，妳們都是我的閨女，這一點永遠也不會變。就算是有逼不得已的情況，娘也不會扔下妳們。這下，阿梅、阿杏可放心了？」

原來陶氏早就發現兩個小包子的忐忑，她這句話說出來就如擰開了自來水龍頭，讓兩個小包子哭得傷心不已。

陳悠瞥了眼身邊的「新吳氏」，直到今日發生的事，她才真的對這個新吳氏的看法有了些改觀。

陶氏站在一邊瞧著三姊妹玩耍，心口也鬆了下來。她剛站起身，就見曾氏抱著陳懷敏匆匆地從竹林轉出來，她連忙迎上去，從曾氏懷裡接過陳懷敏時，陳懷敏還睡著。

「多謝大嫂了！」陶氏感激道。

「都是妯娌，有什麼謝不謝的。三弟妹，只是這次娘是真的生氣了，你們以後的日子怕是不好過，妳可要有個心理準備。」曾氏終於還是忍不住提醒了一句。

陶氏一怔，笑了笑。「大嫂的話，我會記住的，平日裡若是無事，大嫂多來坐坐。」

「成！我先回了，妳照顧好孩子們吧！」曾氏叮囑了兩句，回家去了。

她也只能提醒到這分兒上，其他的忙她是幫不了。二房不是省油的燈，她們大房也有一大家子要養活，大兒媳若是過上兩個月有了身子，更是什麼都不能少了。她還真沒有更多的糧食和錢來救濟三房。上次拿的那些東西過來，雖沒人說什麼，但她還是明白媳婦和閨女心裡的不快。

也罷，車到山前必有路，三房這情況，也只能讓他們走一步看一步了。三弟妹能有這樣的改變，說不定還真能逢凶化吉，度過這次難關呢！

陶氏抱著陳懷敏，與陳悠和兩個小包子打了一聲招呼，將陳懷敏送到東屋去了。

陳悠盯著吳氏抱著孩子的單薄身影，無奈地長長嘆口氣，他們這次可真的是與前院的老陳頭夫婦徹底翻臉了，以後三房這邊不管發生什麼，只怕王氏是再也不會出手了。

陳懷敏的藥錢、陳永新的藥錢，都要靠他們自己，還有他們一家人這個月要吃的糧食。陳永新起碼一個月後才能下床，而陶氏要在家中照顧孩子，這窮鄉僻壤的地方想找個賺錢的法子也不容易，最後這擔子還要落在她的肩上。

陳悠深吸了一口氣，只要阿梅、阿杏平安在她的身邊，她吃些苦也不算什麼。

東屋裡，陶氏將陳懷敏放在秦長瑞的身邊，才在床邊坐下，她瞥了一眼秦長瑞。「方才你也不幫我說一句，就這麼相信我？」

秦長瑞悶聲笑了，拉過陶氏的手捏在手心。「這些小事如今還不用我出手，為夫這是相信妳！怎樣，可打聽出來了？」

陶氏看著丈夫深吸了一口氣，彷彿是在平定自己焦躁不安的情緒，她盯著秦長瑞的眼睛緩慢道：「永凌，現在是大魏朝景泰十年……」

秦長瑞的眼睛一亮，定定盯著妻子。「可確定？」

陶氏翻了個白眼。「雖然這偏遠鄉村與建康城隔著萬重山水，可畢竟還是大魏朝國土，如今我朝正直鼎盛，我雖不能打聽到建康城的情況，但年號還是不會錯的。」

大魏景泰十年……所有的陰謀都未醞釀，彼時，他在建康城，正是意氣風發，揮斥方遒之時，離事發之日還有將近六年的時間。

秦長瑞雙眸深邃如井，彷彿透過虛空看向前世。

陶文欣瞧見他的表情便知道，他正沈浸在回憶之中，她輕推了夫君一把。「永凌，我有個疑惑這幾天一直想不明白。」

秦長瑞回過神，看向皺著眉頭的妻子。「什麼事，說來與為夫聽聽。」

陶氏朝秦長瑞的身側挨了挨，吐出一口濁氣。「夫君，若說這真的是大魏朝，且我們已換作了別人，那建康城府中的我們又會是誰？他們真的還會像我們上一世那樣存在嗎？如果他們真的存在，我們該……該怎麼辦？」說到這裡陶氏的聲音也帶上顫抖。

他們遇到的這件事實在是匪夷所思，就連博學多聞的秦長瑞都對這樣的奇事聞所未聞。

秦長瑞用力捏了捏妻子的手，對妻子溫潤笑道：「文欣，妳我都是活了兩輩子的人了，難道連這點事都看不開？我相信，老天爺既然給我們重來的機會，便不會讓我們走上絕路！依我看，如今還是度過眼前難關要緊啊！妳今日可是將這對身體夫妻的娘給徹底得罪了。現今，我們都是俗人，俗人得有俗人的樣兒，這第一件事，便是要為這衣食住行奔波勞碌。」

世家之子與高門貴婦落為世間平凡夫妻，這好似也是一場不錯的人生歷練。秦長瑞眉頭挑了挑，竟然莫名有一種挑戰的興奮感。

這對「宅門朝堂」的牛逼夫婦在東屋進行「戰略性」商議時，另一廂的陳悠卻急得抓頭髮，方才她帶著阿梅、阿杏清點了一遍家中的餘糧，眉頭就沒有鬆開過。

陳懷敏也回來了，家中不是孩子就是病號，食物不僅要滿足果腹的條件，更要注重營養搭配，只靠這些所剩無幾的粗麵米糧定然是不夠的。

摸了摸懷中今日賣草藥賺的銅錢，陳悠琢磨著要不要與吳氏說這件事，畢竟今日發生的事，讓她對吳氏改觀許多。

一直到晚間，一家人吃過飯後，陶氏將陳懷敏哄睡了，回到西屋，她輕手輕腳地在三個小姑娘的身邊看了看，又伸手摸了摸她們的額頭，替她們將被角掖好，才洗漱後爬上床睡覺。

陳悠此時並未睡著，等到床外側響起清淺的呼吸聲，她才在黑暗中緩緩睜開眼，默唸靈語，閃身進入了藥田空間。

藥田空間一如之前，清新的空氣中混著淡淡的藥香味，陳悠心中擱著事，毫無睡意，便在藥田空間不遠處的院中尋了一把小藥鋤，給藥田中的藥草鬆土。

陳悠抬頭看著一眼望不到邊的空曠藥田，再將視線落到眼前不遠處零零碎碎幾塊種滿的藥田上，嘆了口氣。如果不能找到讓藥田空間快速升級的方法，光靠她一個人的力量，想要恢復藥田以前繁盛的境況，那完全是不可能的。

手上的動作不停，將她之前栽種的成熟藥草摘放到藥簍中，突然，一個念頭閃過陳悠的腦海。

盯著手下金銀花花瓣的陳悠整個人都僵住了。上一次藥田空間升級，是因為她給陳永新號了脈並且親自製作了十全大補酒，而第一次藥田空間升級是因為她給孫記布莊的孫大姑娘斷診了甲癬並且說了具體治療的方子。

這樣，一切都能對上且說得通了，從第一次、第二次藥田空間升級來總結，讓藥田空間升級的條件便是：她親自診斷並且對症下藥，讓病患的病情有重大起色！

陳悠激動得臉色通紅，她又謹慎地將事情的前前後後想了一遍，按照這空間升級的規律，這樣的猜測確實是滴水不漏。

陳悠索性也不摘藥草了，就席地坐在一株金銀花旁邊，瞧著不遠處波光粼粼的湖面，全身通泰。只要她掌握了這個藥田空間的升級方法，以後想要什麼草藥都不是難事，按照這藥田空間每次升級所給的獎勵推算，她滿足了以上條件，說不定過不了多久，她就能擁有各種珍貴藥材，出任醫館大夫，開藥鋪，走上人生巔峰！

咳咳……陳悠好不容易才收起臉上的笑容，不管怎樣，起碼，他們一家人，尤其是兩個小包子就不用為溫飽發愁了。

陳悠處理了一些空間中的常用草藥，便從藥田空間中出來歇息，但因為剛剛在藥田空間中的發現，她心中一直高度興奮得睡不著，迫不及待想要找一個人試試。

仰躺在床上，盯著黑暗中的虛空，陳悠左思右想才決定了實驗的目標——小弟陳懷敏。陳懷敏之前一直被吳氏藏在東屋中，她有心想要看看他患的病症卻一直都沒有機會。後來又被王氏帶到前院，直到今日才送回來。

平日裡聽陳懷敏嘶啞的哭聲，陳悠就一直懷疑陳懷敏是不是得了什麼先天性的疾病，現在的「吳氏」已經不是原來那個吳氏，她去接近陳懷敏也應該不會再有人阻攔。

這麼決定後，陳悠心中好似也放下一塊大石頭。很快，她就進入黑甜的夢鄉。

在夢中，她治好了陳懷敏的病，陳懷敏在她懷中咯咯笑著喊她大姊，然後藥田空間成功地再一次升級，多了一片野山參出來。

她拿著野山參去林遠縣販賣，每個路過她小攤的路人都說這野山參是難得的好賣相、好東西，只是沒人能出得起價錢。她正愁時，突然一聲馬匹嘶鳴，一匹棕色的高頭駿馬停在她的攤位前，從馬上跳下一個穿著講究的人來。

陳悠低著頭，沒瞧見這人的樣貌，只看到他一雙精巧的鹿皮靴和深藍底繡著祥雲紋的長袍一角，然後一個清朗溫潤的聲線響起。

陳悠驚地猛一抬頭，就與一雙熟悉的眸子對上，頓時，一股怒火從心中升騰而起，正當她要對著眼前的少年發火時，那棕馬突然發狂，抬起前蹄就要朝她蹬去，陳悠被嚇得倒退幾步，跌倒在地上……

猛然睜開眼，入眼是西屋熟悉的簡陋破舊的擺設，陳悠才全身放鬆，大喘了口氣，擦了擦額頭的冷汗。

真是晦氣，什麼夢不作，偏偏要夢見那個在市井打馬而過、險些踏傷她的紈袴子弟！在夢裡，她的野山參還沒賣掉呢！

陳悠真是鬱悶極了，躺在床上，慢慢平定自己的情緒後，看了眼旁邊還在睡夢中的兩個小包子和吳氏，陳悠歇了一會兒就起身穿衣下床。西屋內還是黑乎乎的，只隱約能看見一些東西的影兒，摸黑走到窗邊，開了條小縫，立即就有冷風灌進來。

陳悠朝外面看了兩眼，就不由得皺起了眉。她雖與平日裡起的時辰差不多，可外面這時候卻陰沈沈的，風颳過小院旁邊的小竹林，沙沙作響，還有些駭人。

這天，怕是要下雨了！

自陳悠到這個世界來，這還是她第一次經歷這樣的陰雨天氣，之前是初春，雨水少，眼看著就暮春了，是到了該下雨的時候。

第十二章

當陳悠將家中水缸的水裝滿，陶氏與兩個小包子也起身了。陶氏洗漱後去了西屋瞧丈夫和兒子，陳悠則拉著兩個小包子去小院井邊洗臉。

阿梅抬頭看了一眼頭頂的陰雲，小眉頭沈重地緊擰起來。「大姊，要下雨了。」

陳悠拍了拍阿梅的頭，給兩個小傢伙打好水，放在井邊一個低矮的小馬扎上，笑道：「是啊，一年四季，節氣分明，是要到下雨的時候了，不然田中的作物到了夏季就要欠收，那村裡人吃什麼？好了，今日有雨，我們也不出門了，便在家中待一日，妳們先洗，我去瞧瞧剛栽下的那些菜苗。」

阿梅還想再說什麼，可是陳悠已經轉過身，朝院中開墾的那小塊菜地去了。

果然，等她們吃完朝食，雨點就落了下來。不多時，外面就形成一片密密的雨幕。起先，陳悠還有心情站在門檻前欣賞暮春的第一場雨，可沒兩刻鐘的時間，陳悠一家人臉上已經變為了愁雲慘霧。

外面的雨沒有一點停下的勢頭，甚至還越下越大，東風穿過竹林，小竹林中樹葉與風拍擊的聲音彷彿響在陳悠的耳邊。三房住的這破舊小院，三間屋竟然沒有一間是不漏水的。一開始是西屋土砌的臺子床頂上漏水，陳悠急忙將床上的被褥和衣物搬走，但是一刻鐘後，陳悠已然發現家中根本就沒有一塊好地方能放東西了！

三房這破舊小院的三間屋子是茅草蓋的頂，這場暮春降雨實在來得凶猛，搭上強勁的東風，這層薄弱的房頂根本就起不到防水的作用。

冬日裡乾燥還好，即便是有什麼雨雪天氣，大雪小雨也勉強能夠湊合，只是遇到這樣的大雨便徹底不堪一擊。

雨水順著房頂蓋著的草淋到屋梁上，三房小院的三間屋子沒一處是不漏水的。外面下大雨、屋內下小雨，不到半個時辰，屋內地面都變得潮濕，即便是平實的土地，這時候也變得泥濘濕滑起來，若是腳下一個不小心便會滑倒摔個狗吃屎。

陶氏帶著三個小姑娘將家中衣物和棉被都搬到東屋的木櫃和箱子中，然後又用東西蓋住，才勉強遮擋雨水的侵襲。

此時，一家六口人全都聚集在東屋中，秦長瑞已經不在床上躺著，床上的被褥也被陶氏收起來，只留下一把乾稻草鋪在木質的架子床上。

秦長瑞懷中抱著陳懷敏，左手舉著一把破舊蠟黃的油紙傘坐在床邊，陶氏與陳悠三姊妹為了搬東西，身上早就半濕了，此時喘息著坐到邊上休息，母女四人顯得格外狼狽。

阿梅與阿杏靠在陳悠的懷裡，幾人頭頂上還不斷有水珠滴落下來。

陳悠幫兩個小包子擦了一把沾了冰冷雨水的臉，阿梅抬頭皺著小眉頭盯著陳悠。「大姊，這雨什麼時候才能停？」

陳悠瞧了一眼窗外，嘆口氣，要是她知道什麼時候能停，這時候他們一家也不用這麼狼狽地淋雨了。她還不曉得林遠縣的氣候，假如這場雨能夠快些停了還好，如果這陰雨天一下就是兩、三天，那可就糟了。尤其一家「弱病殘」，這屋子被淋得沒一塊乾地，別說生火做飯，就是晚上睡覺打地鋪的地方都沒！

還真是「屋漏偏逢連夜雨」，剛剛將王氏得罪了，三房就遇到這難事。

陳悠將兩個小包子往自己的身邊拉了拉，儘量替她們遮擋從房頂上滴下的雨水，安慰道：「阿梅、阿杏不要擔心，說不定過一會兒雨就停了呢！」

阿梅憂心地抱著陳悠的手臂點點頭，雖然她很想相信大姊的話，可照往年的經驗，這暮春的第一場雨經常一下就是兩、三日。前兩年，一到這個時候，他們一家會搬到前院住兩日，儘管前院的屋子也一樣破舊，但起碼屋頂蓋著的是結結實實的瓦片，不用擔心被淋著。

可今年，他們才與嬤嬤伯娘她們吵架，怕是不能再去求前院了。

秦長瑞單手抱著還在熟睡的陳懷敏，另一隻手撐著傘，肅著臉什麼也沒說，卻暗暗將屋內三姊妹的情況都看在眼裡。

陶氏取了一塊還算乾爽的布巾遞給陳悠，讓她們擦擦臉。

秦長瑞瞥了妻子一眼，然後無聲地將搭在自己肩膀上的外衣披在陶氏身上。

陳悠想了想，才鼓起勇氣抬頭道：「爹、娘，這樣下去不是法子，到了晚間這屋內飯也做不了，藥也煎不成，還是我去村口李阿婆家說說吧。先在他們家避避雨，爹和懷敏身子都不好，不能再受寒了。」

陶氏看了陳悠一眼，然後又朝小院竹林那邊瞧了瞧，制止道：「先莫急，我們先在屋中等等，如果妳嬤嬤不派人來叫我們，我們再做旁的打算。」

陳悠吃驚，吳氏竟會這樣說？她張了張口，正要堅持己見說服時，卻猛然明白她這麼決定的原因。

他們是老陳家的人，在外人眼裡，老陳家還沒分家，同根出的一家人，要是他們三房遇到什麼事，不去找老陳頭夫婦幫忙，轉而去求老李頭和李阿婆，那以後，老陳頭和王氏又要被人在背後說三道四。老陳頭本就是個愛面子的人，到頭來只會更憎惡他們三房。而今吳氏這麼做，卻是考慮得面面俱到。

這會兒，王氏正坐在門口納著鞋底，她瞧了一眼院中越下越大的雨，憂心忡忡的，一不小心，頂針一劃就戳到大拇指，王氏疼得吸了口氣，連忙將手指塞到口中吮吸著沁出的血珠。

陳秋月拿著繡繃坐在她身邊，瞧見她娘心不在焉的樣子，一把拉過王氏的手，從腰間抽出帕子替王氏包紮，一邊包紮一邊憤憤道：「娘，您真是天生操心的命，吳氏前兒才給您不痛快，落您的臉面，今兒您還要為他們擔心，您這是何必呢？要我說，讓他們在後頭小院淋雨，這是上天報應！」

王氏抽回手，瞪了陳秋月一眼。「昨兒說話的是吳氏，又不是妳三哥，娘是在為妳三哥擔心，他那傷腿才好些，可不能沾著寒氣，這可怎麼辦是好！」

陳秋月被王氏說得沈默，放下手中的繡活，也低頭皺起眉來。幼時，陳永新對她的好一點一點從她的腦海深處冒出來。

此時，曾氏打著油紙傘從東邊屋過來，身後還跟著兩個丫頭，見到王氏和陳秋月，她收了手中的傘進屋，拉著兩個閨女坐在王氏身邊。

「大嫂，妳怎麼來了？今兒妳不是想帶著姪媳婦搓麻的嗎？」陳秋月抬頭問了一句。

曾氏低頭沈默，而曾氏的兩個女兒卻趁娘親不注意時瞪了陳秋月一眼，恰好被陳秋月抬眼時見到，大女兒陳娥連忙心虛地低下頭。

陳秋月氣得恨不得上去給這兩個姪女一人一個大栗子，從小，她就與大房的這兩個姪女兒處不來。

「娘，妳不去竹林後頭看看三弟？他還傷著呢，唐大夫臨走前可都交代咱了。」曾氏沈默了許久還是說道。

王氏被曾氏說得也一時心中有愧，她又抬頭看了眼外面勢頭不減的雨幕，想到陳永新躺在床上臉色憔悴煞白的樣子，一把放下手中的鞋底，焦急地站起來。「秋月，拿傘來，陪我去後院看看妳三哥。」

陳秋月也有些擔心陳永新，林遠縣的氣候固定，這暮春的第一場雨，可一下就要持續好幾天。前些年，每到這個時候三房都要搬到前院來住幾日。

陳秋月剛將針線簸箕放好，準備去屋裡尋油紙傘，卻被一個蒼老帶著怒氣的聲音叫住。

「秋月，做什麼！告訴你們，你們今日都待在家裡，哪裡也不許去！」

陳秋月身體一僵，低著頭轉過身，乖乖地回到王氏的身邊。

老陳頭穿著灰布半長的褂子從門外快步走進來，到了門口，伸手麻利地將頭上斗笠和蓑衣解下來掛到門邊，狠狠瞪了王氏一眼。

「昨兒個我是怎麼說的，都忘了？既然她能說出那樣的話，這事妳們都別管！我看他們能硬氣到什麼時候！」老陳頭氣呼呼地坐到堂屋擺放的椅子上。

昨日王氏回來將事情都與他說後，他險些被氣得喘不過氣來。這個吳氏是越來越膽大包天了，長輩的話都敢違背，也不掂量掂量自己幾斤幾兩。他們老陳家，他這個老頭子還沒死呢！

王氏臉色為難，她看了一眼曾氏，朝她使了個眼色。曾氏只好硬著頭皮上前勸道：「爹，您剛剛從外頭回來，也知道這外面的雨，三弟那房子現在恐怕連能坐的地兒都沒了，他傷剛好些，若是有個什麼好歹，還不得您和娘心疼？」

老陳頭被曾氏一番話說得心煩氣躁，猛地拍了一下桌子。「怎地？這個家是我當還是你們來當！」

這邊堂屋這麼大動靜，蕭氏也好奇地湊了過來，一進門就聽到曾氏的話。蕭氏朝曾氏翻了個白眼。「我說大嫂，三弟一家過來也成啊，反正今年我是不願意騰地兒了，妳不知道，哪年我不用收拾個整天，妳既然有將三弟他們接過來的心思，妳給騰地方吧！」

蕭氏站著說話不腰疼，前院，大房人口多，滿打滿算有九口人。等陳白氏有了身孕，又要添丁。大房的老二、老三都是住在東邊偏房旁邊添蓋的草房裡，還真騰不出多餘的地兒來給三房。而二房當初占了三房老陳頭夫婦分給陳永新的房子，他們二房孩子也少，還有多餘的房間放著雜物，蕭氏卻在這裡昧著良心說話。

曾氏雖是個好性兒，可泥人還有三分性呢，被蕭氏這麼排擠，曾氏也有了怒火。「二弟妹，妳摸著良心說話成不成？妳看我們大房有房間能騰出來嗎？」

蕭氏冷冷哼了一聲。「呦，大嫂，妳不是喜歡三房那幾個丫頭嗎？騰個屋子又算啥，妳暗地裡塞給她們不少好東西吧。我看這些東西，妳親閨女都不常吃呢！還有姪媳婦兒，我這個做二嬸的都擔心，若是姪媳婦有孕了，她娘還能拿出什麼來給她補身子。」

曾氏被蕭氏一說，既尷尬又氣惱，她下意識地看向跟在她身後的兩個女兒，瞧見大女兒陳娥正咬著唇狠狠盯著蕭氏，曾氏心裡就一咯噔。

「二伯娘，妳胡說！我娘是最疼我們的！妳如果閒著沒事，管好你們家順子吧！」小姑娘聲音尖利，嘴上雖然這麼說，可那日她無意跑到三叔家院中不小心見到的情景，卻深深刺痛著她弱小又敏感的心。

「行了，順子娘，妳少說兩句，沒人把妳當啞巴！」王氏壓著聲音怒道。

蕭氏才不甘不願地閉嘴，拍了拍自己衣襟，靠在一邊。

陳秋月站在王氏身後，輕輕推了她娘一把，低聲在王氏耳邊說道：「娘，那我們還去不去三哥那邊？」

王氏拍了拍女兒的手，對著陳秋月輕輕搖頭。

嫁給老陳頭這麼多年，王氏對丈夫的脾氣很瞭解，死鑽牛角尖的性子，若是他決定一件事，別人立馬反對了，他會變得更加固執。

王氏憂心忡忡地向著院外望去，雨聲越來越大，竟連絲毫停下的勢頭也無，也不知道老三家這會兒怎樣了。

老陳頭哼了一聲，在桌上拿起旱煙桿磕巴磕巴兩下，就這麼抽起旱煙來。

曾氏不敢違背老陳頭的話，蕭氏那番話也讓她堵心，於是拉著兩個女兒回東邊屋了。

兩個兒子還住著茅草房，屋頂搭的瓦片不多，這雨要是繼續下去，那屋也不能住，得把東西搬過來。這幾日，要委屈一下陳奇和她媳婦兒，讓孩子他爹帶著兒子們擠一間屋，她帶著大兒媳和女兒們擠一間。

另一廂，秦長瑞與妻子兒女在小院中的東屋等了許久，一直到酉時，前院都未派人過來關心一下三房的情況。

外面的雨下個不停，與午時相比一點也未減小，到這個時候，三房的三間屋內像是被水泡過了一遍，根本連下腳的地兒都沒了。

一家人在屋中都沈默著，陳悠透過壞掉的窗紙看著外面的雨幕，想著眼前的情景，眉頭緊鎖。突然，靠在她懷裡的阿杏打了個噴嚏。陳悠一驚，低頭朝兩個小包子看過去，她們身上都半濕，軟軟泛黃的頭髮貼在額頭和臉頰上，雙手冰涼。

摸了摸阿杏的額頭，溫度正常，陳悠鬆了口氣。一會兒若是去了李阿婆家，立馬熬些當歸生薑湯讓一家人都祛寒，這屋子不能再待下去了。前院到現在都沒動靜，怕是老陳頭已鐵了心不管三房死活。

陳悠剛想開口，抬頭就見到陳永新朝吳氏點點頭。

陶氏嘴角翹了翹，將肩上披著的衣裳重新披到丈夫肩膀上。她朝陳悠三姊妹這邊走過來，彎下身，摸了摸阿梅、阿杏的臉。「阿悠跟著娘去前院，阿梅、阿杏留在屋裡照看爹和弟弟好不好？」

阿梅和阿杏睜著大眼看了看娘親，又看了看陳悠，沒說話。

陳悠也沒想到吳氏會這麼說，這種情況，明顯是前院已經不想再管他們三房的事，她們就算這個時候過去，也討不了好，很可能還要被二伯娘嘲諷。他們可以暫時去李阿婆家，李阿婆一定會幫助他們的。

「可是嬤嬤他們……」

陶氏臉上的表情立馬變得傷心起來。「阿悠，妳不相信娘？」

陳悠話還沒說完，見到吳氏臉上的表情跟變臉一樣，嘴角抽了抽，不知道為什麼，自從昨日她堅決維護阿梅、阿杏，陳悠就對她多了一種很奇怪的信任感，總覺得吳氏不管做什麼，只要是她決定的，都能做到。

這個時候除了去求李阿婆家幫忙，陳悠真想不出旁的辦法，且看吳氏有什麼法子吧！

陳悠低頭與兩個小包子說了兩句，阿梅、阿杏點點頭，走到陳永新的身邊，陳悠與吳氏披上簡陋的蓑衣出門去了前院。

兩人進院子時，陳秋月正端著稀粥從廚房出來。密密的雨簾裡，一大一小兩個纖瘦的身影慢慢顯現出來，陳秋月竟然有一種奇怪的錯覺，認為雨中的吳氏氣勢逼人。

這個念頭一出現，立馬被她掐滅，陳秋月噘了噘嘴，嘀咕道：「看妳們還死鴨子嘴硬，到頭來還不是要求到前院。」

陳悠整張臉都在滴水，頭髮更是濕透了，她看到陳秋月不屑的眼神。於是抬頭瞥了一眼吳氏，只見她嘴角淺淺彎起，像沒事人一樣，彷彿她們現在不是在淋雨而是在雨中漫步賞景。

陳悠覺得她越來越看不透這個吳氏了。

等母女倆到了前院南邊堂屋，蕭氏估摸是在房裡瞧見了，恰好與陳悠她們前後腳到了堂屋門口。

陶氏正彎腰給陳悠解著蓑衣，就聽蕭氏捣著嘴咯咯笑道：「呦，原來不是我眼拙，還真是三弟妹，現在這落湯雞的樣子可與昨兒大不相同啊，二嫂險些沒認出來！」

陶氏好似沒聽到蕭氏的話一樣，還抬起頭回了蕭氏一個笑容。

蕭氏的嘴角立馬僵了，瞪大眼睛像看變態一樣上下打量吳氏。

老陳頭換了衣裳從屋內出來，恰好見到三兒媳拉著陳悠進堂屋，他臉色立馬一沈，覷了一眼。「妳還有臉來？」

陳秋月將稀粥擺上桌，忙快步去裡間喚王氏。

陶氏拉著陳悠往堂屋裡走了走，先恭恭敬敬地給老陳頭行了禮。

老陳頭轉過身子坐到另一邊，一副根本不想理睬的模樣。

「爹，想必您也知道我來的目的，後院的房子實在是不能住人了，永新身上的傷剛剛好轉，媳婦想在前院借住幾日。」陶氏道。

老陳頭抽了口旱煙。「我們廟小，容不下妳這尊大佛！」

「三弟妹，妳這算盤打得可真是好，當初可是妳自己哭鬧著要搬出去的，這突然又要回來住，家裡可是沒有多餘的房子。」蕭氏連忙幫腔，她可不想三房真的這時候搬過來，那屋子一間給陳順住了，一間被她放了雜物。

王氏從屋內出來，走到老陳頭身邊，胳膊肘推了他一下，又瞪了眼這個三兒媳。「都少說兩句，現在是吵架的時候？若三房真淋壞了，別人在外頭還不是說我們閒話，老頭子，你這臉還要不要了？」

王氏本就有心將陳永新接過來，但被蕭氏挑撥地拉不下臉來，後來老陳頭又攔著她，她就更不好說什麼了。現在吳氏帶著阿悠親自來說這事，這節骨眼上，趕緊揭過去，老陳頭把面子看得比什麼都重。

聽王氏這麼一說，老陳頭也猶豫起來。陳永新畢竟是他的兒子，他要是真不管，也不像話。

陶氏眼睛一瞥就知道老陳頭已經動搖了。「今日雨大，房子裡都濕了，我方才來時，阿悠她爹就說有些不舒服。」

添了一把火，王氏臉色一變，連忙問道：「老三媳婦，妳說的可是真的？」

「這種事情，我怎麼敢隨便說。」

王氏立即捶了一把老陳頭。「你這個老傢伙，要是老三出了什麼樓子，可怎生是好？」

「好了、好了，讓他們過來！」老陳頭低著頭，一口一口煩悶地吐著煙圈。

陳悠沒想到吳氏這麼容易就勸動了老陳頭和王氏，便抬頭朝她看了一眼，卻正好見到自家娘親朝蕭氏挑釁一笑。

陳悠不解，既然吳氏的目的已經達到了，為什麼這個時候還要故意來挑撥蕭氏？

蕭氏被這一眼看得果然炸了毛，一把擠到人前，橫眉怒目道：「爹、娘，你們這就讓三房搬過來，那我家順子住哪兒？你們也太偏心了，您看三房不是女人就是傷患，除了整日往外頭花錢，可為這個家賺些回來？就不說那個小病秧子整日吃藥了，今年開春春種，老三出了幾天力？本來秋月的婚事好好的，又是因為哪個黃了？整日只知吃喝，我們家人能走能動、能苦的，可不想養著這一家子！娘，要是您今天執意要讓老三家的搬過來，那我們就分家！」

蕭氏一口氣將心裡的憋悶說出來，只覺得爽利許多，這些話埋在她心裡很久了，一直迫於王氏的威勢不敢說出來。

大房人多，出的勞力多，可是張張嘴都要吃飯；三房就更別指望了，只有他們二房，多出了兩個勞力，分到的東西卻與大房二房一樣，平日裡她賺些外快都要交給婆婆，她實在是氣不過。大房的兒子娶了媳婦，轉眼就要添孩子，這又是一項開銷，陳秋月也急著找人家，這些錢怎麼來？還不都得他們掙！

眼看春種過去，自家男人會點木匠活，農閒的時候可以去縣裡打點零工，如果這家不分，這打零工賺來的錢都要交給老陳頭，眼看著他們家老大也到了說親的年紀，這娶親的錢還一點都沒著落呢！若三房一來，難免被拖累。

按理來說，老陳頭家這樣的一家二十來口早就該分著過了，只是老陳頭一直緊把著，不願意鬆口，都要四世同堂了，除了三房，還擠在一個院子裡，真是有些說不過……

經常也有村人在他耳邊說，勸老陳頭趕緊分家，這人口多，都在一塊兒過，日子肯定產生磨擦，不過老陳頭就是倔強，聽不進去，所以他平日也最討厭別人和他提分家的事。

蕭氏這句話一出口，就戳了他的痛處，老陳頭額頭青筋直跳，站起來，拿著旱煙桿指著她怒聲道：「妳說什麼？妳再說一遍！」

直到現在這一幕，陳悠才徹底明白過來吳氏的心思，吳氏這次是下定決心要擺脫老陳頭一家了。

大伯娘和大伯雖說人還不錯，可是他們兒女多，堂哥們有的已經成婚，堂姊們又不知道是什麼性格。二房更不要說了，就一個蕭氏夠讓人惱的。現在鬧的這個事，不趁著勢頭把家分了，日後如果老陳頭不鬆口，他們估摸著還得這麼湊合過下去，下一次有機會分家，就是老陳頭不在的時候了。

兩個長輩不在，分起家來會更繁瑣，到時還不知道吵成什麼樣子，倒不如當著老陳頭夫婦的面把家分了，畢竟三個兒子都是老陳頭夫婦的骨肉，他們也不會多偏著哪方，這樣就算三房以後有什麼事也能自己作主。

陳悠明白吳氏的意思後，開始注意起蕭氏和老陳頭夫婦。

這麼多年，老陳頭許久沒發這樣大的火了，蕭氏的一番話讓他氣得渾身發抖。「永賀媳婦，妳說啥？老三他們就算再有什麼不是，也是妳的親弟弟，一家人能見死不救？妳這婦人，孝道都被狗吃了？」

蕭氏被老陳頭的怒火嚇了一跳，怔怔地站在原地，不知道該怎麼辦。她一轉頭，就見到站在角落裡的吳氏臉上帶著淡淡的笑意，她心中剛滅的一把火又騰騰燒起來。

憑什麼?!她心裡就是沒有這一大家子，只有她男人和孩子，今天如果不分家，他們二房難道還有出路了？

蕭氏掐了掐自己的手心，咬咬牙，她今兒算是豁出去了！

「爹，您怎麼這麼不講理，親兄弟還明算帳呢！哦，錢都給三房花銷了，讓我和我的孩子們喝西北風啊！」蕭氏昂著脖子尖聲道。

「妳……妳再敢說一句！」老陳頭抓著旱煙桿的手背青筋直突。他狠狠瞪了眼蕭氏，然後「啪」一聲將旱煙桿拍到桌上。「老二呢？老二哪兒去了！把他給我揪出來，他媳婦兒都造反了！」

這邊鬧這麼大動靜，就連外面的雨聲都遮不住。

曾氏聽到動靜，忙推著丈夫陳永春將陳永賀找來，她則帶著孩子們到南邊堂屋。

「老頭子，別說了！」王氏拉著老陳頭的胳膊硬是將他按坐在桌前。

「我不說、我不說這個家都要散了！」老陳頭用力拍了拍桌子痛心道。

陳秋月站在母親身後，也不敢上前勸，只睜著眼抹淚水。她的命怎麼就這麼苦，暗裡被退親也就罷了，二嫂卻在這個時候要分家，那她的嫁妝怎麼辦？老爹老娘年紀大了，她想得份好嫁妝，還不得哥哥嫂嫂們湊？這一分家，誰還能來管她！這麼一想，陳秋月哭得越發傷心。

陳永春去叫陳永賀時，他還在房間裡睡大頭覺，被陳永春一把從被窩裡挖出來，揪著就去了南邊堂屋。

蕭氏轉頭見到陳永賀，當即就哭上了。「當家的，你可要為我作主啊！」

「這是怎麼了？」陳永賀愣頭愣腦地問，眼還迷糊著，根本沒弄清情況。

「怎麼了，問你自己媳婦兒！」老陳頭沈怒道。

蕭氏將事情與陳永賀說了，陳永賀當即也不高興了。「爹，孩子他娘說的有什麼錯，你要將三房接過來，我是不依的，我們一大家子現在這日子過得緊巴巴的都是因為誰！」說完朝一旁的吳氏和陳悠瞪了一眼。

「你！你這個不孝子！」老陳頭憋了半天才憋出這句話來，只因為他也明白如今家中環境確實是三房一家造成的，他沒有理由反駁兒子的話。

「二弟，我拉你來不是讓你說這些話的，快和爹娘道歉！」陳永春推了一把陳永賀。

陳永賀不但沒動，還轉身道：「大哥，我知道你最大，凡事也都是為爹娘考慮，但是你捫心自問，咱家都這樣了，難道還要養著他們三房？你別忘了，你們家老二也到了說親的年紀，你這婚房都還沒給他備著呢！你想要這小子打光棍？」

陳奇想要上去勸幾句，被妻子白氏一把拉住袖子，曾氏將兒子兒媳的動作看在眼裡，張了張嘴，終是把勸慰的話嚥下去。他們大房人多，哪能一輩子擠在爹娘這兒？什麼東西都是王氏把持著，她想給女兒打副銀鐲子，手上都沒銀錢，索性趁著這個勢頭分了乾淨，就算現在不分，等到老陳頭過世還是一樣要分開。那時，蕭氏不知道又要怎麼鬧了。

一大家子如今人幾乎都在這裡，所有人都沈默著，堂屋裡壓抑得讓人難受。陶氏自始至終都是冷眼淡笑看著這一大家子，好似這場分家的爭論與她沒有丁點兒關係。

王氏抬頭瞧著她一手拉扯大的兒女們，當時個個都是那麼丁點兒小的一個，現在都娶妻生子，甚至都快有孫子了，她與老陳頭不服老也不行了。兒女們在自己身邊這麼多年，也算是遂了他們兩個老傢伙一家和樂的願。她掌著家中中饋這麼多年，也該交出去了，省得兒女們說她的閒話。

養著的小鳥，到頭來還是都得飛走，這老窩也只剩下他們兩個老傢伙而已，想到這裡，王氏覺得心底苦澀不已。她扭過頭，抹了抹眼淚，拍了拍老陳頭壓彎了的背。「老頭子，是時候了！」

老陳頭被老妻拍得身子一僵，張著口卻吐不出字，他梗著頭，良久之後終於逸出一聲嘆息。「分就分吧！」

蕭氏頓時咧嘴笑起來，老陳頭能同意分家，真不枉她豁出去鬧這一場；白氏臉上也有了淡淡的笑意，一旁的曾氏彷彿也鬆了口氣。

這間堂屋中真心難過的只有大伯陳永春和老陳頭夫婦，陳秋月聽到老陳頭這個決定，哽咽著快步回了房。

陳悠站在吳氏身邊，見到老陳頭夫妻流淚，不禁哀嘆，可憐天下父母心！老陳頭把著這個家這麼多年，一心只為了兒女而已，誰想兒女們早就與他們越行越遠，大家都是朝前看的，又有誰回過頭來為他們停留片刻呢？

王氏到底比老陳頭冷靜些，她看了眼堂屋中的兒孫，疲累地吩咐道：「順子娘，妳把屋子騰出一間來給老三一家住。永春和永賀幫著去後院替永新家搬東西。分家的事，我與你們爹左右都答應了，這幾日下雨，不太方便，等雨停了，就讓你爹去找三叔公和族裡幾個長輩，斷了這件事。」

這件膈應了大房二房許久的心事終於落了地，蕭氏也不敢在這個時候鬧，只好扭身快步出了南邊堂屋，去西邊屋收拾東西去了。

「好了，都散了吧，各回各家，好不容易下雨閒著，你們還不都躲躲懶！」王氏開口趕人。

陶氏拉著陳悠剛轉身，便被王氏叫住。

王氏上前兩步，看了眼吳氏又看向被她拉著的陳悠。這個三兒媳自從撞了牆，失了憶之後，總覺得好似換了一個人，不但對阿梅、阿杏改觀，整個人更是少了之前的胡攪蠻纏和潑辣。雖然三兒媳未同意將孩子送走，著實讓她氣得不輕，但是思及吳氏如今對孩子的真心，她也緩下了這口氣，還是有些欣慰的，這麼多年，吳氏終於知道心疼孩子了。

「這家一分，我這老婆子是照應不了你們多少了，今後妳與永新帶著孩子們好好過吧！該給的，我和孩子他爹不會偏心少你們一份，只是，日後就要靠你們自己了。」王氏也沒想到會有這麼與吳氏說話的一天，不但如此，她竟然會親自來提點這個以往她討厭無比的三兒媳。

陶氏抿嘴笑了笑。「娘放心吧，您說的我都曉得，許是那一撞真讓我的腦子變清醒了，現在我瞧許多事都一眼能瞧見底，分明了許多。」

「那就好，回去好好照顧孩子！這兩日在前院住著，就在爹娘這邊吃。」王氏叮囑了兩句，轉身扶著老陳頭回房了。

母女倆穿好蓑衣，快步走入雨幕中。陳悠低頭瞧著「啪啪」打在地面青石板上的雨珠，只覺得心情輕鬆許多，再也不像來時那般沈重。只要他們三房能擺脫出來，那麼她日後也有了施展拳腳的機會。只要陳永新不犯渾，吳氏不阻礙，那她有的是致富的法子。

這麼多天，在撲面的雨水中，陳悠竟然是第一次感到如此輕鬆。情不自禁地嘴角微微翹起一個弧度，讓小姑娘整張清瘦的臉綻放出如新荷一般的光彩來。

陶氏低頭見到陳悠的笑容，嘴角也不經意地揚了揚。

第十三章

一進家門，兩個小包子就從東屋迎過來，陳悠拉著她們的小手。「離大姊遠些，大姊身上都是水。」

阿梅抬著烏黑的大眼迫不及待地問道：「大姊，如何了？」

陶氏一笑。「阿梅、阿杏，快來幫著收拾東西，我們先去前院住幾日。」

阿梅、阿杏瞪著兩雙相同的杏眼，不敢置信地追問。「大姊，這是真的？」

陳悠揉了揉兩個小傢伙的手，點點頭。「快去收拾吧！」

大伯、二伯來幫忙將東西抬到前院，三房東西本就少得可憐，也沒跑兩趟。那邊蕭氏已經將屋子大概收拾了，陳永春將三弟揹到前院西邊屋裡。

陶氏正在鋪床，等床鋪好了後，由陳永春將陳永新扶上床躺著，再由她將陳永春送出房門。

陳永新前腳躺下，王氏後腳就領著陳秋月送飯食來，王氏將屋子上上下下看了一遍，叮囑了兩句才離開。

那邊在門口張望的蕭氏瞧著王氏回了自己屋，拍了拍胸口，順了口氣。幸好當時她收拾東西的時候沒太過小氣將房裡的床也搬走，不然這個時候被王氏瞧見了，要是發火反悔，不分家怎麼辦？

蕭氏這個時候，只要是會影響到分家的事，她是半點不敢怠慢。

三房這廂，安置好丈夫和兒子，一家人匆匆吃了王氏送來的飯食，陶氏就帶著陳悠三姊妹去隔壁屋整理。

推開隔壁屋的門，就聽到一聲年久失修的「吱嘎」聲，陳悠一手端著油燈，一手護著油燈上的火光，等到進了屋，燈光平定下來，她才看清這間屋子是什麼樣。

屋裡堆著各種雜物，還有一、兩捆稻草，其中充斥著一股霉味，突然一個小東西一竄而過，陶氏嚇得差點跳起來，連忙躲到陳悠的身後。

「老……老鼠……」陶氏哆嗦著道。

阿梅、阿杏都抬頭奇怪地看著她。「娘，房子裡有老鼠怎麼了？」

陶氏自小就害怕這些蛇蟲毒物，她現在只是尖叫一聲，與以前相比，已經算是表現鎮定許多了，卻沒想到幾個小姑娘眉頭都不動一下，直讓她覺得丟臉不已。

「沒……沒什麼，我們收拾吧！」陶氏僵硬著嘴角道，為了掩蓋她的害怕，還朝陳悠三姊妹笑了笑，只是陳悠看她的笑容怎麼看怎麼勉強。

陳悠撇撇嘴，只是老鼠而已，前世在醫院實驗室做實驗，不知禍害了多少，原來這個吳氏有時候看起來冷靜睿智，卻在某些方面，比她還不如……

這間房間原本是被蕭氏拿來放雜物的地方，因此連張床都沒有，陶氏與陳悠三姊妹將堆放在屋子角落的一塊破門板放到地上，鋪上些乾稻草，再蒙上一層舊床單，權當地鋪將就幾晚。整理好這些，已經過了酉時。

陶氏看了眼簡陋的地鋪，想到剛剛屋子裡竄出的那些東西，嚥了嚥口水。「阿悠啊，我們今晚真的要睡在地上？」

還沒等陳悠回答，阿梅就清脆地道：「娘，爹的床我們擠不下。」

陶氏尷尬地笑了兩聲，隔壁房間那張床本是陳順睡的，窄小不已，丈夫帶著陳懷敏睡就已經覺得擠了，哪裡還能再睡一個人。

「娘，您不要怕，我和阿杏睡在您旁邊，幫您擋住老鼠！」阿梅拉著阿杏的手，晃了晃自家娘親的手臂。

陳悠瞧著兩個小包子欣慰地笑起來，雖然兩個小傢伙從小便不得吳氏喜愛，但是她們無時無刻不渴望母親的憐愛，不然也不會這般討好。

陶氏剛剛心中還忐忑得不行，被阿梅一句話一說，只覺得心窩暖暖的，忍不住將兩個小傢伙摟到懷裡。

有女兒真是好哇！這麼小就知道疼人了。陶氏噘了噘嘴，心想：怪不得永凌一直想要個女兒。

「阿梅、阿杏，有妳們在身邊，娘就不怕啦！」陶氏又與阿梅、阿杏逗趣了兩句，然後讓陳悠帶著她們將其餘的東西收拾了，她去屋簷下給丈夫煎藥。

「大姊，我和阿杏出去將這些倒了。」阿梅和阿杏合力抬著一小竹筐的垃圾轉身對陳悠說。

陳悠手上不停地整理箱子中的衣物，轉頭看了她們一眼，笑道：「好，外面黑，妳們慢些，倒了就趕緊回來。」

兩個小包子脆脆地應了一聲，扭著小身板抬著竹筐出去了。

陳娥帶著妹妹陳珠心不甘情不願地被曾氏派去給三房送東西。陳娥年初已經十二，在農家都是大姑娘了，等過個兩、三年及笄後，就能嫁人。曾氏上頭三個生的都是兒子，後來才生她，畢竟是家裡唯一的女兒，曾氏疼她比疼大哥陳奇還要多，哥哥們也寵著她，家裡有什麼好吃的、好穿的第一個想到的就是陳娥。這已經在她心裡形成了一個定律，家中最好的只能給她，不管是爹娘還是哥哥眼裡只能有她，第一個想到的也必須是她，因此陳娥的占有慾很強，就連後來曾氏生了陳珠，她也是花了好長時間才接受比自己小四歲的妹妹。

那次曾氏背著她將家中的吃食拿給三叔家的堂妹時，她心中便一直忿忿不平，加上今日蕭氏那番話，更讓陳娥心中的妒火熊熊燃起。曾氏是她的娘，為什麼對三叔家的孩子那麼好，她娘拿的那些吃食，她與妹妹都不常吃到，就這麼便宜了三房的幾個賠錢貨！

王氏都同意三房搬到前院來避雨，這已經是便宜他們了，現在娘竟然還要她送東西給三房的幾個丫頭片子！陳娥低頭看了看手中抱著的棉被，這床厚實綿軟的被子是大哥陳奇成婚的時候嫂子家裡陪來的。白氏看到公婆房間裡的被子破舊，主動拿來送給爹娘蓋，但是她娘捨不得蓋這床新被，就收到櫃子裡。

前兩日，她幫她娘整理櫃子，看到時問了句，曾氏就說，等今年秋天要把白氏給的這床被子換給她和妹妹蓋。當時，陳娥還為這件事高興了許久，她早就想換掉房間裡那床又硬又不暖的舊被子了。就算是放在太陽下曝曬一天，晚上取回來蓋著也絲毫不暖和。可是，三房一搬來，她娘就把被子取出來，說天陰地寒，三嬸帶著孩子要打地鋪，讓她把被子送到三嬸那邊，先借給她們蓋上幾日。

這到底是憑什麼！這麼一床軟和的新被子，她都沒蓋過，就要先給三叔家裡的幾個賠錢貨蓋，她娘怎麼可以這樣，那三個臭丫頭就這麼招人喜歡？陳娥嫉妒到不行，她癟著嘴，當場就想問問她娘，可是又把話憋了回去。

曾氏又用小竹籃裝了些炒黃豆和一小捆艾草遞給陳珠，讓陳娥帶著陳珠一併送過去。陳娥抱著被子被曾氏催促著出了屋，只覺得心裡憋悶得厲害，一想到陳悠姊妹樂呵呵的晚上能睡綿軟的新被褥，她的心就像被人猛捏了一樣，難受得喘不過氣。

陳珠捏著手中的小竹籃，滿嘴口水地盯著籃子中的炒黃豆，想要伸手抓一把，但又怕被她娘發現，皺著眉頭無比糾結。農家孩子零食少，就算是炒黃豆，陳珠也才難得求曾氏給她炒一次，每次她都是將炒黃豆收起來，有時吃少一點能吃上小半個月。

陳娥低頭恰好看到妹妹對著小竹籃裡的黃豆流口水，她心裡更不是滋味了，便一把拉住妹妹的手，彎腰對陳珠說道：「小妹想不想吃炒黃豆？」

陳珠看了眼自家大姊，又低頭瞧竹籃裡的一大包炒黃豆，想著：這要是自己一個人吃，起碼得吃上半月。終於抵制不住「美食」的誘惑，朝陳娥點點頭。

陳娥對陳珠一笑，將被子夾在腋下，騰出一隻手伸向竹籃，將用藍布包包住的炒黃豆拿到手裡。「那我們就留著自己吃！小妹，妳說好不好？」

陳珠雖然貪嘴，可性子膽小，最不敢違背她娘的話，瞧見大姊的舉動，吃驚地瞪大眼睛，緊張地結巴道：「可是大——大姊，這是娘——娘讓我們送到三嬸那兒的。我們不——不能拿，娘知道了會生氣。」

「妳怕什麼，妳和我都不說，娘怎麼會知道？妳難道不想吃炒黃豆了？瞧，這麼一大包呢，夠吃好久的。」

陳珠盯著陳娥手中的藍布包，良久，終於糾結地點頭。「大姊，妳千萬不能和娘說，娘會打我的！」

陳娥將裝著炒黃豆的藍布包塞到陳珠手中。「妳是我親妹子，大姊怎麼會和娘告狀？放心吧，拿著，吃的時候別讓娘瞧見就好了。」

陳珠被陳娥這麼一逗哄，才收了炒黃豆，咧嘴笑起來。

沿著屋簷朝西屋走了一段路的時候，陳娥突然停下腳步，然後頂著雨幕奔到院子的一角，陳珠看到大姊突然跑出去，不解地喊道：「大姊，妳去哪兒？」

不一會兒，陳娥就回來了，還將那床新被褥頂在頭頂。

陳珠瞧見大姊的動作，嚇了一跳，她娘給的這條紅白相間的碎花棉被被陳娥頂在頭頂，上面濕了一層，還能看出浮水印。

陳珠又嚇得結巴了。「大——大姊，新被——被子濕了！」

陳娥瞥了妹妹一眼，抬高下巴，無所謂道：「濕了就濕了！又不是我們睡，怕什麼！」

「可是……娘……」陳珠不敢想，她娘知道這床新被子被大姊弄濕了會是怎樣難看的臉色。

陳娥冷哼了一聲。「看妳膽小的。」

說完，將被褥翻過來，陳珠瞧見被褥反面，差點嚇哭。新被子弄成這樣，她娘非打死她們不可！在微弱燈光下，只見原本潔淨的被面上全是污泥，陳珠驚得張大嘴，新被子弄成這樣還怎麼睡？

見陳珠抖著手指著被弄髒的地方，結結巴巴得說不出話來，陳娥瞪了她一眼。「不許對娘說，不然我就把妳吃炒黃豆的事情告訴娘！」

陳珠立馬用手摀住嘴巴，看著大姊，害怕又妥協地直點頭。

見到陳珠保證了，陳娥得意地將新被子翻了一面摺好，將污泥和潮濕藏在裡面，帶著陳珠去三房住的西邊屋。

陳娥恨恨地想：既然這被子她自己睡不到，那就算是毀掉，別人也別想睡！

陳珠很忐忑不安，一路上一直不敢抬頭朝前看，只盯著自己的腳尖，連陳娥突然停下來，她都不知道，一把撞到了陳娥的後背，陳娥被她撞得一個趔趄。

「做什麼？走路都不能好好走，發什麼呆！」陳娥扭頭訓斥了妹妹一句，然後朝一個方向覷眼看過去。陳珠委屈得想哭，可又不敢在大姊面前哭，只有忍著眼淚珠子，等了許久，見大姊也不走，陳珠也朝大姊視線的方向看過去。

那不是三房的兩個雙胞妹妹嗎？

阿梅和阿杏正戴著斗笠，合力抬著一個小竹筐，將屋中打掃出來的垃圾倒在一棵老榆樹下。倒完垃圾，有說有笑；手拉著手朝三房的房間走過去。

陳娥的眼瞳一縮，曾氏那日在後頭小院關愛兩人的情景飄蕩在她的腦海，那股剛剛壓下去的怒火就又湧上來，險些將她燒得沸騰。她一個箭步衝上去，一把將阿梅和阿杏推倒在地上。

阿梅和阿杏本就年幼，又沒設防，怎會想到陳娥突然跑出來推她們一把，小身子往後一仰，就整個摔到泥地裡，後背全沾上髒污的泥水。

陳娥看到眼前的雙胞胎姊妹狼狽的樣子，心口的鬱氣才得以抒解，她對阿梅和阿杏冷笑了一聲，轉身正要離開，卻覺得背後發涼，轉頭就接觸到一雙滿含怒氣的雙眸。

陳悠覺得奇怪，兩個小包子只是去倒個垃圾而已，怎這麼久都沒有回來，才出門來尋，沒想到剛站到屋簷下，就看到陳娥欺負兩個小傢伙的情景。

阿梅和阿杏毫無防備，被陳娥用力推倒在地，剛剛換的乾衣裳，瞬間浸濕，兩個小包子瞪大眼錯愕地看著陳娥，還沒弄清眼前的情況，不清楚堂姊為什麼要這麼對她們。

「大堂姊，妳做什麼？」陳悠帶著怒氣咬牙質問道。

陳娥也未想到做壞事被抓個正著，一時也手足無措，張著嘴不知道該怎麼反駁。膽小的陳珠就更別提了，嚇得藏在她大姊身後，身子都不敢露出來。

陳悠連忙跑過來，將阿梅、阿杏從泥濘中扶起，瞧兩個小傢伙睜著大眼，雙眸漾著水光，滿面委屈又茫然地看著自己，她就覺得心口揪痛得厲害。

陳娥片刻才回神，見眼前也只有三叔家的三個閨女，立馬硬氣起來。「陳悠，妳哪隻眼睛看到我做什麼了？我只是和小妹剛剛走到這裡，就見妳們家阿梅、阿杏滑倒了而已。小妹，妳說是不是？」

陳珠早嚇得哆嗦，哪裡還敢說話，陳娥也不逼她，權當陳珠默認。

陳悠眯眼打量這個大堂姊。昏暗的燈光下，陳娥略微圓潤的臉龐帶著一股出氣後的痛快，腋下還挾著一床嶄新的棉被，只是方才的情景，陳悠都看在眼裡，陳娥指鹿為馬，不覺得於心有愧？不過，她們與大房一直相處得好好的，曾氏對她們姊妹的愛護和同情並不像假的，她們什麼時候又與陳娥結下梁子？

陳悠腦中一閃，突然想到了白日裡，蕭氏在堂屋說的話。她身體一僵，無奈地苦笑，明明是曾氏做的事，居然要她們來承受大堂姊的怒火，她們三姊妹還真是躺槍體質。

「大堂姊，妳胡說，明明是妳把我們推倒的！」阿梅緊拽著陳悠的手，憤怒地反駁道。

「呵！我還當三嬸教出什麼樣的好閨女呢，原來也只是個睜眼說瞎話的，妳說是我把妳們推倒的，有什麼證據嗎？」陳娥譏誚地用眼角餘光覷了一眼阿梅。

陳悠將阿梅往自己身邊拉了拉，這個時候，只要陳娥死咬著不承認，她們拿她也沒辦法，只能啞巴吃黃連。可她冰寒的眸光掃了一眼陳娥，卻讓陳娥無端打了個寒噤；而陳珠亦在陳悠的注視下害怕得往陳娥身後藏，生怕陳悠會質問她方才的事情。

陳悠拉著阿梅、阿杏走到屋簷下，兩個小傢伙雖然被欺負了，仍然抿著嘴，強忍著委屈沒有哭出來。她們這隱忍的小模樣，更讓陳悠心疼。

「這麼晚了，大堂姊來做什麼？」陳悠平靜問道。

陳娥才裝出一副吃驚的樣子。「阿悠，妳不說我差點忘了，我娘擔心你們打地鋪睡不暖和，讓我和妹妹給妳們送床暖和的新被褥，又送了些艾草，給你們熏屋子。」說著，陳娥就要把被褥一股腦兒塞到陳悠臂彎裡。

陳悠正猶豫要不要接下，陶氏的聲音響了起來。「阿悠，被子不能收。」

陶氏一發話，陳悠就立即收回手臂，轉頭朝陶氏的方向看去。

從窗戶紙映出的昏暗燈光打在陶氏的臉側，給她略顯消瘦蒼白的臉上增添了一股柔光，她正端著一碗剛剛熬好的冒著熱氣的藥從廚房出來，明明是柔弱溫柔的外表，說出的話卻讓人不由服從。

陳娥緊張地嚥了口口水，她現在有些害怕這個三嬸，說話雖然柔柔軟軟，但有時候卻句句能扎人心窩子，讓人連反駁的機會都沒有。想到剛才自己做的事，陳娥這個時候才感到一絲後悔和心底發寒。

陶氏走到陳悠三姊妹的身邊，目光往阿梅、阿杏身上一瞟，眼神瞬間冷厲起來，她把藥碗交到陳悠手中，轉身面對著陳娥姊妹，和善笑道：「這些都是大嫂叫妳們送過來的？」

陶氏一邊說，一邊將視線落在被褥上打量了兩眼，陳娥順著她的目光看去，手臂一僵，險些連被褥都抱不住，她忐忑地瞧了眼被子，見被她翻過來摺過的這一面完好，看不出什麼異樣，這才鬆口氣，底氣也足起來。

「是的，三嬸，娘擔心三嬸家的妹妹們晚上睡不好，凍著了，特地叫我送過來的。」

陶氏欣慰一笑。「我瞧著這被子還是新的，我們都在地上打地鋪呢，那屋也沒打掃乾淨，用這新被褥反倒是糟蹋了，多謝大嫂的一片好意，妳帶回去，就說三嬸領了她的情，這小籃子艾草，三嬸就收了。」

陳珠連忙遞過籃子，陶氏接過後，還摸了摸陳珠的頭。

陳娥原本的鎮定被陶氏一句話打得頃刻消散，臉色霎時嚇得煞白。那新被子被她弄成那樣，還怎麼帶回去？三嬸不能不收下這被子，不然回去，她真要倒楣了！

「三……三嬸，這是我娘的一片心意，您還是收……收下吧！」

陶氏溫柔地笑了笑。「這收東西也要看是什麼，妳娘要是拿一床舊被子來，三嬸可不就收著了，瞧這被子怕是連你們家人都沒睡過，三嬸怎麼好收？是不是這個理？行了，妳三叔身子還傷著，這藥才煎好，三嬸得快些送進去，涼了就不好了，妳也快回家去吧，這麼晚了，小姑娘要早些歇息。」

陶氏一番「關懷備至」的話語，陳娥聽在耳邊只覺得片片都是軟刀子，專找她的軟肋扎。怎麼有人能將話說得那麼好，讓人無從反駁，偏偏又覺得冰寒徹骨？

陳娥煞白著臉立在原地，進退不是。她怎敢把被子拿回去？要是被她娘知道了可怎麼辦……

陶氏看也不看陳娥一眼，轉身就進了屋。

陳悠奇怪地瞧了一眼陳娥難看的臉色，滿腹不解。吳氏只是沒有收大伯娘送來的被褥而已，她有必要這樣嗎？臉色不好的該是她們吧！阿梅、阿杏可是在她的手上吃了虧。

陳悠不再管大房的姊妹倆，拉著阿梅、阿杏進屋了。

門「哐噹」一聲被陳悠從裡面關上，陳娥的心像是掉進了冰窟窿裡，早已心虛得滿頭冷汗，她忐忑不安地轉頭看了一眼東邊屋內透出的昏黃燈光，自身雙腳好像被束縛在地上，怎麼也邁不出一步來。

陳珠害怕地哭起來。「大姊，我們怎麼辦呀？娘會打死我們的！」

陳娥本就心情煩躁，又聽了妹妹壓抑的哭聲，心情更加躁動。「哭什麼，妳除了會哭，還會幹啥！」

那邊曾氏與兒媳在房內藉著燈火做針線，等了好大一會兒工夫也不見兩個女兒回來，曾氏有些擔心，交代了白氏兩句，就起身去三房那邊看看。

剛一開門，就見到陳珠滿身泥污，小臉早已哭成花貓。

曾氏頓時不快，高聲質問道：「這到底是怎麼回事？」

很快，曾氏的目光就落到陳娥懷中又髒又潮的新被褥上，差點氣暈過去。

「都是小妹，她偏要抱我手中的被子，我拗不過她，就給她抱了，誰知道她人太小，走路又大大咧咧的，半路被絆倒，被子就滾到地上……」陳娥儘量讓自己鎮定地說完。

陳珠哪裡敢違抗大姊，只要說一句不是，大姊就會告訴娘，她把娘給三房堂姊妹的炒黃豆留下了，所以只一個勁兒地低著頭，傷心地抹眼淚珠子。

曾氏看了眼陳珠，又看了眼自己的大女兒，陳娥與她的目光對撞，慌張地瞥開，曾氏便明白這事肯定還有隱情，女兒是她拉拔大的，是什麼性子，她難道還不清楚？

「還說謊，給我跪下！」曾氏恨鐵不成鋼地惱怒道。

「娘，您幹啥？兩個妹子還小呢！」白氏還不知道發生了什麼事，只見婆婆發火，連忙下床來勸。

「還小？過兩年都能嫁人了！妳這個臭丫頭，偏要氣死我才甘心！」曾氏擰著陳娥將她拖進屋，氣得將房門用力甩上。

陳悠靠窗瞅了眼東邊屋的情形，仍然滿頭霧水。

陶氏服侍著秦長瑞將藥喝了，回頭看到陳悠擰著的眉頭，一個輕笑逸出嘴角。「阿悠，還沒想明白？」

陳悠困惑地搖搖頭。「大伯娘為啥對大堂姊發火？」

陶氏哼了一聲，解釋道：「妳當那小妮子真會聽她娘的話來給我們三房送被褥？若是她娘親自來我還相信，要真只是一床新被褥，我會不收下？我們那房間可還沒被子蓋呢！怕這會兒，她是糟蹋了新被褥被她娘罵呢！」

陳悠恍然大悟，陳娥當時忐忑的臉色和緊張無措的眼神就有了解釋。幸好吳氏當時將她攔下來，不然，這新被褥的事都要怪到他們三房頭上了。

陶氏不經意地朝陳悠的方向看了一眼，見小姑娘擰著眉頭深思著，微微搖了搖頭，嘆道：到底還是個十歲的小姑娘，心思還不夠成熟，像陳娥剛剛神色慌張，眼神閃躲，她只一眼就能斷定陳娥在算計什麼，將她上下打量了一遍，便知道這蹊蹺出在她手中的新被褥上，這前前後後看透一個人只幾息的時間而已。罷了，左右時間還多的是，以後，她與夫君好好教導便是，也不急於一時，她陶文欣的女兒怎能差了去！

陳悠在這兒琢磨著，還不知道自己已經被陶氏念叨上了。

等秦長瑞和陳懷敏各自吃了藥，陶氏才帶著三姊妹去隔壁屋睡覺。但又硬又磕人的門板遠不如床鋪舒服，身上蓋著的都是冬日裡穿著的舊棉衣，母女幾個縮成一團取暖，倒也勉強睡著。

這麼在前院過了三日，暮春的這場雨終於停下來。一方暖陽也懸掛在澄澈如洗的天空，陳悠拉著兩個小包子從房間出來，看到院中還滴著水珠的翠碧柿子樹，只覺得吸入胸肺的空氣都帶著清新的味道。

這天終於是放晴了！

那邊蕭氏也早就在等著這一日。清早，就囑咐陳永賀向老陳頭提醒分家的事，生怕老陳頭夫婦會反悔一般。

老陳頭這幾日下雨在房中與老妻商量了許多，也大致定了個章程出來。

剛到辰時，老陳頭就拿著旱煙桿背著手與大伯陳永春去族裡的三叔公家裡，將三叔公、幾位族中有聲望的長輩以及里正都請到家中來。

上午，老陳頭家中堂屋就坐得滿滿當當，大人小孩圍了一圈。

陳悠跟著陶氏帶著妹妹們站在她身後，秦長瑞也被抬到堂屋中。

三叔公在族裡輩分最大，他拄著枴杖，鬍鬚早已花白，望了一圈堂屋中的人，用蒼老的聲音說道：「若不是永春他爹顧家，你們兄弟幾個早就分開過了，早晚都有這一天，既然我們今日坐在這裡，便把事情都拎清吧！永春爹，你有什麼要交代孩子們的嗎？」

老陳頭沈默地坐在一邊往旱煙桿裡塞煙葉子，聽到三叔公叫他，也只是搖搖頭，什麼也不願意說。

三叔公撫了撫鬍鬚，無奈地搖頭。「既然這樣，永春娘妳就代永春爹說幾句吧！」

王氏同樣心情抑鬱，她雖也不願意分家，可是也不想為難兒女。於是她眨了眨眼，憋回眼淚，吸了口氣才說道：「今兒你們都在這裡，我和你們爹同意你們將這個家分了，以後就各過各的。可你們都是從一個娘胎裡出來的兄弟姊妹，若是誰日後有什麼難處，不管怎樣都要記著這點，能幫就幫、能拉一把就是一把，娘也不指望你們有什麼出息，只望你們今後的日子能越過越好。」

王氏這番話說出來，讓陳永春的眼眶都紅了。

三叔公連忙將枴杖往地上叩了一下。「好了好了，就分個家而已，誰家不用經歷過這遭？話說也說了，你們娘該交代的也交代了，眼下就說說你們要怎麼分，讓本家幾位長輩和里正做個見證！」三叔公說話做事都是急性子，當下也緊著流程辦了。

這邊本家的三叔公話音剛落下，還未等老陳頭夫婦開口，蕭氏就迫不及待道：「爹、娘，大嫂家裡的老大都成婚了，我們家老大還打光棍，眼看著也到了說親的年紀，可不能委屈了他，我們就要那頭青頭騾子！」

老陳頭和王氏還什麼都沒說，蕭氏就搶著道，著實讓老陳頭在本家的長輩面前丟了臉面。

「妳說啥？想要騾子，告訴妳，沒門兒！」老陳頭氣呼呼地拍著桌子道。

這家裡的十幾畝地都要靠著這隻青騾，現在蕭氏一開口就要一家霸占，老陳頭怎能不氣？

蕭氏也未想到老陳頭反應會這麼大，被老陳頭訓斥得僵著臉面，片刻才回過神，一回神，蕭氏就覺得自己委屈得不行，用力捶了一拳自家男人，在陳永賀身邊抱怨道：「你爹想幹啥，這青騾子不給咱，難道還想著留給三房不成？」

陳永賀被媳婦一說，也皺了眉頭，張口欲要說，被三叔公一句話給堵了回去。「吵啥？這家還沒分呢！再吵，便叫你們啥也分不著，捲鋪蓋喝西北風去！」

他在李陳莊說話極有威信，即便像蕭氏這樣的潑婦也要忌憚三分，到時說不定真的會因為三叔公的一句話，他們二房在分東西時就吃了虧，為了這點面子得不償失可划不來。

「永春爹，你來說！」三叔公轉頭問老陳頭。

老陳頭抽著旱煙，臉色黑沈，這個時候根本就不想說話，王氏瞧了無法，只好出面。「永春爹就是這個性子，這麼多年，三叔公和本家的長輩們也明白，那就由我這個老婆子踰矩說兩句可成？」

「永春娘，說哪裡的話，我們這又不是什麼大戶人家，哪有這麼多規矩，妳說，我們聽著，孩子們也聽著。」

王氏坐在老陳頭身邊，看了眼老陳頭，才道：「孩子們大了，大房連孫子都快有了，我們兩個老傢伙也留不住。這幾日，我與當家的合計了，眼前家中也就這個院子，家裡的十來畝地，還有一些牲口並一個菜園子。永春家的老二和永賀家的老大都快到娶親的年紀，都需要屋子。永春家人口多，東邊屋就不動，西邊除了老二家原本住的屋子，如今老三家住的地方闢一間出來給永春家的老二做婚房。老三家便還住後院吧！你們看這房子分得成不成？」

王氏這話一出，蕭氏又坐不住了，憑什麼把原來要給老三家的房子給大房一間，那可是以後留給順子的！

三叔公瞧準蕭氏又要有意見，連忙道：「永春娘，妳繼續說。你們小輩若是有什麼意見，等你們娘說完了再提。」

被三叔公這麼一堵，蕭氏只好把不平的話嚥回肚子裡。

「你們小妹的婚事是不能再拖下去了，她是你們中排行最小的，以後秋月成婚，你們幾個做兄長的都要出一份子。家中的田地便暫且分為六份，你們大房和二房各自兩份，剩下的兩份三房和我們兩個老傢伙各一份。至於那青頭騾子，暫且由我們養著，到了農忙時，哪家要用便牽去。羊和豬到了今年末再分，那幾隻雞和菜園子等會兒就均分了吧！之前，各家也都是分開吃的，家裡的用具倒是不用操心。倉庫裡堆的糧食一會兒讓你們三叔公和本家的幾個長輩點了數，按人頭分了。幹農活的傢伙一時也支不出四份來，就還放在原處，各家要用便去拿，只是用完了，還放在原處就成。」

王氏一番話說下來，朝滿屋的兒孫們看過去，只除了二房有些不快之外，旁的都沒話說。

最後，王氏將目光落到三房這邊，她長嘆一聲。「老三，別怪娘偏心，這麼些年，你們三房確實欠著你們哥嫂的，爹娘這樣分不委屈你們。以後分開了就好好過，莫再讓爹娘擔心了。爹娘也老了，日後也照顧不著你們了。」

王氏這番話直說得人心酸，秦長瑞抬頭深深看了她一眼，垂下頭重重點了點頭。

「永新，你能體諒爹娘就好。」

這邊曾氏也道：「不管爹娘怎麼分，我們都沒啥意見，我和當家的以後也會照顧著三房的，娘方才不是說了嗎？咱們都是同根所出，一條血脈上的，難道還能不拉一把嗎？」

蕭氏終於忍不住了，這大嫂平日瞧著老實巴交的，沒想到也是個有心思的，自家得了好處，好話也從嘴裡倒豆子一樣地吐出來，好人都讓她做了，壞人都是他們二房！

「大嫂，妳得了好處，當然賣乖，好話誰不會說？爹、娘，三弟原來的房子憑什麼給大嫂家一間，這些年可都是我們二房住著，也是我們二房在打理。前陣子，房頂漏水，還不是永賀一個人爬到房頂修的，大哥大嫂可有幫一丁點忙？」蕭氏憤憤道。

陳悠瞧了眼板著臉的老陳頭和王氏，蕭氏在這個時候說話太不討喜。原來老陳頭或許還會因為分予大房一間房子，私底下給二房一些貼補，可蕭氏現在一說，別說是貼補了，只怕會惹得老陳頭更加不高興。

果然，沈默良久的老陳頭不悅地一拍桌子，勞碌了一輩子的粗厚手掌因為氣憤緊緊捏住桌角，昂起曬得黝黑、布滿皺紋的臉對著蕭氏怒道：「告訴妳，這個家都是我掙的，我想給誰就給誰，還輪不到妳一個晚輩來教訓我！」

蕭氏被老陳頭高聲訓斥得後退一步，忙捏住陳永賀的衣角尋求保護。

陳永賀雖然也覺得爹娘這樣分對他們二房有些不公平，但照著爹倔強的性子，他怕就算是開口也勸服不了，只能拉了把媳婦的手，低頭呵斥。「妳嘴裡話多了沒處倒是不是？快閉嘴！」

蕭氏沒想到丈夫也說她，當即覺得自己受了莫大委屈。她是為了誰啊？還不是為了他們的小家，這個時候不爭取點兒，以後哪還有機會！這麼想著，蕭氏一賭氣，扭身就跑了出去，回了西邊屋。

陳永賀也覺得丟臉，本家長輩還都看著呢，自個兒媳婦這麼不識大體，只好上前向爹娘賠罪，又轉頭對身後的大兒子陳良低聲交代。「還不快去瞧瞧你娘，別讓她亂發瘋！」

陳良聽了他爹的話，也匆匆離開了堂屋。

三叔公沈著的臉色才好看些，他撫了撫花白的長鬚。「你們可還有意見？」

堂屋片刻沈寂後，三叔公點點頭。「既然這樣，就請本家幾位叔伯和里正做個見證。」

三叔公辦事索利，午飯前就將分家的細節與老陳頭夫婦商議好了。中午，王氏帶著兒媳們做飯，請本家長輩、三叔公和里正在院裡用了午飯。下午時，王氏就指派大伯陳永春和二伯陳永賀幫著三房將東西搬回後頭竹林的小院，分得的家禽和糧食也一併送了過來。這下，他們三房真的與大房和二房劃清界線了。

早間，雨停放晴時，陶氏就帶著陳悠三姊妹回到後院將屋子門窗打開通風，又將屋內桌椅板凳搬出來曬了。等到下午，一家人回來時，屋子裡那股陰濕味兒已經去了大半。陶氏與陳悠將床上墊著的稻草換了乾爽的，重新鋪了後，床總算能讓人睡了。

這家一分，對於三房卻可以說是鬆了口氣，按照人頭分到的米麵穀子和粗糧省著吃，可以供一個月。

這給了三房一個緩和期，陳悠也不用緊著擔心一家人的溫飽，多日來的晦暗前程好似突然被一束柔和的光破開，她終於看到了些前路的光明。

——未完，待續，請看文創風411《小醫女的逆襲》2

妙手織錦文，巧心煉真情／墨櫻

2016年5月出版

成親好難

文創風 406～407

他俊美無儔，群芳爭睹，炙手可熱的程度直比衛玠，
偏偏他長情得很，打小就對她情根深種，只喜愛她一人，
除卻她，誰都無法令他動情，若能娶她為妻，此生無憾矣……

所謂伊人，在水一方／夏語墨

沈珍珍雖是個姨娘生的庶女，可卻自小就被養在嫡母身邊，
嫡母養她跟養眼珠似的，那是打心裡寵著、溺著，就差捧在手裡了，
說真的，從小到大，她的小日子過得實在是極其愜意無比啊！
可突然間，那高高在上的皇帝老兒卻下了道配婚令——
女子滿十二歲，男子滿十五歲，須於一年內訂婚，一年半內行嫁娶之禮！
這配婚令一出，立即引起了軒然大波，家家戶戶是雞飛狗跳、忙著說親，
眼看著她的婚事是迫在眉睫了，可問題是，這新郎倌連個影子都沒啊！
就在此時，長興侯的庶長子兼她大哥的同窗摯友陳益和居然求娶她來了！
這個人沈珍珍是知道的，為人聰慧內斂又知進取，日後定有一番大作為，
不過，在建功立業而立身揚名之前，他卻先因顏值爆表成了談資，
全因他堂堂一個大男人，卻生了張傾國傾城、比她還美的臉，
甚至，他還登上了西京美郎君畫冊，成為城裡眾女眼中的香餑餑，
就連皇帝的愛女安城公主都為他著迷不已，求著皇帝招他當駙馬，
嘖嘖嘖，他這麼做，豈不是為她招妒恨來著嗎？
可眼下看來，他是最佳人選了，要不……她就湊合著嫁吧？

文創風
410

小醫女的逆襲 1

國家圖書館出版品預行編目資料

小醫女的逆襲 / 墨櫻著. --
初版. -- 臺北市 : 狗屋, 2016.05
冊 ; 公分. --（文創風）
ISBN 978-986-328-591-5（第1冊：平裝）. --

857.7　　　　　　105003846

著作者	墨櫻
編輯	黃鈺菁
校對	黃薇霓　許雯婷
發行所	狗屋出版社有限公司
地址	台北市104中山區龍江路71巷15號1樓
電話	02-2776-5889～0
發行字號	局版台業字845號
法律顧問	蕭雄淋律師
總經銷	知遠文化事業有限公司
電話	02-2664-8800
初版	2016年5月
國際書碼	ISBN-13　978-986-328-591-5
原著書名	《医锦》

定價250元
狗屋劃撥帳號：19001626
網址：love.doghouse.com.tw　E-mail：love@doghouse.com.tw